AUTHOR アバタロー
ILLUST kodamazon

CHAPTER 2

18禁ゲー世界のクズ悪役に転生してしまった俺は、原作知識の力でどうしてもモブ人生をつかみ取りたい

クズレス・オブリージュ

KUZULESSE OBLIGE

CHARACTER

KUZULESSE OBLIGE

リエラ

ウルトスお付きの美人メイド。献身的で素直な性格。誰よりもウルトスのことを信頼していて、隙あらば『あ〜ん』したいと考えている。

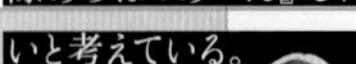

ウルトス・ランドール

18禁ゲーム『ラスト・アルカナム』にて破滅エンドを迎える、ユーザーからも制作サイドからも嫌われたクズ悪役。実は才能に溢れている。

エンリケ

ウルトスに仕える冒険者。元Sランク冒険者で『鬼人』と恐れられていたが、普段のやる気のなさからウルトスからはFランクだと思われている。

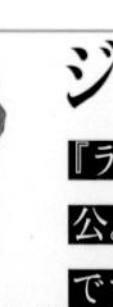

ジーク

『ラスアカ』本編の主人公。英雄を目指す平民ですさまじい実力を秘めている。ウルトスも気づいていない秘密があり……？

カルラ・オーランド

『ラスアカ』でトップクラスの人気と魔力を誇るヒロイン。クールな見た目に反して相当ドジなお姉さん。ウルトスの魔法の師匠。

エルド

帝国が誇る強力な死霊魔法使いのボスキャラ。『ラスアカ』本編ではもっと先のシナリオで戦うはずが、なぜかウルトスの前に現れ!?

クリスティアーネ

王国中央騎士団所属の副団長。規律を重んじるまじめな性格で非常に優秀だが、隠れた性癖がある。

レイン

騎士団に所属するジークの父親。英雄と呼ばれるほどの活躍と実力を兼ねそろえているが、ウルトスとジークが恋仲だと絶賛勘違い中。

「もうすぐ、楽にしてあげますよ」

――次の瞬間。
最も前方にいたアンデッ
ド・ソルジャー2体の胸か
ら、腕が生えていた。
『――は？』
俺の腕は鎧をも突き破り、
その肉体を貫いていた。
そのまま、アンデッドの肉
体を縦に切り裂く。
力を失ったアンデッドの頭
が、コロコロと転がって
いった。
呆気にとられるリッチ。

「……この……！
変態貴族!!! 最っ低!!」

……なんか美形なせいか、とてつもなく色気があるような気がしてきた。

「……は？　え？」

ジーク君が信じられないものを見るような目でこっちを見てくる。

が、こっちは動じずにジーク君を見つめる。

……ふむ。タオルの上から見ると、ちょっと細いか？？？　もうちょっと――

「肉があった方が（戦力的に）良いな」

CONTENTS

KUZULESSE OBLIGE

18+ GAME

003 プロローグ 一難去ってまた一難
027 1章 安全な補助魔法を学ぼう!
054 2章 ジャッジメント計画
077 3章 原作主人公がおかしい
101 4章 ゲームの知識
141 幕間 不審者
142 5章 アンデッド
180 6章 思惑
213 7章 悲報。美少女と化した原作主人公
243 幕間 市長
245 8章 トラウマパーティー
276 9章 『絶対死界(アブソリュート・デス)』
297 10章 ジェネシスの再来
324 11章 動き出す者たち
351 12章 人の領域を超えし者
377 13章 罪は(他人に)被せるに限る
396 エピローグ 完全なる計画
411 あとがき

Author: Abataro

Illustration: Kodamazon

Design: Kai Sugiyama

Q.Save Q.Load Save Load Back Log Config Auto Skip

クズレス・オブリージュ２

18禁ゲー世界のクズ悪役に転生してしまった俺は、原作知識の力でどうしてもモブ人生をつかみ取りたい

アバタロー

角川スニーカー文庫

24149

プロローグ　一難去ってまた一難

——クズレス・オブリージュ。

それは、気がつけば、クズトスというどうしようもないほどの嫌われキャラに憑依してしまっていた俺の、唯一にして最後の希望だった。

クズトスといえば、18禁ゲー『ラスト・アルカナム』の中ボスの1人である。こいつのせいでむやみやたらに難易度が上がるので、不人気キャラとして知られていた。

もちろん、ゲームシステムだけではなく、シナリオ面でも主人公チームの邪魔しかせずに嫌われていた。

黒幕側にいいようにこき使われ、最終的には、主人公チームがラスボスに立ち向かう際に、今まで関わってきた全員の顔を思い出し、「僕が守るべきこの世界を、お前みたいなやつに終わらせはしないっ……！」みたいな感動のシーンでも普通に何も触れられずに死んでいた。

どうやらクズトスは、主人公ジークの「僕が守るべきこの世界」のカテゴリーに入っていなかったらしい。哀れなやつである。

だからこその、『クズレス・オブリージュ』。

クズトスがクズトスと呼ばれる理由。原作開始前の流れに、謎の男——ジェネシスとして介入する。

かくして、嫌われキャラとなる原因を排除した俺は、正々堂々とモブキャラの1人として主人公ジークの活躍をのんびり応援でき、晴れて彼の「僕が守るべきこの世界〜」の片隅にでも置いてもらえる。

……はずだったが。

この2週間近く。俺は気がつけば、

特　に　何　も　し　て　い　な　か　っ　た。

爽やかな風が部屋に入ってくる。

用意された自室には、良質な木製のテーブル。

「しっかし、どうしようかねえ」

そんな中、俺は思考を放棄していた。

人間とは不思議なものだ。

どうしてもやらなければいけないことがあるほど、「ああ、面倒くさいな」と思ってしまう。

俗に言う、夏休みの宿題現象。

そもそも俺は割と幼少のころからそういうタイプだった。夏休みの最終日になってから、30日分の天気を思い出し、30日分の絵日記を書き始める、という最高に非生産的な過ごし方で毎年の夏休みを過ごしていたのである。

――だけど、それとこれとは話が別だ。これに関してはやらなければいけない。

ということで、目の前に置かれた紙束を見る。

2週間ほど前、俺のクズレス・オブリージュは完璧に成功したかに見えた。

が、何やらめちゃくちゃ不穏な感じになってきたのである。

1枚目は、リヨンの街の新聞。

そこには『絶影のバルド』という、剣のことをキャンディーか何かと勘違いしている男の事件が書かれている。

あんなアホみたいな男に騎士団は半壊させられたらしい。

もうわけがわからない。実はあのバルドは隠しキャラとかで、特殊な出現条件でもあったのだろうか。プレイヤーがひたすら剣を舐(な)め続けたら、登場する伝説の強キャラ……。

「いや、ないな」

どう考えてもない。さすがに開発陣の良識を疑うレベルである。

2枚目の手紙に目をやる。

手紙の主はリヨンの事件で急激に仲良く……いや正確に言えば、あまり関わってほしくないのに、急激に距離を詰めてきたイーリスからのものである。

彼女は、すっかり元通りになったらしい。

『貴方(あなた)は自身の発言を見直しなさい』とか『仮面の男ジェネシスについての情報はない？』など熱心な手紙が来る。

ちなみに、あのイカレ市長グレゴリオからの手紙は、懇切丁寧に燃やしておいた。

今ごろ、屋敷の裏庭で元気よく植物の養分となっているはずだ。なんか不吉だったので、

「これ以上絶対に関わり合いませんように」と祈りを込めておく。

これ以上、俺は狂人とは関わり合いたくないのである……決してフラグではない。

が、この紙たち以外にも俺を悩ませるものがあった。

「ウルトス様……！」

「ああ」

呼びかけられ、後ろを振り向く。

そこにいたのは、金髪が映えるメイドのリエラ。こちらを見つめる美少女は、なぜかワクワクしたような表情で、ティーポットを差し出す。

「はい、どうぞ。グラディオル産の最高級茶葉です」

「ありがとう」

紅茶の注がれたティーカップを一口。じんわりとした温かさ。

……最高だ。モブ人生が邪魔されまくっている中で、今のところの心の癒やしはお茶くらいである。

けれど、リエラはゆっくり紅茶を飲む俺から中々離れない。

「……リエラ。どうしたの？　今日も元気そうだね」

「はい！　ウルトス様が動き出そうと策を練っている様子を見られてリエラは今日も幸せで

す！」

「ｏｈ……」

これである。

こちらを見て、恥ずかしそうにうつむいているリエラの姿は微笑ましい。

が、忘れてはならない。この子はどうやら俺を表舞台に引きずり出そうとしているらしい。

リエラはこの前のリヨンの一件で、一晩中死闘を繰り広げていた、ジェネシスの姿を大層気に入っているのである。

ありがたすぎて泣けてくる。

……リエラ。悪いけど、ジェネシスは死んだよ。具体的には、あの仮面はうちの屋敷の倉庫に眠っている。

そして。俺のモブ生活を邪魔するのは、手紙やリエラだけでなく、この男もそうだった。

噂をすれば影がさす。

ふと、男の声が聞こえた。

「──カッカカッカ」

噂をすれば、厨二病である。

声のした方を振り返る。

すると扉付近に1人の男がいた。

男は、非常に個性的なファッションをしていた。衣服はボロボロ。浮浪者といった方が実情に近いだろう。

「……エンリケか」

「よお坊ちゃん、ご機嫌麗しゅうってやつだなあ」

笑いながら男が部屋に入ってきた。

厨二病、というこの世界のどんな魔法でも治療できない不治の病にかかっている男こと――エンリケである。

ちなみに、髪を切って少しは身綺麗(みぎれい)にしたらどうよ？　と提案してみたことがあるが、なんとエンリケは「俺は髪を切ると、女が寄ってくるから嫌なんだよなぁ」などとほざいていた。

厨二病に加え、妄想癖まであるとは……なんとも救えない男である。

「んで、坊ちゃん。次はどう動くんだァ？」

「……お前もか」

そう。

どうやらエンリケも、この前の一夜が忘れられないらしく、事あるごとに、「坊ちゃん！　次はどうするんだ？」とか「さァ！　最高の祭りを始めようぜぇ!!」とか、昼夜を問わず絡んでくるのである。

面倒くさいことこの上ない。

が、俺も馬鹿ではない。俺はすでにエンリケの操縦方法に気付き始めていた。

まあ、要するに、自分のことを考えてみればいいのである。

中学・高校のとき、自分が一番厨二病だったころに、他人に「お前は間違ってるよ」と言われても気にするわけがない。

――だったら、逆だ。

ティーカップを置き、肉体に魔力を纏わせる。

そのまま俺は、シリアスな感じを醸し出すため、少しの威圧感とともに魔力を放出させることにした。

「――落ち着けよ、エンリケ。物事にはタイミングってものがあるだろう?」

そう、告げながら。

「タイミング、か……」と何やらエンリケが考え込み始めた。

そんなエンリケを見て、俺は思っていた。

いや。マジで頼むぞ、と。たしかに、こっちが勝手に頼ってさんざん夜に連れまわしたのがそもそも悪い。

それは認めよう。

万年Fランクの平凡な冒険者のエンリケが、そんなシチュエーションに酔ってしまうのもわかる。

わかるよ、人生に一回あるかないかって感じだもんな。

が、しかし、である。今のところは、頼むからもう少しおとなしくしてください。

「まあ、考えてみてくれ」

俺はさらに追い打ちをかけることにした。

エンリケはそれなりに戦闘が好きだ。まあ、学院入学前のクズトスと同レベルなので決して強いとは言えないが。

だからこそ戦士としての感覚に訴えつつ、それっぽく説得すれば、きっと理解を示してくれるはず。

「戦闘中だってそうじゃないか？　なにも攻撃ばかりが能じゃない。時には引き、相手の呼吸を乱すような防御も重要だ。そしてそれはすべてタイミングの問題だ」

「まあ、それもそう……だがよ」

正直、自分でも何を言っているのかわからなくなってきたが、そのまま、エンリケの真正面に立つ。

――エンリケの視線と、俺の視線が交錯した。

「大丈夫だエンリケ。そのうち、最高の舞台を用意しよう」

たぶんあと20年くらい経(た)って、世界がラスボスの魔の手から無事でいたら一緒に厨二病ごっこにも付き合ってやるさ。

「………ほう」

沈黙。

真剣に、こっちを見てくるエンリケ。

なんだろう。にらみ合うにしてもこいつとか……と、俺は若干悲しい気分になり始めていた。将来的にジーク君は18禁ゲー主人公らしく、美少女や美女とイチャコラしているのに、何が悲しくて俺は胡散臭(うさんくさ)い男と見つめ合っているのだろう。

……若干気まずい気持ちになったので、無言で、ちらりと紅茶の入ったティーカップを盗み見る。

ちなみにこの「グラディオル産」の紅茶はゲーム内にも出てくるアイテムである。

ゲームテキストでは「体力を若干回復させ、心を落ち着かせるお茶」などと書いてあったが、この世界でも心を落ち着かせる効果があるらしい。

リエラが「人気のお茶だそうです！」と買ってきてくれた紅茶だ。

ちょっと高級だが、まあ要するに俺は紅茶中毒になるくらい、ここ2週間現実逃避をしていたのである。

が、ふと。

「なるほど、その紅茶――グラディオル帝国のものか？」

「……？　あ、あぁ」

「そうか、そうか。そういうことかよ…………！　クックック、はっはっは!!!!」

なるほどなァ、と言いながら、なぜか大笑いし始めるエンリケ。

……意味がわからない。

「紅茶がどうしたんだ？」

「いやいや、了解だ。坊ちゃん」

そう言ってわかった風な顔をしたエンリケがうなずく。

「ま、今はおとなしくしてるってのは同意したぜ。まあ適当にギルドとかに顔を出したりして情報収集でもするか」

「おぉ……！」

感動。まさか、ついに通じた。

変なことはしない、とエンリケが同意してくれたのである。

しかも。

「情報収集か。そういうのはいいね」

よかった。急に戦うとか言い出さなくて。

というわけで。

「了解。邪魔したな——坊ちゃん。それに、メイドの嬢ちゃん」

「はいはいー」

適当に返事をしながら俺は、嵐のように去っていくエンリケを見つめた。

「でも……あれですね」

同じようにエンリケの背を見ていたリエラが口を開く。

「情報収集で少しの間、エンリケさんが外に行くんでしたら、ウルトス様も少し寂しくなりますね」

……リエラ。

「言っておくが──」

俺はそんな世迷言を言うリエラの方に振り向き、優しくほほ笑んだ。

「それだけはない」

──が、しかし、俺はどうにかしてエンリケを丸め込めたと安心したせいで、聞き逃していた。

部屋を出ていくときに、エンリケが、

「なんだよ、坊ちゃん。な〜にが弛んでる、だ。全然、牙は抜けてねえじゃねえかよ」と、楽しそうに笑っていたのを。

◇

エンリケは、笑みを抑えきれなかった。

ウルトスの方は見ずに部屋を出る。

「──なんだ、坊ちゃん。やる気じゃねえか」

リヨンで起きた一連の事件。

世間はいまだにその余波に揺らいでおり、いまだに王国では、他国や怪しげな組織の陰謀などと言われている。

が、誰も思わないだろう。

（まさか、坊ちゃんがすべて仕組んだこととはな）

世間ではバカ息子などと言われているウルトスが、すべてを動かしていたのだから。

しかも。

『そういえば、坊ちゃんよ。俺が村で遊んでるときに一体、何やってたんだよ』

『あ～、バルドとかいうやつと。ちょっとな』

『んなッ！……【絶影】のバルドだと⁉　生きてやがったのか……‼』

後日、ひょうひょうとしたウルトスから詳細を聞かされたエンリケは驚愕した。

【絶影】のバルド。あれと戦っていただと。

さらに、

『なにっ⁉　バルドが剣を舐めた、だぁ⁉』

なんと、バルドは剣を舐めたという。

――それは、バルドのルーティン。

【絶影】の本領が、発揮される瞬間。

本気で戦うべき相手とみなしたときにだけバルドが行う、一種の儀式のようなものである。

本気のバルド。その実力はエンリケもよく知っている。

バルドは念には念を入れ、確実に任務を遂行しようとする男である。

裏世界に轟く【絶影】の二つ名は伊達ではない。【影】という固有の魔法を鍛え上げた、間違いなくトップクラスの戦闘者。冷徹な性格は敵をつぶさに分析するということでもあり、こと固有魔法と剣術を融合させた戦闘法は強力無比で知られている。

しかも、ウルトスがバルドと相対したのは夜だ。

夜は【絶影】の時間。

【影】の魔法が最も真価を発揮する、バルドだけの領域。バルドだけの世界。

おそらく、夜の闇に紛れ全力を出したバルドは、エンリケですら苦戦を強いられるだろう。

――だからこその【絶影】。

そもそも二つ名とは、強者たる所以。

他を寄せ付けぬ、圧倒的な実力。それがあるからこそ、エンリケも【鬼人】と謳われたのだ。

屋敷を歩きつつ、バルドと戦ったときのことを思い出す。

「俺だって、やり合ったことがあるが……坊ちゃんよ、『アレ』を下すか」

そう。

エンリケもたしかに戦ったことはある。その戦いは三日三晩続いたが、正直、二度とやり合いたくない相手だ。面倒だし、どうもあの男は好かない。

が、しかし。エンリケも避けて通るような男を、ウルトスは――あの坊ちゃんは撃破した。

しかも、名声や金を求めてではない。人知れず娘を救い、エンリケに命じて村をも手助けさせた。

(なんだ、坊ちゃんよ。カッコいいじゃねえかよ)

まさしく、正しき英雄の姿。

おそらく、名乗り出たら勲章ものだろう。まあ、市長に襲い掛かったのはどうかと思わなくもないが、村を救い、娘を助け出したのはたしかなのである。

名乗り出れば周りがウルトスを見る目も変わるはずだ。

でも、ウルトスはそんなことをしなかった。あれほどの事件を起こしても、名乗り出ず、むしろいつも通りに屋敷で過ごしている。

が。その一方で、エンリケは少々、心配していた。

事件後、あくまでいつも通りにのんびり屋敷で過ごし、紅茶を飲んでいるウルトスの姿を見るたびに、エンリケは思っていた。

気が抜けちまったってわけじゃないだろうな？　と。

歴戦の冒険者たるエンリケは、今まで飛ぶ鳥を落とす勢いだったチームや冒険者が、大きな成果を出した途端、気が抜けてしまったのを何度も目撃していた。

だからこそエンリケは、今日、ウルトスを問い詰めたのである。

そして、ウルトスとの会話を通じて、エンリケは確信していた。

「面白(おもしれ)え……」

ウルトスは終わっていない。

あの坊ちゃんの中にある仮面はまだ、壊れていない。

あの坊ちゃんの中にある『強き者の義務(ノブレス・オブリージュ)』は潰(つい)えていない。

そう。エンリケは確信していた。

——ウルトス・ランドールは、次の計画を練り始めている、と。


そもそも、元Sランク冒険者【鬼人】エンリケは、馬鹿ではない。

もちろん、圧倒的な暴力で敵を粉砕するのがエンリケのやり方だが、一方でエンリケは豊富な戦闘経験によって物事を洞察できる男である。

そんなエンリケの恵まれた勘は確信していた。


——タイミングを見定めろ、というあの言葉。


「グラディオル帝国産の茶葉って言えば、たしか最高級品だったはずだな」

そうつぶやいてみる。

冒険者にはなじみが薄いが、騎士団御用達の高級茶葉である。

なんでも心を落ち着かせる効果がある、という代物で、昔の貴族は大事な戦いの前などに飲んでいたらしい。

これらから導き出される結論——それは、すなわち。

「坊ちゃんは、油断なんぞまったくしてないってか」

にやり、と。不意に笑みがこぼれた。


そして、何より。エンリケは感じていた。

ウルトスが立ち上がったときに感じた、あの怜悧な魔力。

こちらの肌が粟立(あわだ)つほどの魔力。

ここ2週間ほど、ぐうたらしているだけの貴族の息子に、あれほどの殺気が出せるか⁇

――答えは、否(いな)。

エンリケの感覚は言っていた。

坊ちゃんは牙を抜かれた？

あの男の牙は、何も変わっちゃいない。あの男の覚悟は、何も揺らいじゃいない。

いや、むしろ。

「準備万端ってところかあ？」

屋敷を出る。

顔を上げると、ちょうどウルトスの部屋の窓が見えた。

我ながらキザったらしいとは思ったが、自らが認めた男に一礼をする。

「あんまり得意じゃねえが、情報収集でもしておいてやるよ」

エンリケ。

かつて【鬼人】と称された伝説のSランク冒険者は笑った。

「ごちそうを後に取っておくってのも悪くねえ。こう見えても――俺は、好物を後に取っておくタチでな」

――楽しそうな祭りの予感を覚えて。

◇

「えぇ……キモぉい……」

　屋敷を去るエンリケを見て、俺は非常に微妙な表情をさせられていた。

　なんと、「情報収集のために出かけるぜ！」と意気揚々と出ていったあの男は、なぜか去り際に、俺がいる窓の方を見つめて、一礼しやがったのである。

　しかも、なんかこう……すごいキザったい感じの礼を。

「ああそうか、ついに厨二レベルを上げてきたか、狂ってやがる」

　いや見たことあるよ、洋画でさ。そういうパターン。なんかこう……男がカッコよく去っていく、みたいな。

　正直に言えば、俺だって、そういうのに憧れたことはある。

　が、しかし。それはあくまでも、「ものすごい一匹狼（いっぴきおおかみ）で、今まで他人に心を許したことのない男が忠誠を誓う」とか、そういういわゆるカッコいいシーンに登場するものであって、断じて夢追い中年冒険者のエンリケがやっていいものではない。

　俺は屋敷を去っていく男の背中を見つめながら、「はぁ」とため息をついた。

　あいつマジで大丈夫だろうか。

　情報収集？　そこら中で小馬鹿にされるイメージしか湧かないんだが⁇

『や〜〜い！　奇人のエンリケだ！』

ダメだ、泣けてきた。

暗澹たる表情を浮かべる俺の後ろでは、リエラが感心したようにうなずいていた。

「どうしたの？　リエラ」

そんなキラキラした目をして。

大したやりとりではないのだけど……。

が、リエラは信じられない、といった表情で続けた。

「すごいです……！　ウルトス様……」

と、こぼしたうちのポジティブメイドは、その美しい表情を緩ませながら言い放った。

「これが……噂に聞く男同士の友情！　というやつなのですね！」

「違うよ」

体のいい厄介払いのつもりだったのに、リエラはアレに感動しているらしい。

あんなのに憧れちゃうの？？？

ここまで来ると、もはやリエラの体調が心配になってくるレベルである。

「……リエラ」

そう言いながら、メイドに近づき、おでこに手を当てる。

「ウルトス様……な、何を！」

「いいから大丈夫」

「な、な、な、な」

真剣な表情で、熱を測る。

普段、冷静なリエラがそんな勘違いをしてしまったということは、つまり——

「やっぱり、多少は熱がありそうだな」

至近距離。目の前のリエラは顔を真っ赤にしており、手のひらから熱が伝わってくる。

「は、はひ……」

「無理してるんじゃないか？」

とりあえず、壊れたレコードのように、「な、な、な、な、な」と連呼しているメイドに俺は言い渡した。

「悪かった、少しは休んでくれ」と。

たしかに、最近リエラには頼りきりだったかもしれない。

いけないいけないいけない。

部下を働かせすぎてて、貴族のモブ息子感が薄くなってしまうところだった。そんなテキパキ指示を出してたら、有能息子じゃないか。

こういう細かいところが、原作が始まったときのモブ感につながってくるに違いない。

ぽやっと夢を見ているようなリエラ。

そんなリエラに、俺は優しく諭した。

「リエラは、大切なメイドだからな」

……そう。最近、癖が強い連中の相手をしていたから、リエラみたいな一般人枠は俺にとって大切なのである。

頼むよ、リエラ。

どうかその感性のままでいてくれ。

というわけで、エンリケさんの襲来という災難は去った。

「……よし、私もエンリケさんには負けないようにしなきゃ！　男同士の友情もたしかに素敵だけど、私はウルトス様と『あ～ん』した仲ですもんね!!」

「……そうかい」

リエラ。それは違うと思うよ。

◇

部屋に一人になって息をつく。

「しかし冷静になって考えると、どう考えても――」

ここに来て俺は、一番対処しなければいけないことに気がつき始めていた。

椅子に座り、天井を見上げる。

一番まずいのは、

「――ジーク君だな」

とりあえず状況を整理。

今までの経験上、少しずつこの世界のこともわかってきた。

『ラスアカ』というゲームは、主に魔法や技を覚えて、戦闘力を向上させていく、というシステムであった。

今までの感触からすると、魔法は、ほぼゲーム内と同じ法則だろう。

まあ、一部上級者しか使っていなかった魔法などはもちろん、この世界でも知られていない……が基本的には俺の知識がそのまま通じると考えてよさそうである。

ちなみに、エンリケに、

「なにか技は使わないのか？」と聞いたところ、

「技だァ？　俺はちんけな技なんて使わねえ。そんなのにいちいち頼るなんざ、弱者のやること。真の強者は戦いで余計なことは考えん。俺の一挙手一投足、すべてが必殺だ」

と、ありがたく教えてくれた。

こいつ、マジでランドール公爵家に仕えていてよかったな、と心の底から思った瞬間である。俺と俺の理解あるやさしいご両親がいなかったら、こんな虚言癖野郎は速攻で首を切られていたことだろう。

が、しかし。ゲーム内とは、明確に違う点もあった。

「まさか、ステータスが見られないとはなあ」

この世界では、ステータスを見るというのはかなりの高等技術であり、普通は見られない。

現に、魔法に詳しいカルラ先生も、

「う〜〜ん。ちょっとそっちの方は、私、詳しくないかなあ」と微妙な表情をするほど。

たしかに。

剣の材質とかであれば、いくらでも調べられるだろうが、人の強さをステータスとして見るなんて、現実的に考えればチートにもほどがある。

ステータスを見れたら、レベルとかで相手の強さとかもわかるのに……と期待していたが今のところ、やはり冒険者のランクや、じかに戦ってみた感覚などで判断するほかないらしい。

と、まあ、少しずつわかってきたゲームの世界はさておき。

1つだけ、ゲームと絶対に同じだと断言できることがあった。

——それは、ストーリー。

この前のリヨンの一件でも、俺が介入したこと以外は大方ゲームの展開通りに進んでいた。

ということは、である。

確実に、ジーク君が一番まずい。

イーリスにしてもグレゴリオにしても、バルドにしても、他のやつらはギリギリ何とか対処を先延ばししていてもいいが、ジーク君は幼少期から鍛えに鍛え、世界を救う英雄となるのである。

世界の破滅をもくろむ巨大な組織と戦ってくれるのは、ジーク君しかいない。

そんな英雄のジーク君が鍛えもせず、幼少期から部屋に引きこもっていたらどうなりますか？？？？

今のところ問題はないが、将来、確実に世界が滅びるだろう。

ストーリーがゲームと同様に進むのであれば、ジーク君が——なぜか知らないが——やる気をなくして引きこもっているという現状は、割とまずいのである。

「でもなあ……」

そう言いつつ、机に突っ伏す。

しかし、ここで問題があった。

ジーク君は貴族が嫌いだ。

そもそも、ジーク君の村はランドール領にあるので、領主のダメ息子、クズトスはもちろん嫌われている。騎士団に所属する父親のレインが貴族にこき使われているように見えるので、より貴族を嫌っているのである。

……悩む。

この前のジェネシスの姿で襲い掛かる前に、ジーク君と顔見知りになっておくべきだったのだろうか？

いや、でも急に領主の息子が村に訪ねてきたら、あちらも警戒するだろうしなあ。

答えが出ない。

そのとき、鐘が鳴った。

「ああ、時間か」

あれこれジーク君に近づく策を考えながら、部屋の外に出る。

今日はカルラ先生の魔法の授業。

リヨンの一件の後も俺は、将来に役立つであろう地味なモブっぽい魔法の発掘に精を出していた。

1章　安全な補助魔法を学ぼう！

さて、我らが痴女――ではなかった。

我らが師匠・カルラ先生は、ランドール公爵家の屋敷から少し離れた、小屋らしきところに居を構えている。

「すみませ～ん」

「……ッ！　うっくん？　ちょ、ちょっと時間が早っ」

扉を叩くと、ドタバタした声が聞こえた。

準備でもしていたのだろうか。

とはいえ、相手はメインヒロインの1人。失礼があってはいけない。

落ち着いて、「師匠？」と呼びかける。

すると、少し経ってから咳払いが聞こえ、扉が開いた。

「待たせたね、我が弟子よ」

扉から出てきた人物が口を開く。

藍色の髪。鋭い紫色の眼。少しはだけた胸元は、いつ見ても公然わいせつ罪で捕まりそうである。

が、その雰囲気は冷たい、の一言に尽きる。

思わずこちらが気圧されるような冷たさ。

「魔法の本質は、秩序と規律。早く来たのは褒めるべきことですね——では今日も、修業を始めましょう」

厳かに、カルラ先生がそう告げた。

「ええ、今日もよろしくお願いします」

相手はメインヒロインの一角である。

だからこそ、俺は余計なことには踏み込まなかった。

そう。たとえ、カルラ先生の髪に寝癖が付いているのが見えて、

「あ、この人、規律とか言っているけど、さっき起きたんだな……」と思ったとしても。

物わかりのいいモブは決して、余計なことには首を突っ込まないのである。

「では、今日も授業を始めるとしましょう」

そう言って、腕を組むカルラ先生。

——カルラ・オーランド。

『ラスアカ』メインヒロインの1人で、【氷】という特殊な属性を持つ強大な魔法使い。

原作においては、取り付く島もないほど冷たい女性で、まさに【絶対零度】という異名通りの冷徹さを誇る。

ゲーム内では彼女のルートを選んだ場合、主人公のジーク君はそんな彼女と仲良くなり、

徐々に距離を詰めていく。

そして、最後に現れる彼女の笑顔。

――と、美人でこんなにロマンチックなルート、なおかつ強い。これでもかと人気になる要素が揃ったキャラである。

しかも、ルートを進めていった結果、日常パートでは意外とずぼらだったりとギャップを見せてくれる。

もっと言えば、ストーリーに確実に絡んでくるアルカナ持ちだし、人気が出ないわけがない。

が、しかし。

それはあくまでもルートを進めて仲良くしていった場合に、ジークくんにだけデレるといった感じである。

何なら初対面に失礼をかましたせいで、本来ならクズトスは蛇蝎のごとく嫌われているはずだった。

そこで俺は、真面目に魔法に取り組む様子を見せることで、カルラ先生に好かれなくても嫌われない。

そんな絶妙な立ち位置を目指していたのだが……。

目の前にいるカルラ先生を見つめる。

「いいね？　我が弟子。魔法は本来、戦闘のためにあるんじゃない。戦闘と関係のない場所でも人々を幸せにする、そんな魔法もあるんだ」

真剣な様子のカルラ先生は、だから、と続けた。

「――決して、強さだけを追い求めないこと。強さだけを求めると、人は間違ってしまうから。私はそういう人を何人も見てきた」

彼女の美しい瞳がこっちを貫いた。

「…………」

沈黙。

「そ、そうですか」

そんな無言の空間にいたたまれなくなった俺は、「すごく良いことを言ったぞ」みたいな雰囲気を醸し出すカルラ先生の前で、必死に頭を回転させていた。

少なくとも俺は、先生に嫌われないようにと行動してたのだが、なぜかカルラ先生は、俺に「力を求めすぎてはいけない」と力説してくる。

こっちが心配される側？？？

……いやたしかに、『ラスアカ』は定期的に闇堕ちルートなるものがあって、ヒロインや主人公でも力を求めすぎて、闇堕ちする場合もある。

けれど、それは「力を求めすぎた場合」のことである。

現に、俺はまったくと言っていいほど力を求めてはいない。

多少、他人よりは魔力の扱いがうまく、効率がいいかもしれないが、それだって戦闘力としてはせいぜいエンリケクラスだし。

特殊な属性である【空間】の魔法だって、「空中に板を作って踏み台にする」という将来、高いところのものを取りたいときに使えそうな、それはそれは常識的な魔法しか開発した覚えがない。

どこからどう見たって俺は、明らかに力を求めて、「クックック……これで俺はもっと強くなれるぜ。キヒヒ」みたいな戦闘狂キャラではない。

こんなイカれた世界で、そんなムーブをかますほど俺は馬鹿ではないのである。

が、しかし。カルラ先生は違った。

例えば前に、俺がカルラ先生に原作主人公の修業法について聞いてみたら、「な、なんてことを……」と、なぜかこっちを見て顔を真っ青にしていた。

……そんなこともあったなあ。

そこまで語り終えたカルラ先生は満足そうにうなずいた。

「魔法の本質とは探究。では今日も張り切って、戦闘用ではない魔法の修業――補助魔法の勉強をしてみようか」

こうして。

戦闘用の危険な魔法の修業を禁止された俺は、いわゆる『補助魔法』と呼ばれる、戦闘には関係のない魔法の修業をしていた。

――『補助魔法』。

攻撃用の魔法や、強化魔法以外の魔法のことである。要するに、戦闘には関係ないけど有用な魔法、くらいのノリだろうか。

正直、ゲーム内では人気があるとは言えない魔法。

とはいえ、カルラ先生の提案は、俺にとってもメリットがあった。

戦闘とかそういう物騒なことは原作の主要メンバーにでもやらせておけばいい。

であれば、ここは大人しく『補助魔法』を習得する方が良いだろう。

ということで、カルラ先生の視線を背に感じながら鏡の前に立ち、ゆっくりと詠唱を唱える。

「――変装（ディスガイズ）」

うっすら力が抜けていくような感覚が身体（からだ）を通り過ぎた。

目を開ける。

「うまくいったみたいだね」

「ええ……」

成功した。

何度見ても信じられない。俺が選んだ補助魔法の効果は――

魔法を唱え、鏡を見る。

気がつけば、俺こと、クズトスの金髪が少し暗い色に変化していた。

「【変装（ディスガイズ）】。消費する魔力に応じて、対象の見た目を変える魔法」

パチパチと拍手の音が聞こえる。

「補助魔法の中でも、あまり知られていない地味な魔法だけど、よく知っていたね」

と、首をかしげながら拍手するカルラ先生。

「ええ、まあ。本で知っていたので興味がありまして……」

「ふぅん。基本的には、市販の魔導書には載らないような魔法だけど」

若干こちらを疑っていそうなカルラ先生の口ぶり。

【変装（ディスガイズ）】の魔法とは、いわゆるキャラメイク用の魔法である。

『ラスアカ』では多少、キャラの見た目を変更することができる。そのときに必要になるのが、この【変装（ディスガイズ）】の魔法だった。

が、この魔法は普通に不人気だった。

そもそも、ゲーム内では主人公の見た目なんて大幅な変更はできない。やれても眼の色を変えたり、髪の色や髪形を変えるくらいである。

そして、攻略や戦闘に役に立つ攻撃魔法を捨てて、見た目を変えるだけのマイナー魔法をわざわざ主人公に覚えさせるアホはいない。

ということで、この【変装（ディスガイズ）】の魔法は、

「は？　誰がそんな魔法使うの？ｗｗ」

「【変装（ディスガイズ）】を組み込むとかｗｗ　おいおい変態かよｗｗ」

と、大多数のプレイヤーにはスルーされるかわいそうな補助魔法なのであった。

比較的真面目にプレイしていた俺は、もちろん存在は知っていたが、ついに一度も使うことはなかった。

――が、しかし。

カルラ先生に戦闘用魔法じゃなくて、補助魔法にしなさい、と言われたとき。ふと頭をかすめたのが、この魔法だった。

もちろん髪の色を少し変えることができてもあまり意味はないだろう。普通に戦闘用魔法を勉強していた方がはるかに利口である。

けれど、俺に胸にはある予感があった。

今後の展開が、『ラスアカ』と同じだとすると……途端に、

「あれ、この魔法、めっちゃ有用じゃないか？」と思えてきたのである。

例えば、『ラスアカ』は18禁ゲーだが、ただ女の子とイチャイチャしてればいいだけではなく、たまにとんでもなくハードな展開もある。

例えば敵が王都を襲撃してきたり……など。

要するに、この世界は割とイカレた連中が闊歩している世界観である。

いくら「クズトス」としての悪行をやめようが、危ないことには変わりない。クズトスだって割と顔を知られているし、絡まれる予感しかない。

けれど、そんなときに、この魔法が使えたらどうか？？？

髪の色を黒に変えたりして、見た目を変えてしまう。

そう。

もしかしたら、この魔法を駆使すれば、黒髪黒眼のモブとして、敵と主人公たちがドンパチやっている間、心置きなくキャーキャー逃げまわり、晴れてジーク君が敵をとっちめた後、拍手で称える……というムーブができるかもしれない。

そんなことを考えていると。

「……はあ、よかった」

カルラ先生がキリッとした顔を崩して、めちゃくちゃほっとしていたような気がしたが――

「……ち、ちがッ！　お、おほん。我が弟子よ。よ、世の中には戦いだけではなく、このような魔法の使い方もあると知りなさい！」

なぜか戦いから死ぬほど逃げたがっている俺は、カルラ先生にお叱りを受けた。

「今日はありがとうございました」

そう言って会釈。

魔法についての講評を頂き、そろそろ時間も経ったので、カルラ先生のもとを去ろうとする。

そんなとき、ふと神妙な面持ちのカルラ先生が口を開いた。

「そういえば、我が弟子――ウルトス。その……」

もじもじとバツが悪そうな顔をするカルラ先生。

「君に話さなければならないことがあります」

「あれ？　もしかして、僕の魔法に何かありましたか？」

「あ、いえ、今回の魔法は見事です。そうではなく……私の話なのですが……」

そこまで言ったカルラ先生は、意を決したように、大きく息を吸い込んだ。

「私、王都に行くことにしたんです」

「……ああ、なるほど」

すぐに俺は、もうそんな時期か、と理解した。

学院。要するに彼女は、原作の開始場所である魔術学院にお呼ばれしたのである。

今のところ彼女は、さすらいの魔法使いとして正式な機関には所属していない。

気が向くままに研究して、そして時々、貴族の家庭で魔法を教えたりしている。例えるなら、アルバイト的な感じだろうか。

しかし、そんな生活には1つだけ欠点がある。

ずばり、生徒の質である。

まあ、ぶっちゃけ貴族の子弟なんていうのはピンキリである。

ものすごいセンスがあり、原作でも華々しく活躍するやつもいれば、クズトスみたいに、ニタニタ笑って努力もしないくせに、才能がないと告げると逆ギレして速攻でクビにするとか言う地雷もいるのである。

　ちなみに原作でのカルラ先生は、クズトスの傍若無人っぷり、人間としてのレベルの低さにあきれ果て、学院に入ることを決意するという流れになる。

「でも、先生。よくここまで残ってくれましたね。引き留めたわけでもないのに……」

　それを聞いたカルラ先生は、「ふふっ」と笑って、その冷たい眼差しを少し緩めた。

「……どうしても気になる存在がいてね。危なっかしくて、後先考えずに自らの限界まで力を求める……そんな見ていられないけど、不思議と気になる子が。それで、少し時間を取ってしまった」

「へえ」

　なんか遠くを向いて、いい感じの雰囲気を醸し出し始めたカルラ先生には悪いが、俺は思わず頭が痛くなった……何だ、そのヤバいやつ。

『後先考えずに自らの限界まで力を求める』

　とんでもないやつがいたものである。

　なんだその蛮族みたい野郎は。

　どうやらカルラ先生は俺が知らないところで、だいぶ香ばしいというか、だいぶアレな人材を見つけていたらしい。

「そうですか……そんな人が……いたとは」

「ああ、本当に手のかかる子さ」

「ハハハ……」

頼むから俺の身近にはいないでほしい。

そんなわけのわからない危険人物を見かけたら、次期領主の権限を惜しみなく使って、真っ先に領内から追放してやろう。

……まあ、とはいえ。カルラ先生が学院に行く、というのは悪い話ではない。

それはつまり、物語が原作通りに進んでいるということでもある。

リヨンの一件で原作の展開から結構逸れてしまった気がしたが、無事、何とか軌道に乗っているようだ。

「いやでも寂しくなりますね。急に旅立つなんて」

俺は小屋の扉の前で、カルラ先生に最後の別れを告げていた。

すると、

「その……私は……今まで弟子を持ったことがない」と、少し言いづらそうにカルラ先生が口を開いた。

……なるほど。たしかにそういう設定だったな。カルラ先生が初めて迎えた弟子はクズトスだが、あまりにもどうしようもないので、ゲーム内では見捨てられたということになっていた。

「そこでだね。我が弟子よ。その……これを受け取ってくれないかな？」

そう言って差し出されたのは、青色のネックレスだった。

シンプルな装飾に、真ん中に小さなブルーの宝石が付いている。

「……綺麗なネックレスですね」

そう言わざるを得ない。

美しい女性。それもめったに人に興味を示さないほど冷静な女性から渡されたネックレス。

「魔法使いにはこういう風習があるんだ。師匠から弟子に贈り物を渡すというね」

そう言って、うっすらはにかむ美女。

普段笑わない彼女が少し眉を曲げ、恥ずかしそうな様子でネックレスを突き出す様子は、大変可愛らしい。

ゲームと同じであれば、このネックレスは、数々の魔法的効果を持った強力なアクセサリ。

それに、カルラ先生の手元をよく見てみると、手には絆創膏が貼ってあった。

「あ、いえ、これは」

視線に気がついたカルラ先生が、さっと手を隠す。

「師匠……」

そもそも、基本的にカルラ先生は細かい作業が苦手だ。

原作でも、食事を作るシーンでは、料理とは到底呼べない消炭を食べさせようとしてくるし、作中屈指の強大な魔法使いにもかかわらず、大事な戦いのときに、薬でぐうすか眠らされてたりする。

「後半からカルラ先生ってキャラ変わってない？」と言われるほどの、この上ないドジである。

そんなカルラ先生が必死に作ってくれた、お手製のアクセサリ。

性能には文句のつけようもなく、頑張って作ってくれたのだろう。

思わず胸が熱くなった。

——だが、しかし。

差し出されたネックレスを見て、俺の顔面は蒼白になっていた。

俺は知っていた。これが恐ろしいものだ、と。

カルラ先生お手製のネックレス。

それはラスアカプレイヤーの中でこう言われていた。

作中屈指の、不幸を呼び寄せるイカれアイテム——通称、『カルラ先生の呪いのネックレス』である。

「我が弟子……！」

目をキラキラさせている先生に見えないよう、俺はこっそりため息をついた。


そもそも、カルラ・オーランドは天才である。

ゲーム内ではなんかズボラ、というか抜けた姿がほとんどで、いまいち真価を発揮できない彼女だが、一度戦闘状態に入るとめちゃくちゃな威力の魔法で暴れまわる。

どれくらい強いのかというと、ゲーム内で最強を挙げれば、確実に彼女の名が挙がるほど。

そもそも戦いに参加する機会は少ないが、【氷】の魔法は伊達ではない。

本気を出したときの彼女は、この世界の最強の一角を占めると言っても過言ではないのだ。

が、そんなカルラ先生は同時に、まあまあな不幸属性持ちだった。

王国の、とある魔法の名家に生まれた彼女には、1つ歳上の兄がいた。

彼女の兄は傲慢な男で、いつも自分の才能を鼻にかけていたのだが、ある日、幼少期から才能があふれていたカルラ先生は、初めての魔法で、兄よりも高度な魔法を完成させてしまったのである。

もちろん兄貴の方は、妹のカルラが自分よりも才能があるとは認めたがらなかった。しかし。そんな微妙な空気の中、カルラ先生は、兄に魔法を付与したネックレスをプレゼントしてしまう。

もちろん、カルラ先生からしたら、煽りでも何でもなく親切心からだったのだが、コンプレックスど真ん中を突かれた兄貴は激昂。

己の強さを求めて道を踏み外した兄貴は、ネックレスも家も捨てて去ってしまう。

そんな家を裏切って情緒不安定な兄上は、本編でもそのうちボス格として出てきたりもするのだが……。

ここまでだったらよくある話かもしれない。

が、カルラ先生のネックレスの不幸話はこれでは終わらなかった。

時は経ち、原作開始の時期になると、カルラ先生は学院の教師になっている。

主人公のジーク君でカルラ先生のルートを進めて、好感度が一定になると、同じようにこのアイテムを、もらうかもらわないかを選ぶことができるのである。

そして、なんと。

このネックレスを受け取ると、高確率で、ジーク君かカルラ先生のどちらかが闇堕ちルートに入るのである。

……まったくもって意味がわからないが、なぜか運悪く他の女の子とイチャイチャしている場面を見られてカルラ先生がメンタル的に追い詰められたりと、ここまで良い雰囲気で進んでいた2人の仲が急速に悪くなる。

最終的には、闇堕ち兄貴までもが乱入してくるのだから、もう意味がわからない。

しかもひどいのが、ここまでの事件を引き起こしておいて、先生本人には何の悪意もない、ということである。

ただ、大事な人にお手製ネックレスを配っただけで、兄貴が闇堕ちするわ、主人公は闇堕ちしかけるわ、最終的には彼女も闇堕ちする可能性があるわ、の素敵な三連コンボ。

何なら、闇堕ちして一切のギャグ補正から解放された真のカルラ先生の戦闘力はすさまじく、味方だったときとはまるで比べものにならなくなる。

一度、そのルートを体験したプレイヤーは、「味方だったときも最初からこのくらい本気でやってくれよ……」とこぞって口にするほど。

もっと言うと、何なら、『ラスアカ』の好評に伴い、公式がSNSで「カルラ先生のネックレスを販売するよ！」とつぶやいたところ、急遽ネックレスの製作を担当する会社が倒産したということもあるので、これはもうホンモノである。

ゲーム内でもリアルでも、不幸をまき散らす恐ろしきネックレス。

——これがいわゆる、『ラスアカ』の特級呪物こと、『カルラ先生の呪いのネックレス』の全貌である。

一体、どうしたものか。

俺はカルラ先生の顔を見つつ、悩んでいた。

「じゃあ……」

そして、迷った果てに、俺が選択した答えは——

「ありがとうございます。では師匠もごきげんよう。師匠が王都に着くころに、お手紙でも差し上げますね」

結果、俺はネックレスを片手にカルラ先生に手を振っていた。

小屋が次第に遠ざかっていく。

……うん。ちらりと右手に握るネックレスを見る。

たしかに、このネックレスは危険だ。

実際、ゲーム内でカルラ先生は『【氷】属性を操る魔法使い』と紹介されていたが、一部のプレイヤーからは、「もう本業は呪いのアイテム職人でいいんじゃないかな」とか、「カルラ先生に一生ネックレスを作ってもらって、気に食わないやつに渡しておけば、この世界を征服できるんじゃね⁇」とも称されていたレベルの危険物である。

が、俺はここに、一筋の希望を見出していた。

カルラ先生がネックレスを渡して不幸になったのは、主人公のジーク君に、カルラ先生本人に、カルラ先生の闇堕ち兄貴。

よくよく考えてみると、このラインナップは——本人を除けば、全員、カルラ先生の大事な人なのである。

つまり、カルラ先生が、それほど大事じゃない知り合いレベルにネックレスを渡したケースは、ゲーム内でも確認されていないのだ。

今の俺の現状を確認してみる。

原作クズトスのように、セクハラ発言をしたわけでもないので、カルラ先生に嫌われてはいない。

が、別に好かれているというほどではない気がする。

カルラ先生からしても、「王都に行くから、家庭教師先の子供にネックレスでもあげるか〜」くらいのノリだろう。

今は一応、「師匠」「弟子」と呼び合っているが、それだっていつまで続くかわかったものではない。

原作が開始したら、カルラ先生だって原作のようにジーク君と仲良くなっていくはずだ。

ちょっと悲しいが、そのころには俺はお払い箱。

少しの間、家庭教師をした子供のことなんて、ほとんど記憶にないに違いない。

例えるなら、小学校とか中学校では結構仲良かったのに、久々に会ったら、「こいつ……話が全然合わないな……」と思われるとか、そういうレベルだろう。

まあ仕方ない。よくあるやつだ。

何ならカルラ先生は、「どうしても気になる存在がいてね」と、わけのわからないやつに興味を持っていそうだったたし、俺のことなんか速攻で忘れてしまうだろう。

我ながら完璧な推理。

というか、ゲームで見える部分では、大事な人にしか渡していなかったが、もしかしたらこの世界では、割と頻繁に配っているのかもしれない。

家庭教師をした先々で、「よくできましたね」って感じにプレゼント。

うん、結構ありそうな気がする。進〇ゼミ方式である。

そして最近になって、貴族の中で急に不幸に見舞われた家が続出してる！　なんて噂も聞いたことがない。

というわけで、カルラ先生の不幸属性は、知り合い程度の俺には降りかからず、このネックレスは単に性能のいいアクセサリとして働いてくれるはずである。

まあ、ただし。

「一応……ここ数日は家に引きこもっていようかな」

多めに見積もって3日間くらいは。

こうして俺は、カルラ先生の不幸属性におびえつつ、帰宅を急いだ。

——が、俺は後に知ることになる。

カルラ先生のネックレス。これは冗談ではなかった、と。

◇

「また会おう。我が弟子よ——」

カルラは、小屋から去り行く弟子を見つめていた。

カルラの心の中にあったのは、圧倒的な安心感だった。

なぜならカルラはたった今、ある仕事を終えたばかりだから。

補助魔法に、ネックレス。大魔法使いカルラは、自分の作戦が成功したことにぐっと拳を握った。

ここまでやったら、きっと——

(うっくんは、戦いを諦めてくれるはずだから……！)

——ウルトス・ランドール。

ランドール公爵家の一人息子にして、カルラの弟子。

「新しい修業方法を考えてみたんですが」と言ってはニコニコ笑顔で、ルールガン無視・危険性ガン無視の狂気の修業法を発表し、魔法を教えてみれば、なぜか戦闘方面にばかり凝るこの危険な弟子を、カルラは心底案じていた。

そして。

「そ、そうですか、リヨンに行ったと」

ウルトスがリヨンから戻って少し経ったとき、カルラは弟子から報告を受けて、くらりと眩暈を感じていた。

(やっぱり……気配が変わってる……!)

リヨンの街に貴族の顔見せをしに行って以降、ウルトス――いや、うっくんの気配が変わっていた。

例えるなら、何かが成功してちょっと満足したような。

だから、カルラは恐る恐る聞くことにした。

「えほん」と咳をし、なるべく厳かな感じで問いかける。

「その……あのぉ……リヨンでは何をしたのかな？」

「あぁ、両親と会ったのと、パーティーですね」

そ、そういうことではなく……。

くっ、埒が明かない。カルラは直球でケリをつけることにした。

「そ、そのだね、我が弟子よ。そのリヨンで良くないことに巻き込まれたんじゃないかという気がしたのだけども。気配的に」

少し間が空く。

「ええ、ちょっとですけどね。エンリケと一緒にいたら良くない男たちに絡まれまして」

「ふむ。大事なかったかい？」

「ああもう、それは全然」

なるほど、とカルラは思った。

――良くない男たちに絡まれただけ。

（よかった……とりあえず変なことに首を突っ込んでなくて）

安堵。カルラがそこまで心配していたのには理由があった。

ウルトスがリヨンに行ったのと時を同じくして、リヨンではとある事件が勃発していたのである。

やれ、リヨンの郊外では、英雄と呼ばれる男・レインが『バルド』と名乗る実力者とぶつかり合い、とある村では『ジェネシス』と名乗る男によって盗賊が一網打尽にされ、最終的には、リヨンの街の市長として辣腕を振るうグレゴリオの市庁舎が突如として雷の魔法で破壊されたのだ。

ちょっと前まで、それなりに平和な都市として知られたリヨンは、今や、「魔物が出没する辺境の地よりもよっぽど危ないのでは？」と、王国内でも一躍有名になっていたのである。

だからこそカルラは、この強さを求める弟子が変なことに首を突っ込んでいないか、しっかり点検していた。

（最悪、３つの事件のどれかに関わっているかもと思っていたけど……うん、杞憂だったみたい）

そもそも、裏社会の人間だって、こっちからむざむざ相手のところに乗り込んだりしなければ、関わり合いのないものなのである。そして、まさかランドール公爵家の一人息子がいくら無鉄砲だとて、裏社会の人間相手にちょっかいを掛けるわけがない。

カルラは、ほっとため息をついた。

しかし、同時に。

（でも、エンリケ……ね）

カルラは弟子の口から出たとある人物の名を知っていた。

エンリケ。

カルラ自身はあまり冒険者と関わりがないが、完全に能力が魔法ではなく筋肉に行ってしまった危険な男だと聞いている。

カルラだって、ランドール家の屋敷にエンリケがいることは知っていた。

うっくんが危険な修業をしていないか確かめるため、屋敷を監視……ではなく、姿を隠して遠くから屋敷をこっそり見ていた際に見かけたことがある。

そして２人の様子を見て、カルラの冷静な頭脳はすでに答えを導き出していた。

どう見ても、うっくんは、件の脳筋男エンリケに影響されている。もしくは、あのエンリケとかいう男が、嫌がるうっくんを無理やり外に連れ出し、ごろつきに襲わせたのかもしれない。

ああいう冒険者という輩(やから)は出世への意欲が強い。

カルラの脳内で、「クックック……ほら坊ちゃん、戦ってみろよぉ！」とゲス顔を浮かべるエンリケと、無茶(むちゃ)ぶりをされ、おびえるウルトスの顔が思い浮かんだ。

「……さいってい……！」

このままだといつの日か、余計なことに首を突っ込んでしまう。

だからこそ、カルラは心を鬼にして、ほとんどの人間がまず学びたがる攻撃魔法じゃなくて、補助魔法の修業を優先したのである。

（まあ、うっくんを、闘いの輪廻(りんね)から外すためだから……！）

というわけで、無事、補助魔法をウルトスに覚えてもらい、ネックレスまで渡せたカルラは、先ほどの【変装(ディスガイズ)】の魔法を思い出して、非常に満足していた。

（我ながら完璧な作戦……！）

補助魔法をよくぞここまで修業してくれました。

そしてあの没頭っぷり。きっと、うっくんは補助魔法の楽しさに目覚めて、戦いなんて興味がなくなっているはずである。

このときばかりは、世間で冷たいと評されるカルラも上機嫌だった。

でも、自分でも意外な心境だった。まさか。

「私が学院に行くことになるとは、ね……」

カルラは元々自由気ままなタイプの魔法使いである。特定のグループに属することもなければ、誰かと共に過ごすこともない。学院に所属するような魔法使いではないのである。

それはカルラの辛い過去から来ていた。尊敬していた兄との別れ。唯一プレゼントを渡した相手である兄は、力を求め、去ってしまった。

それ以来、カルラは他人に心を許したことがなかった。

何軒か貴族の家に行き、家庭教師をしたこともある。が、ただの一度たりとも教え子を「弟子」と呼んだことはない。

ウルトスを除いては。

そう。ウルトスはどこか兄に似ている。

強さをどこまでも求めている、愚直なまでに。

だからだろう。気がつけばカルラは、ウルトスから目が離せなくなっていた。

そして、そんな真っ直ぐ強さを求めるウルトスと触れ合ううちに、カルラは学院に行きたいという気持ちになっていた。

もう少し魔法を学びたい。ウルトスのひたむきさが、今まで人を遠ざけていたカルラの、凍てついた心を動かしたのだった。

あの事件以来、ネックレスを作ったことはなかった。あのトラウマのネックレスを他人にあげ、挙句の果てに学院に行くなんて、かつてのカルラでは考えられないことだった。

（だって、そうだよね？　うっくん）

ウルトス。いや、うっくんが自分から補助魔法を優先してくれたのだ。これで心配なことは何もない。強さを求めて、変な事件や戦いに首を突っ込むこともないだろう。

「じゃあ行きますか」

カルラはクスリと笑い、この場所に別れを告げた。自分にとって最高の思い出。

――最愛の弟子のことを思い浮かべて。

2章　ジャッジメント計画

　というわけでカルラ先生は去っていった。さらば。

　願わくば、学院に入学したらぜひ、「昔の家庭教師先のガキ」ということで、ちょっとは優しくしてほしいものである。

「あ～～どうしよ」

　が、しかし。カルラ先生からの好感度はちょっと良くなったかもしれないが、残念ながら、状況は一向に変わっていなかった。

　俺のモブ生活……というより、この世界の根幹に関わってくる「ジーク君、全然やる気ない問題」がいまだ解決していない。

　依然として、ジーク君とのツテはないまま。

　接点がないと不自然でどうも動きづらい。とはいえ、勝手に接触してジェネシスのときのように変な印象を持たれても困る。

「ハイハイ、拝啓イーリス嬢っと」

　半ばあきらめたまま、自室の机に座り、手紙を書く。

　ちなみに、いま手紙を書いてる相手はイーリスである。

　イーリスからは「この前の発言はなんだったの？　教えなさい」とか「早く領地に来なさい。

もしくは私がそっちに行くわ」など、なんともありがた迷惑……ではない。心温まるメッセージが大量に届く。

家の格的には無視しても問題ないのだが、相手は王家の血筋を引くとかいう高貴すぎる属性の男爵令嬢だ。

触らぬ神に祟りなし。

ということで俺は、やれ、「お腹が痛い」だの「魔力の調子がちょっと……」だの当たり障りのない返事でお茶を濁しまくっていた。

「いや、『魔力が暴走して寝込んだ……』は前も使ったか。『魔力の不調で全身がけいれんして……』は、いけるか⁇　そろそろ病気のネタも尽きてきたな」

が、俺が嘘八百を並べてイーリスに対抗しようとしていたそのとき。

「ウルトス様、またそんなお手紙を」と、そんな俺を咎めるような声が聞こえた。

振り返ると、リエラがちょっとあきれたようにこちらを見ている。

「なんだい、リエラ」

「ウルトス様は、こう……何か、次に動き出したりしないんですか？」

「動き出すとは？」

「リヨンではせっかくあれほど華々しい成果を挙げたのに……、そもそも私は悔しいのです……！　ウルトス様があれほど活躍されていたのに、何も名誉が与えられないなんて。だいたい最近は、嘘のお手紙を書いたり、変なネックレスをもらったりで全然、動き出されないじゃないですか!!」

「言っておくけど、リヨンみたいなことは当分やるつもりはないからね」

いちおう、ちゃんと釘を刺しておく。

「で、でも……私はウルトス様の活躍を世間に知ってもらいたいのです……」

悲しそうにうつむくリエラ。美人だし絵になる。が、リエラ君。そんな捨てられた犬のように切ない表情をしても無駄である。

俺は自分のやらかしたことを言うつもりはない。

仮面を付けて、夜の世界を飛び回る。エンリケは大はしゃぎだったが、俺は厨二病くさくてあまり好きではない。

自分から言いふらすなんて、自傷行為もいいところである。一生、外を出歩けなくなるだろう。

「じゃあせめて、次の華々しい活動をなさってください!」

「例えば?」

「そ、そうですね、例えば——」

そう言ってリエラがすかさず、手帳を取り出す。

初めて見るアイテムである。

「なにそれ?」

「メモです！　最近、毎晩寝る前にウルトス様の活躍を考えているのです」

「なるほど……精が出るね。で、例えば、どんな活躍？」

「はい！　まずはですね、ウルトス様が他国との外交の場に出るのです」

「ふうん」

外交の場。一切心を引かれないが、ランドール公爵家は一応中々の名家である。

「それから〜〜」

そう言ったリエラが目を閉じて、うっとりしたような表情を浮かべる。

「外交の場で、瞬く間にウルトス様が、各国の代表を手玉に取りその場を支配してしまうんです！」

「リエラ……疲れたら無理しないでね」

「い、いえ。なんですかそんなかわいそうなものを見るような顔して!!　わ、私は疲れてませんし、本気ですからね！」

や、正直本気の方が怖いんだけど。

「……他国との外交の場に、なんで子供が出ていくのさ。だいたい、各国のおえらいさんもそんな馬鹿じゃないでしょ」

「いえ、どんな各国の知恵者だろうと、本気を出したウルトス様には敵うはずもありません！　ウルトス様は見事各国代表を手玉に取り、存在を高らかに示すのです!!」

「………そ、そか」

リエラはどうしても俺を世間に引っ張り出したいらしい。

そして、子供が各国の外交官を論破！　という、なんか……謎のネット小説みたいな展開。

「リエラ、そんなこと現実に起きるわけないよ。だいたい、父上だってそんな場所に僕を出すほど馬鹿じゃないさ」

我が父上はたしかにお人好しで、世間知らずで騙されがちだが、案外ああ見えて貴族的な常識はわかっているはずだ。

いくらゲーム内ではグレゴリオにいいように操られていた父上であっても、子供をお使いに出すような感覚で、外交の場に出すわけがない。

それに、そもそも、俺には他にも色々やらなきゃいけないことがある。そんな中で、どうしてわざわざそんな地雷を踏みに行かなければならないのか。

「そんなの、ないない」

そんなこんなで、俺は不満顔のリエラを煙に巻くのであった——

が、しかし。俺は忘れていた。

この世は思っているよりも馬鹿が多い、と。

数日後。ふらっと屋敷に帰ってきた父の前で俺は固まっていた。

「……父上。もう一度、言っていただけます？」

ああ、と。

父上はとびきりの笑顔でこう答えた。

「ウルトス。ぜひ、ランドール公爵家を代表して、他国との交渉に行ってくれないか？」

——⁉⁉

◇

突然リエラに呼ばれた俺は屋敷の一室で父上と食事を取っていた。

そこで唐突に父上がわけのわからないことを言ったのである。

「そうだね。早速、本題に入ろうか。2週間後、とある都市で、非常に重要な外交の案件があってね。残念ながら私は行けないが、ランドール公爵家から1人行ってもらいたいと考えている」

そこまで言って、父上が一息ついた。

「——我が息子、ウルトスよ。名を上げるチャンスに興味はないか？」

「…………」

明らかに何かを期待するような父の目線。完全に父上の視線からは「ウルトス、チャンスだぞ！」という思惑が透けて見えた。

が、そんなチャンスはノーサンキューだ。

俺は父の思惑に気がつかないふりをして、笑顔で答えた。

「あ、大丈夫です」と。

「そうだろう、そうだろう。やはり貴族たるもの名を上げなくては……大丈夫⁉」

「ハイ大丈夫ですよー、父上。お気遣いありがとうございます」

「……ウ、ウルトス？」

愕然とする父。

要するに、我が家の聡明なる――もちろん皮肉だ――父上のご提案はこうである。

他国も参加する重要な外交の場。しかし、自分は忙しくて行けない。

あれ、でもうちの息子ウルトスが空いてるじゃん！　よし、息子を行かせよう!!

……なるほど、素晴らしい発想力だ。他の出席者からどう思われるか、という点をまったく考慮していないことを除けば。

ランドール家は名家中の名家だが、現状、いい人なんだけど抜けている両親＋クズトスという迷トリオによって、

「……今代のランドール公爵、まあうん……悪い方たちではないのだけど……」

と、社交界で絶賛微妙な扱いを受けている最中である。何が悲しくてこれ以上、自分で悪評を広めなければいけないのか。

「父上。自分は本当に行くつもりないですからね」

が、そのとき。

「ふっふっふっ……」

俺の言葉で落ち込んでいた父が顔を上げ、にやりと笑った。怪しげな笑いと共に。

「ウルトス。私が気付いていないと思ったのかい？」

「――は？」

顔を上げた父は、不敵な笑みを浮かべたままだった。

呆気にとられる。

が、次の瞬間、寒気が走った。

急変した態度。それに、「私が気付いていないと思ったのかい？」という意味深なセリフ。

まさか、こっちの知識に気付かれている??

「ふっふっふっ」

「…………」

臨戦態勢。気付かれないよう、息を整える。

たしかに、甘かったのかもしれない。

馬鹿か俺は、と思う。

完全に先入観だった。眼の前にいるのは、ランドール公爵家の長だ。

たしかに原作ではグレゴリオになすすべもなく騙されていた、稀代のお人好しである。が、

それはあくまでも自分の知っているゲームの話。

そう。あくまでも目の前にいるのは、王国に名だたる公爵家の当主。

普通の神経をしていたら、どんな親バカでも、ちょっと前まで口を開けば「ボクちん」とか

「ビキニアーマー」とか言いまくっていたバカ息子を外交の場になんて連れていくはずもない。

――とすれば、これは罠だ。

あくまで親馬鹿を装い、こちらを油断させる罠。

「ウルトス。私は、ついに気付いちゃったんだよ」

「……そうですか」

気合いを入れ直し、油断なく答える。

「では父上。一体、何に気付かれたんです？」

魔力が体内を一気に駆け巡り——

「我が息子が、ついに本気を出したんだってね！」

「……ん？」

なんか、思ってたよりも平和なセリフが耳に届いた。

「本気を出した……？　ですか？」

呆然(ぼうぜん)と父を見る。

いや、

「お前は元のウルトスではない、おかしいぞ！」とか、

「貴様、この前のリヨンで夜何をやっていた!!」くらいは言われると思っていたのが。

……本気を出した⁇⁇

が、唖然(あぜん)とする俺の前で、父上は「うんうん」と一人熱心にうなずき始めた。

「少し前まで『ボクちん』とか言って『ビキニアーマー』にあんなに執心していた甘えん坊の息子が、今やこんなに立派になって……私は嬉(うれ)しいよ。最近のお前は『人が変わったように真

面目』と評判だ。ついに、ついにお前も、ランドール公爵家の1人息子として自覚を持ってくれたんだな……！」

「……さようですか」

ドン引きしながら父を見る。父は感極まって目頭を押さえ、泣いていた。

「ウルトスよ。誰しも若いころの過ちはあるもんだ」

「は、はぁ……」

こっちをちらちら見ながら、ちょっといいことを言ったぞ、みたいな雰囲気を醸し出す父上。

どうやらうちの父上は、息子が「ボクちん」とかいう品性の欠片もない一人称で屋敷の中で威張り散らし、「ビキニアーマーの女冒険者を呼べ！」と放言していたことを「若気の至り」の一言で済ませるつもりらしい。

すごい。俺もこの世界で、グレゴリオやエンリケとか色々と危ない人間は見てきたつもりだったが、鈍感度では父上も結構上かもしれない。

ため息をつく。

結果、要するに父は俺の変化に気がついているが、単にやる気を出し始めたと解釈しているらしい。

こういう場合、一番いいのは正論で返すことである。

「そもそも、その場に同年代の者はいないのでしょう？　完全にお門違いですよ。そんな場に僕だけというのはちょっと」

俺は、すでに酒に酔い始めたのか、

「能ある鷹は爪を隠すというのは本当だなあ、うちの息子もビキニアーマーで世間の目を欺くとは……！」と謎の感動をしている父に言った。

「……いや、ビキニアーマーは世間を欺くためでも何でもない。単にお宅の息子の性癖である。

「いや、今回は同年代もいるんだ。実はそもそも同行者がいてね」

「同行者？　どなたです？　そんな重要な外交の場への同行者って、場所が場所ですし、かなり高名な方じゃないとダメだと思いますが」

「ウルトス。君も噂を聞いたことがあるんじゃないかな。リヨンの騎士団長――レインさ」

「……へえ」

意外な名前が出てきた。

レイン。なんやかんやこの前は、ジェネシスの姿だったし、剣ペロのバルドに邪魔されたので、全然顔を見れなかった。

たしかに、レインは原作でもネームドの強者だったし、同行者としてはうってつけの人材だろう。

それに顔を売っておいて損はない人物で――

と、そのとき。俺の胸にある予感がした。

今回の同行者は、レイン。そして、同世代の子もいるという父の言葉。

「父上、同年代ってもしかして……」

「ああ、その通りさ！」

父が陽気にうなずく。

「レインのお子さんも来るっていうんだ。まあ、だからうちの子も一緒に――」

「なぁるほど」

父の話を聞いた瞬間。思わず、笑みがこぼれていた。

俺の計画『クズレス・オブリージュ』は成功した――かに見えたが、その結果、本来の主人公ジーク君は、いまだにトラウマを抱えてしまって動かなくなってしまっている。

そう。俺は悠々自適なモブ生活のため、絶対にこの状況を何とかしなければならない。

足りなかったのは、あと1ピース。どうしても、ジーク君との接触ができなかった。

が、今まさに、そのピースが埋まろうとしている。

むしろ、向こうからやってきてくれるとは。

「父上」

にっこりと笑う。俺は父親に感謝の気持ちでいっぱいだった。

「前言撤回させてください。気が変わりました、詳細を伺っても？」

――まだまだ、俺のクズレス・オブリージュは続いているのだから。

ちなみに、俺の返事を聞いた父上は、それはそれは感動していた。

「ウルトスよ……！　それでこそ、我がランドール家の次期当主だ！」

「はい、父上に託された使命を果たして参ります」

父は意味深にグラスを眺めた。

「ウルトス……お前……能ある鷹は今まさに飛び立とうとしているんだな——ビキニアーマーという鎧を脱ぎ捨てて」

と言いながら。

「父上。外交の場に行くとかいう以前の話ですが、その単語、もう金輪際二度と人前で使わないと誓ってください」

こうして俺は、

「息子が本気になってくれたのはいいが、ちょっと私に当たり強くないかな……？」

とメイドに助けを求める父から、詳細を聞くことになったのである。

「ってことがあったんだよね、父上とさ」

「……っそうですか」

「じゃあね、リエラ。お休み」

父上との話し合いが終わった後、俺はすぐさま自分の部屋へと戻り、リエラに経緯を伝えていた。

そのまま、もう夜なので別れを告げる。

リエラが退出したのを確認した俺は、渾身のガッツポーズをしていた。

いやだって……ねえ？

余計なことしかやらない、言わないことに定評のある父が余計なことを言うかと思ったら、案外ものすごい幸運を持ってきてくれた。

そして何より。まず今回の話は条件が良すぎる。

例えば今回、この一件にのこのこ首を突っ込んだとしても、特にストーリーには絡まないだろう。というのも、原作にはこんなイベントはなかったからだ。

つまりジェネシスのときには、散々、ストーリーとかメインキャラたちに神経を尖らせて配慮をしていたが、今回はとくに原作側を意識することがないのである。

……素晴らしい。

まあ、ジェネシス事件ではだいぶこっちも苦労したのだから、たまにはこんな感じでゆっくりできる展開もいいのかもしれない。

そして、いい点は他にもある。

それは、主人公のジーク君の父親レインが付いてきてくれている、ということである。

レインは非常に強い。ゲーム中でも、その強さは折り紙付き。なんと、あのＳ級冒険者以上と名高い存在なのだ。

ジーク君と仲直りしつつ、そんな父親とも知り合うことができる。これを幸運と呼ばずして何と呼ぶか。

まあ、たしかにちょっと心配な点がなくもない。

主にクズトスの評判とか、評判とか、評判とか。

さっきの夕食でも、わが父上はドヤ顔で、ビキニアーマーがどうのこうの言っていた。

もし、あの調子で父上が「ビキニアーマー説法」を各地で繰り広げていたら、俺の評判は想像よりもはるかに悪くなっているはずだ。

とはいえ、ジーク君だって鬼ではない。

ゲームの主人公というのは、結構物わかりがいいのである。こっちがしっかりと誠意を見せていれば、しっかりと友達認定してくれるだろう。


そうと決まれば、仲良くなりそうなきっかけを作るべきだ。

例えば、一緒に風呂に誘う、とか。

「……意外といいかもな」

俺の方が立場が上だから断りにくいだろうけど、一緒に気持ちよく風呂に入れば男の友情が成立しそう……な気がする。

将来の英雄様と仲良くなって、俺の将来は安泰。

ついでにやる気も出してもらって、修業をしてもらわねば。

立ち上がり、真剣な口調でつぶやいてみる。

「まあでも、これが……俺の義務か」

そう。これこそが、クズレス・オブリージュ。

俺は過去のあらゆるクズ行為を清算し、完全無欠なモブAを目指すのである。

「——ここでやらなきゃ誰がやる」

ここでやらなきゃ、俺のモブ生活はお先真っ暗。

俺は安泰の将来を作り出すために、必要とあらば、ジーク君の靴だって舐める覚悟だ。

「さあて。始めようか……ジェネシス計画を——いや」

いや待てよ。

今ジェネシスと言いかけてしまったが、そもそもジェネシス計画は結構微妙だったことを思い出した。

ジェネシス、と名乗ってしまったことによる数々の困難。

「……考え直すか」

やっぱり思い直した。

ジェネシス計画は終わり。ここは心機一転。新しい名前を付けるのがいいかもしれない。

我ながら少し厨二っぽいかな？　と苦笑するが、こういうのは要するに気分の問題である。

俺は窓の外の夜空を眺めながら、ぽつりとつぶやいた。

「クズレス・オブリージュ。第2の計画——『ジャッジメント計画』をな」

ちなみに、なぜ『ジャッジメント』なのかというと、今回はジーク君を励ましてジーク君の友達認定してもらうことが最も重要だからである。

つまり、ジーク君のジャッジに耐えられるかどうかが肝なのだ。

「厨二臭かったかな⁇　まあいいや」

こうして大収穫を得た俺は、来るべき『ジャッジメント計画』に向けて寝床に就いたのである。

◇

主——ウルトスを部屋まで送った帰り、リエラは扉から離れ、そのまま廊下を歩いた。

が、少ししてリエラは廊下を引き返していた。

なぜなら。

(……ウルトス様はどうお考えなのでしょう？)

リエラの主は、常日ごろから「もう仕事はしたくない」「面倒なのはごめんだね」などと、のんびり言っていた。

ウルトス様は急に降ってきた今回の一件をどう思っているのだろうか？

邪魔しないように足音を立てずに、戻る。

「……ウルトス様」

やはり主は迷っているのだろうか。

たしかに、リエラはウルトスの活躍を世間に知ってほしかった。でも、ほかならぬウルトスが行きたくないのであれば、今回は行かなくたっていい。

（行きたくないなら、それでリエラは、大丈夫ですから……！）

そのまま、意を決して扉を叩こうとしたとき。

ふと、かすかに声が聞こえた。独り言のような、ウルトスの声。

『──まあでも、これが……俺の義務か』

思わず足を止める。

扉の向こう側から聞こえた口調には、いつものウルトス様にはない真剣さが宿っていた。

俺の、義務。

『ここでやらなきゃ誰がやる』

伝わってくるのは、強い覚悟。あくまでも自然体。

だからこそ主の言葉は、いや主の覚悟は、どこまでもまっすぐにリエラの心に沁み込んだ。

『始めようか……レス・オブリージュ……計画を……』

「…………」

リエラは呆然としていた。

そして、扉の向こうから聞こえた最後の言葉。

かすれてよく聞こえなかったが、リエラには思い当たる言葉があった。

「……ノブレス・オブリージュ」

リエラは呆然とつぶやいた。

──弱きを助け、強きをくじく。

それは、使い古された理想の貴族像だ。

現実はそんなものではない。いやむしろ、そんな立派な貴族がいないからこそ、そんな言葉があるのである。

が、しかし。

ウルトスは、リエラの主は人知れず、その理想を体現しようとしている。

他人からの称賛も、世間からの評判のすべても無視して。

「……ふふっ」

リエラは口を押さえて笑った。

昼間の、のんびりした雰囲気とは一変したウルトスの姿。

それはリエラだけが知っている、本当のウルトスの姿。

才能も努力もすべてを道化の仮面で隠し、自身の義務を全う(まっと)しようとする、その姿。

一体どれほど、困難な道なのか。

「そっか……そうですよね」

でも、とリエラは思った。

(それこそがウルトス様が目指す姿なんですもんね……)

そんな主の邪魔をするまい。

リエラはゆっくりと道を引き返した。

(たとえ他のみんなが疑っても、私だけは絶対にウルトス様を信じていますから)

──まさかその主が、同い年の子の靴を真剣に舐めようかと考えているとはつゆ知らず、主への尊敬の心を胸に、リエラは笑みを浮かべながら上機嫌で屋敷を歩くのであった。

◇

さて。ここで俺の計画──『ジャッジメント計画』の詳細を語ろうと思う。

『ジャッジメント計画』はこの上なくシンプルだ。

ジーク君、つまり原作主人公と仲良くなる。そして、あわよくば「友達認定」をしてもらう。

そもそも、俺は「原作ストーリーに参加して、主要メンバーとして活躍するぜ！」なんてつもりは毛頭ない。

そんなのは自殺志願者だけだ。

より過激化していく戦闘。エンリケのような微妙な冒険者と同等のレベルで喜んでいる俺なんて、すぐにお払い箱になってしまうだろう。

ある程度の介入はするが、あくまで自分の平穏な生活のため。

……クズ？　なんと呼ばれようが一向に構わない。

だいたい、なんといっても俺はあの「クズトス」である。傍若無人の嫌われ悪役。

悪役と言ってもカリスマがあるタイプではなく、全方位から普通に嫌われて死ぬというしょうもない悪役。

であれば、ストーリーを知っている、そのアドバンテージを最大限に活かせさせてもらおう。

今回の旅で、なぜか知らないがやる気を失っているらしいジーク君にやる気を出してもらい、晴れて原作とは関係のないところでのんびりする。

つまり、おこぼれにあずかる！　——これ一択である。

バッドエンドを回避し、美味しいところをいただき、平穏なモブAとして生きていく。

将来的に、世界を救う英雄となるジーク君や、現王家を打倒して後釜に収まるイーリスはいいコネにもなるだろう。

そんなこんなで、俺は、屋敷の外れでジーク君御一行をお待ちしていた。

時間は昼間。横にはリエラ。原作主人公との対面。

そう考えると、期待に少し胸が高鳴ってくる。

なんといってもあの原作主人公だ。ゲームをやっていて何度も活躍を見てきた伝説の英雄。

そうして。

少し待っていると、ガヤガヤとした声とともに一行が現れた。

「……おぉ！」

思わずテンションが上がってしまう。

目の前に現れたのは、４人組。先頭にいる、いかにも強者の雰囲気を纏っている男が、レインだろう。

威風堂々とした大男。王国に名を馳せるリヨンの街の騎士団の団長である。

その後ろにいる騎士も油断ない面構えをしている。

その姿は正しく『強者』といった感じだ。冒険者的なランクで言えば、A級くらいはあるかもしれない。

だが、俺の眼はすぐに後ろの人物へと注がれていた。

聞いているか？　エンリケ。ああいうのが本物なんだぞ。

「……ッ！」

四人の最後尾にいる人物。

銀髪に赤い瞳。四人の中では一番若い。誰が見ても、レインの方に目を奪われてしまうだろう。

だが、俺の眼はその1人に注目しっぱなしだった。

まさしく主人公といった外見。あれが、『ラスアカ』の主人公。

今は単なる女顔の美少年に過ぎないが、後に世界を救う英雄の姿。

「よろしくお願いします」

レイン、騎士へのあいさつもそこそこに俺は、ジークの方へと足を進めていた。

「やあ、ジーク君」

そう言って、手を差し出す。

そう、原作ではクズトスとジーク君の初対面は最悪だったが、ここでは友好的に。

「僕の名は、ウルトス。ウルトス・ランドールだ。今回は一緒に旅をするという縁だし、ぜひ仲よくしよう……公爵家だけど、家柄は気にしなくていいからね」

どうよ？

笑顔も忘れずに、最後には「身分なんて関係ないよ」と小粋なフォローも欠かさない。

これぞ完璧なるモブ。悪役らしさなんかをまるっきり感じさせない、ちょっと人のよさそうな貴族のお坊ちゃんの完成である。

原作のジーク君は、自己犠牲を厭わず周りを大切にする、それこそ主人公らしさ満点の性格だった。だからこそ、友好的に接していればちゃんと友達認定してくれるはず――

なのだが。

「……ボクは貴族が嫌いなので」

こちらを一瞥して、差し出した手を無視して歩いていくジークくん。

人のよい主人公……のはずなのだが。吐き捨てるように言って去っていく。

「ジ、ジーク君……？」

……君、そんな嫌なやつだったたっけ？

3章　原作主人公がおかしい

俺たちが目指すのは、ここグラセリア王国の北方の都市――『エラステア』。

そしてその都市までは、そこそこの距離があるので、馬車で移動する手はずとなっている。

が、すっかり俺は混乱していた。

だって、おかしい。俺の完璧な計画――ジェネシス計画によって、ジーク君は強敵と戦いやる気を出したはず。

しかし、馬車で目の前に座るジーク君は控えめに言っても、やる気を出していそうな雰囲気には1ミリも見えなかった。

ここで、一例を紹介してみよう。

俺とジーク君の車内の愉快な会話はこんな感じであった。

「そ、そういえばジーク君の出身の村を見かけたことがあるけど、良い村だよね」

嘘(うそ)ではない。夜に見かけたことがある。

ジェネシスとしてジーク君に襲い掛かったときだけど。

「……うるさい。黙ってくれない？」

うん、おかしい。当初の想定だと、
俺『やあ、ジーク君！　友達になろうよ！』

ジ『ああ、僕たち親友だね！』

という華麗なる友情コンボが決まり、

俺『親友ってことはさ、僕が危機に巻き込まれたら助けてくれるってことだよね⁉　ジーク君！』

ジ『ああ、親友の命は僕が守るさ！　命に代えても‼』

となり、

俺『じゃあ、特別に魔力なしでも強くなれる方法を教えてあげるね‼　ジーク君』

ジ『ありがとう‼　辛い修業を乗り越えて君を守れるようになるよ！』

……まあ途中、男同士の友情にしては重すぎるような気もしなくもないが、基本的にはハッピー・モブエンドにつながるはずだったのに……。

仕方ないから俺は攻め方を変えることにした。

横のリエラに視線を移す。リエラは先ほどからメモ帳を広げて何かを書いている。

まあジーク君は基本的に男主人公だし、美人のハーレムを作るくらいだろうから、リエラに会話をつないでもらうのも悪くないかもしれない。

「リエラ、何を書いているの？」

「……ウルトス様……少し恥ずかしいのですが」

「いやいや、もったいぶらず見せてよ。はっはっは――」

恥ずかしがるリエラからメモ帳を受け取り、中身を確認する。

馬車の外は景色がいいし、風景のスケッチとかかな？
が、びっしりメモに書かれていたのは——
『ウルトス様を無視すること：4回目』
『ウルトス様に口答えすることこと：6回目』
というジーク君の狼藉の数々だった。
いや……まあたしかにジーク君、そういう態度取っていたけどさあ。
ちなみに、次のページには「呪」と大きく書かれてあった。怖すぎる。
「そ、そんなに見ないでください……恥ずかしいです、ウルトス様」
顔を赤くして、少し顔をうつむけるリエラ。
……リエラ。そんな照れた顔をする内容じゃなくない？？？
無言が支配する、気まずい車内。俺は馬車の天井を見つめ思った。
——『ジャッジメント計画』……割と、前途多難かもしれない、と。

そして、その気まずさのまま夜になった。
エラステアまでは遠いので、それ相応に時間がかかるため途中で野宿。
が、俺は一旦みんなから離れたところで一人にしてもらっていた。
夜空を見ながら頭を抱える。どう考えても良くない。
もう、頭痛のレベルである。具合悪くなってきたじゃねえか……。

ちなみに、俺は今回、カルラ先生のネックレスを持ってきている。その不幸が俺に襲い掛かっているのだろうか。

そんなことを考えていると、ふと、

「ウルトス・ランドール君」

「はい？」

一体俺の休息を邪魔するのは誰なのか。渋々振り返る。

そこにいたのは――

「……〝英雄〟のレイン。何か、ご用ですか？」

目の前にはジーク君のお父様。

「いやあね」

柔らかな物腰。が、その眼は笑みを浮かべていない。

当代の英雄が言う。

「噂でしか聞いたことのない、ランドール公爵家のご子息と、少しばかりお話をと思ってね」

リヨンの街の騎士団長――レイン。

騎士団というのは大規模な街に存在している部隊であり、本部は『王都』にある。そして街の規模が大きければ大きいほど、そこを拠点にする騎士団の質も高い。

というわけで、大都市リヨンの街の騎士団長というのは、相当な格である。

そして、この男はそれだけではない。

レインは主人公ジーク君の父親であり、目標なのである。

おわかりだろうか。この圧倒的主要人物感。

落ち着いた茶髪に、隙のない身のこなしの大男。しかも、性格もいいときた。

これぞ、〝英雄〟のレインである。

ネームドキャラにふさわしい匂いがプンプン漂ってくる。

そんなレインに呼ばれ、少し離れたところまで移動。

案内された場所には、薪(まき)があり、椅子も用意されていた。


さて、何を話そう。

すでに俺は最初に会ったときにレインや騎士団の方にも非常に低姿勢でご挨拶をしており、あまり怒られるようなことはしていないはずだが……。

なぜか、レインは深刻そうな表情をして黙ったままだったので、こっちから世間話でもすることにした。

「あ、そういえば新聞見ました」

そう。新聞の事件。

なぜか精強を誇ることで有名な騎士団が、なぜか厨二病のおっさんに逃げられたという衝撃の記事の話である。

「一体あれは何があったのですか……？」

「ああ」とレインが気まずそうに笑った。

「お恥ずかしいところを見せてしまったね。まあ、しかし、言い訳の余地はない。【絶影】のバルドは恐ろしい男だった」

「そうなのですか？」

「ああ、【すべてを絶ち穿つ、漆黒の影】――略して【絶影】」

「……っ！」

「どうかしたのかい？」

レインの発言を聞いた俺は思わず顔を天に向けてしまった。

キツすぎる。

【絶影】とかいう異名は、あの場だからギリギリなんともなかったのだと今になって思う。

こうして落ち着いて聞いてみると、背中のゾワゾワ具合が違う。

……あいつ……【すべてを絶ち穿つ、漆黒の影】だったんだ……。

良かった、最初聞いたのが略した【絶影】の方で。

正式名称を聞いていたら、あまりの厨二病臭さに気絶していたかもしれない。

「い、いえなにも」

【絶影】のあまりの厨二病っぷりに、体調が悪くなりかけたが、なんとかごまかす。

というか、【絶影】に長いバージョンがあったとすると、【奇人】エンリケにも、それ相応に長いバージョンがあるのだろうか。

奇人……なんだろう。【奇天烈変人】……略して【奇人】とか。

あ、ダメだ。涙が出てきた。

しかし、そうなると困ったことに、わからなくなってくるのが、強さである。

ゲーム上では、ステータスとかレベル帯があったので、どうにか相手の強さが判断できたのだが、この世界ではどうも判断がつきにくい。

どうしても実践でなんとなく「こいつは俺より強い……かな？」と意識することくらいしかできないのである。

まあ今のところ、感覚的には、

エンリケ　≧　俺　≫バルド　くらいの強さだろう。

しかし、この場合、原作キャラにして主人公の父親、という明らかに優遇された「レイン」の強さがわからなくなってくる。

なんでそんな恵まれた人物が、あの状態のバルドごときを逃がすのだろうか……⁇

「なぜその賊に騎士団がやられてしまったのですか？　相手は１人ですよね？」

「ああ、最初は我々もそう思っていた。しかし、追い詰められた男はすさまじい、ということだ」

「というのは？」

レインの表情が真剣味を増す。

「そうだな——あの男がスイッチを切り替えた瞬間があった。あの男が、剣先を一舐めした瞬間、我々も言葉を失ったよ」

「あっ」

なるほど。そりゃそうだ。

やっぱり騎士団とバルドの戦いはあまり上手くいかなかったのだ。

そりゃ騎士団の人もドン引きである。ボロボロで洞窟から出てきた男が、ぺろりと剣を舐めたのだ。あまりの馬鹿馬鹿しさに戦う気も起こらないだろう。

「心中……お察しします」

「……そ、そうか。ありがとう」

単純に想像しただけで、キツい絵面だ。ホラーである。

「だが、きっと相当の覚悟だったんだろう。あの男はこうも言っていたんだ。『俺の後ろには守りたい男がいる』とな。あの真っ直ぐな眼——」

「……キッツ」

「ん？」

「あ、いえ、きょ、興味深いな、と」

「ああ、そうだな。裏の世界で生きてきた男とは思えないくらい、熱い瞳をしていたんだ」

「熱い……瞳……!?」

眼を閉じて、何かを思い出すかのようなレイン。

しかし俺はというと、徐々に背筋の寒気が強くなってきていた。

なんだよ、『俺の後ろには守りたい男がいる』って。

……あの男はいつからストーカーまがいになってしまったのだろうか。

殿を務めてくれるというから誘いに乗ってしまったが、とてつもなく悪手だった気がしないでもない。

「で、でもまだ足取りを追えてないんですよね？　バルドの」

「ああ正直、まったくつかめていない。バルド、そしてそのバルドが命を賭して庇った男。おそらく相当の絆があったに違いない」

「いえ、そんなことは――」

「ん？　ウルトス君、何か知っているのかい⁉」

あんな変態とは無関係です、と言えたらどれだけ楽だっただろうか。

「あ、いえ、世の中物騒だなあと思いまして……アハハハハ……」

もう笑うしかない。

願うのは、ただ1つ。

――絶対に、絶対にあの男とだけは再会しないようにしよう、と俺は夜空に向けて誓うのであった。

軽い世間話をしたが、一向にレインは優れない顔をしている。

が、俺は、すでに当たりをつけていた。

レインは騎士団長であるが、息子のジーク君とはあまり上手くいっていないのである。

偉大な父親の弊害というやつだろう。

であれば……、

「ジーク君について何かあったのですか？」

「……ッ！」

一瞬、レインの動きが止まった。

「まさかお見通しとは……、かなり聡い子のようだね」

「いえいえ。悩まれているご様子なので、騎士団の半壊は現状立て直せているようですし、まあ、お子さんのことかなと」

と適当にペラペラ。

「そう……だな。君になら頼めるかもしれない」

レインが言いづらそうに首を振った。

「同世代の君になら」

きた……！　この展開。

同世代の君が友達になってくれ、とかだろうか。

……完璧な展開だ。

「実は……ジークは魔力がほとんどないんだ。しかしこの前、ちょうど私がバルドの事件を担当していたとき、ジークも村にやってきた何者かと交戦したらしくてね」

知っている。

この前わざわざジェネシスの姿で対峙したのはそのためである。

だけど、その敗戦で気がついたんだよね？　ジーク君。

魔力がなくても戦いたいんだ、と。

きっとジーク君はリベンジに燃えているはずで――

「その日以来、ジークは一切戦いに意味を見出せなくなってしまったらしい」

と、深刻な様子のレイン。

「え？　は？　へ？」

衝撃。頭を殴られたような気分。

しかし、そんなこっちの様子に気がつくことなく、レインは「だから」と続けた。

「君がジークに戦うのをやめさせてくれないか？」

え⁇⁇

「戦うのをやめさせる……？」

「ああ、私に憧れているのはわかる。しかし、なんといっても可愛い娘をそんな危険な目には
――」

後半、何かレインがごちゃごちゃ言っていたが、俺はまったくと言っていいほど耳に入って

いなかった。

『ラスアカ』のストーリーはシンプルだ。

主人公のジーク君が英雄を目指して、学院に入学し、それから女の子といちゃつきつつ、世界の崩壊を目指すラスボスたちに立ち向かっていく。

そのジーク君が戦わない⁇

『ラスアカ』、原作開始もせずに……終わる⁇⁇

……え、誰が世界を救うんだ？？？

「ジーク君に、戦うのをやめさせる……？」

「ああ」とレインがうなずく。

いやいや、それはおかしい。

『ラスアカ』の主人公はジーク君である。あの頭のネジが3本くらい抜けていると言われるほど、真っ直ぐな主人公だからこそ、なんやかんやで『ラスアカ』の世界はハッピーエンドにまでいけたのだ。

……それが、今、戦う意味を見出せなくなってしまっている……？？？

「その謎の敵のせいで、ですか」

「ああ、そうだ。恐ろしいほどの手練れだったらしい。しかし、そんな相手がなぜハーフェン村の方に来たのかは調査中だが……」

そう。

しかも、他の誰でもないジェネシス（俺）のせいで。

良かれと思ってやった、「序盤から盗賊じゃなくてジェネシスと戦わせて、ジーク君を急成長させちゃおうぜ！」作戦は最悪の方向に行ってしまっていたらしい。

なにせ、あのジーク君がやる気を失ってしまうくらいなのだ。

あの鬼メンタルの主人公が……。

「そ、そんな……」

いやいやそんなわけがない。

望みをかけて、軽くジャブを打ってみる。

「その、ジーク君はなんと言っているのですか？　たとえば、その輩に負けて悔しい、やり返したいみたいな……」

「ジークは何も言わないが、私も親だ。そもそも私は、あの子が英雄に憧れるのは反対なんだ。元々魔力がないし、普通の人生を――」

要するに、ジーク君の言う『英雄』とは父親のような立派な人物のことを指すのである。

強くて正しくて、みんなに優しいパーフェクトな超人。

が、ま　ず　い。

話の流れが完全に、「ジーク君を英雄じゃなくて、まともな村人にさせようぜ！」って方向に行きかけている。

ジーク君がいたからこそ、他の癖ありヒロインたちもなんだかんだでまとまっていたのである。

心臓が痛い。

原作だと、事件を解決した父レインに憧れ、反対されようとも、もっと修業に明け暮れようとする……という流れなのに、ことごとくすべてが裏目に出てしまっている。

そして、ここまで言ったレインが真剣な表情になった。

「だから、頼む」

ダメだ。それだけは避けなくては。聞きたくない！

だって、世界の命運が……！

もっと言うと、俺のモブ人生も……!!!

「ジークに戦うことをやめさせてくれないか――」

いやあああくぁwせdrftgyふじこlp

気がつけば俺は、バァンと立ち上がり、

「――勝手なことを言わないでください!!!!!!」

と吠(ほ)えていた。

「何……！」

そんな俺の反論が意外だったのか、レインが眉をひそめる。

「ウルトス君、一体どういうことかな？　返答によっては少し――」

雰囲気が冷たくなる。

たしかに、今の俺の返答はレインの頼みを無視するような発言だ。

が、しかし、もう俺は止まれなかった。

だって、ジーク君は――

「ジーク君は英雄になる人ですから」

俺は真正面からレインを見つめ、言い放った。

息をのむレイン。

が、俺は知っていた。

ゲームで見た、ジーク君の雄姿を……そして、ジーク君がいないとヤバいのである。

主に俺と平和な世界が。なんならクズレス・オブリージュ計画自体もご破算である。

クズから脱却して念願のモブになったとしても、世界に魔物や危ない組織がはびこり「ヒャッハー!!!!」な感じになっていたら、何の意味もない。

「ウルトス君、うちの子には魔力がないんだ。何の根拠があって、そんな子が英雄だなんて大それたことに――」

「なれますよ」

間髪を入れず、さらっと言う。

「ジーク君は英雄になる人ですから。もし信じられなかったら、約束しますよ。もしジーク君が英雄になれなければ、僕が命を懸けたっていいです」

「きみ、何を言って……！」

レインの力強いまなざしと俺の目が交錯した。

「──もう一度言います。ジーク君は英雄になる人です」

そして、沈黙。

少しの間、俺とレインはにらみ合っていた。

……が、そんな中、少しずつ冷静さを取り戻した俺は、徐々に恐怖を覚え始めていた。すごく失礼なことをしてしまったのではないか、と。

「…………」

考えてみよう。

身分的には俺の方が上である。一応、公爵家の息子だし。

が、しかし。

原作という面から見ると、レインの方が普通にメインキャラである。

そして、何よりレインのお子さんが主人公なのだから、レインには普通、丁寧に接すべきだろう。今のところ、レインは主人公が戦うことに否定的だけど、そのうち和解するし。

そもそもね、原作開始の時期になるとね、軒並み治安が悪くなるし、ぶっちゃけ公爵家であろうと安泰もクソもないのである。

ここで、現状を確認する。

初対面のくせに、そんなレインの依頼を突如として拒否し、挙げ句の果てに怒鳴り返す公爵家のバカ息子（俺）。

……最低すぎる。

もうこれ以上、ボロは出せない。

冷や汗を垂らした俺はレインに悟られないうちに、退散することにした。

「な、なんて冗談ですよ！　ハハ……」

「ウルトス君？」

「す、すみません。ちょっと興が乗ってしまいました。その……ジーク君とはまず仲良くなってみようと思います！」

あえて馬鹿っぽく雰囲気を変え、そそくさと逃げる準備を始める。

「それから、お互いの進路について熱く語り合ってみようかなと。まあ、ジーク君の夢はね、まだ決まったわけじゃありませんから。僕らはまだ若いですし、なにせ若人には、無限の可能性が広がっていますしね……はっははは」

と、どこぞの三者面談のあとのような当たり障りないコメントを残し、こそこそ退散。

後ろから、

「ウルトス君……君は……」

というやけに放心したようなレインの声が聞こえたが、聞こえないふりをする。

どうせお小言に決まっている。こういう場合は逃げるが勝ち。

というわけで、明日目覚めたら今夜の無礼を謝ることにして、この場はさっさと逃げるに限る。


こうして。

後ろからビンビンにレインの視線が突き刺さってくる、という気まずい雰囲気の中、俺の原作主人公たちとの邂逅は終わったのである。

ちなみに、まさかの『ジェネシス計画』が一つもいい方向に向かっていなかった、どころか、バルドとかいうストーカーを発生させた挙げ句、原作主人公のやる気をそいでいたと知って、普通に頭が痛くなってきた俺は、その後一晩中頭を抱える羽目になっていた。


――が、しかし。

このときの俺は知る由もなかった。

去っていく俺に対し、レインが、

「まさか、ウルトス君。君は……うちのジークレインのために、命を懸けられるとでもいうのか……娘の夢を信じ切っていると……⁉」

と絶句していたことなど知らずにいたのである。

◇

とある少年との邂逅を果たしたレインは絶句していた。

なぜか「頭いったぁ……」と頭を抱えながら戻っていく少年を呆然と見つめる。

たしかにレインは、年頃の娘が、しかも魔力がないにもかかわらず、自分の真似をして剣術の特訓をすることには反対していた。

しかし、そんなレインに対し、今日会ったばかりの少年がこう言い放ったのである。

ジーク君は英雄になる人ですから、と。

思わず、レインは息をのんでしまった。それほどに少年の眼は真っ直ぐだった。

まるで、娘が本当にそうなるかと知っているような曇りなき、その瞳。

普通の人間は、レインを前にすると少しは躊躇するはず。けれど彼は、一切、こちらに遠慮などしていなかった。

そして、彼はこう続けた。

——約束しますよ。もしジーク君が英雄になれなければ、僕が命を懸けたっていいです。

レインでさえ、数々の戦場を駆け抜けた英雄でさえ、そんな生半可なことは容易には言えない。

しかし、彼は真剣に告げたのである。

もはや、いなくなってしまった少年に対し、レインはつぶやいた。

「たしかに……そうかもしれないないな、ウルトス君。私が一番……娘を信じてやれなかったのかもしれない……」

このままいけば、自分は娘のことを否定してしまっていたかもしれない。レインは自分を叱ってくれた少年に感謝していた。

そして、同時にレインは舌を巻いていた。

そもそも今日の様子を見ると、ウルトス自身は娘に話しかけてもまったく反応してもらえていなかったのである。

それはつまり、あの少年は、あんな態度を取られたにもかかわらず、娘の側に立ったということ。

おそらく娘に好かれたいだけならば、娘の前でこの話をすべきだったはず。

「なるほど。これが天才というやつか」

レインはウルトスの噂を聞いていた。「卑猥な鎧好き」な少年。あまり評判も良くない。が、噂はまったくと言っていいほど嘘だった。

あの歳にふさわしくない鋭い眼力。冷静な思考力。まさしく、ランドール家の麒麟児。

見た感じだと、娘のジークレインとは違って戦いは苦手そうだった。穏やかな雰囲気の少年だ。

最後に「頭が痛い」と言っていたし、少し、身体が弱いのかもしれない。

しかし、そのぶれない姿勢にレインは好感を持った。

少年の去った方を向き、爽やかに笑う。

「フッ。まさか、この歳になって、誰かに本気で怒ってもらえるなんてな。君の言う通りだ……願わくば、君が娘と仲良くしてくれることを願ってやまないよ」

――レインは実態を知らない。

まさかそのランドール家の麒麟児（笑）が、ジークに媚びるためだけに、全力でレインに逆ギレしてしまったということを。

ましてや、ウルトス本人は、ジークを英雄にさせるために平気で、「命懸けますよ」とヘラヘラ言っていたのだが、

完全にレインの眼には、「己の身すらを犠牲にして娘のことを思ってくれている好ましい少年」としか映っていなかったのである。

（いやでも待てよ）

――が、しかし。

そうなると、1つ、レインの脳裏に疑問が浮かんできた。

そもそもなぜ、ウルトスが今日会ったばかりなのに、それほど娘のことを思ってくれたのかという疑問である。

（なぜだ……聡明な彼がなぜジークにここまでする……？　命を懸けるほど……）

命を懸ける。彼の眼は真剣そのものだった。レインに対して一歩も譲らぬほどの真剣さ。

（考えろ!!　そんな場合はすなわち――）

不可解な疑問。レインは必死に考えた。

もちろん、レインはウルトスの姑息な計画など知らない。

――その結果、レインが思い当たったのは。


「ま、まさか……」

ありえない、とレインは手で口を押さえた。

信じられない。しかし、この可能性しかない。

「ウルトス君……君ってやつは……まさか」

レインは呆然とつぶやいた。

「――ジークのことを好きに……？？？」

たしかに、そう考えればすべての辻褄が合う。

（た、たしかに、うちのジークは、綺麗な格好もせず、剣を振るっているような変わった子だ。友達もあまりいないし、今日だってロクにおしゃれもしていないその辺の少年のような格好。しかし、その表情、素顔をよくよく見ると、我が妻に似て美人だ。しかも、たまに『お、お父さん、ちょっと……その、剣の動き方を見てくれないかな……？』などと恥ずかしそうに言う様子はとてつもなく可愛らしい）

「ま、まさか、彼は、今日初めて会っただけで、ジークのポテンシャルを見抜いたというのか⁉」

間違いない。

レインは完全に確信していた。これは「恋」というやつである。

だからこそ少年は己の命を懸けて、このレインに挑んだのである。

そう考えればすべてがつながってくる。

ウルトス君が今日、娘に何回も話しかけていたのは、一目惚れ(ひとめぼ)をしてしまったせいなのだろう。

「フッ、なんだ、ウルトス君。そういうこと、なんだね？」

自分の考えに確信を持ったレインはにやりと笑った。

「任せてくれ、ウルトス君。１人の男として、君の恋を応援させていただくことにしよう――君には大切なことを教わったからな」

――こうして、完全に「あっ、この子、うちのジークレインのこと好きなんだ」的な発想に至ったレインは、翌日から２人をくっつけようとやけに張りきり出すのだが――

翌日から、時々ニヤニヤしながらウィンクをしてくる英雄レインの謎行動に対し、ウルトスの頭痛はさらに加速していくのであった。

4章　ゲームの知識

そんなこんなで屋敷を出てから1週間ほどがたち、俺たちは目的地に到着していた。

「おぉ……！」

目の前には、白亜のオシャレな街並みが広がっている。爽やかな雰囲気。

『エラステア』。

『ラスアカ』の舞台となる我が王国の領内でも、他国との国境付近にある都市である。

隣り合うグラディアル帝国とバチバチしていたときは、それなりに殺伐としていた都市だったが、かつて争っていた帝国とは近年、比較的友好関係にあり、今では外交の要所としても扱われている。

……その一見おとなしいかに見えた帝国はかなり危ない国家で、国単位で危ない実験に精を出し、数年後、突如として王国に攻め込んでくるんですけどね。

まあ、その辺はメインキャラたちが上手くやって、帝国の野望を打ち砕いてくれるだろう。

俺の出る幕ではない。

とりあえず、この『エラステア』は、今のところはオシャレかつ安全な街。

どこぞの変な闇ギルドも、厨二病も存在しない。

安心安全な街。

どうせ父上に言われた会議とかも適当にやり過ごせば、それでよし。

思い返せば、リヨンでは殺伐としすぎていてリラックスできなかった。ここではモブらしく、多少ゆったりしても怒られないだろう。

「いい街だね」

振り返って爽やかに言う。今の俺はどこからどう見たって、普通のモブだ。

が、そんな俺の横で、

「……こっちを見ないで」

と、冷たく言い放つジーク君。

どうやら彼は、元々の貴族嫌いがジェネシスとの敗戦で、だいぶ悪化しているらしい。どう見ても興味なさそうに、冷たく俺をあしらう。

そして、そんなジーク君の様子を見て、

「……ウルトス様に無礼な口をきくこと、38回目」

と、血に飢えた狂犬のようににらむリエラさん。

……なんでこんな平和な街で、この人たちはいがみ合っているのだろうか。

俺は泣いた。

「だいたい、なんなんですか！　あの人!!」

「いやいや、落ち着きなって……」

一先ず、簡単な検問を済ませ、俺はこのエラステアの一等地のホテルへと入っていた。

このたびは王国中からも、色々なお偉いさんが来ているらしい。そこで、ランドール公爵家の息子たる俺も特別待遇、というわけである。

が、同じ部屋に入ったリエラは完全にムカッと来ているようだった。

「なんでウルトス様はあんな態度をとられて、何も言わないのですか!!」

「ま、まあ人の好みはそれぞれだし、多少は仕方ないさ」

「そんなことありません。ウルトス様にあんな態度をとる人間はどう考えても人生を損しています」

「主語大きくない？」

普通、『え、○○って知らないの？　人生の半分を損してるよ～』みたいな昨今の会話でも、まあまあ言いすぎじゃないかと思うのだが、リエラの手にかかれば、俺に不遜な態度をとると人生のすべてを損していることになるらしい。

「そもそも、なんでウルトス様はあんなに情けない真似をするのですか……！　道中魔物と遭遇したときだって、ウルトス様は馬車の中に逃げていたじゃないですか！」

俺たちは道中、魔物が出てくる森林地帯を通った。

もちろん俺は由緒正しきモブなので、魔物が出るたびに、情けなく「ひいいい」とか、「ひょえええええ！」とかジーク君親子に対し、地道なモブアピールは欠かしていなかった。

これが将来的な安全につながる、と信じて。

が、リエラは、そもそも戦えないフリをしていたこと自体が許せなかったらしい。

「本来のウルトス様だったら、あの程度の魔物の群れ、５秒あれば叩きのめして、うずたかく積まれた魔物の上で私の淹れた紅茶を飲みながら、高笑いができるはずです！」

「リエラって、俺のこと化け物か何かだと思ってる？　さっきから」

リエラの中の俺のイメージが猟奇的すぎる。

「あのね、リエラ。一応世間では、ウルトス・ランドールは特に強くもないんだ。というか、むしろ悪評がメインなんだし、このままでいくのが安全――」

「……だからって！　あんな魔物におびえる真似までしなくても……！」

本当は魔物におびえて、お漏らし……くらいまでやってみようかと思ったが、そこまでやらなくてよかったのかもしれない。

もし、作戦を実行していたらどうなっていたことか……。

なんかもう、刺されるかもしれないくらいの殺気を感じる。

「もうこうなったらやけの『あ～ん』です……！　ウルトス様、今日はお付き合いください!!」

頭の中にナイフを持ったリエラが思い浮かんだところで、リエラが俺の口にお菓子を突っ込んできた。

「……リエラ、一旦落ち着こうか」

いつも以上のハイペース『あ～ん』。

「まあでも……父親の方は少しは見どころがありましたが」

「あぁ。それはたしかに」

ちなみに、父親のレインは息子のジーク君とは打って変わって友好的だった。

いや、というか、道中、野営をしていたときにレインと話してからというもの、なぜかレインはニヤニヤしながらこっちを見てくるようになったのである。

俺がジーク君に無視されるたびに、「ふっ……俺も若いころはそうだったなあ……」などとわけのわからない一言を言ってきたり、俺がジーク君に冷たい眼で見られるたびに、

「男ってのは、そうやって強くなるもんさ」とかウィンクしてきたり。

……このオッサン、何を企んでいるのだろうか？？？

エンリケが正統派のちょいワル系厨二病、バルドがポエミー系厨二病だとしたら、レインはちょっと青春をこじらせた厨二病系統だろうか。

たまにいるんだよなぁ……「青春第一！」みたいな感じで謎に熱いタイプの厨二病。

……最近、この世界の年上の男にはロクなやつがいない、と実感したばかりだ。

エンリケ、グレゴリオ。その中にレインも入ってきただけのこと。

「まあいいさ」

とはいえ、俺はまったくこのままでいくつもりはなかった。

俺は生き延びるのである。気合いを入れ直し、リエラの方を向く。

「――リエラ、動くぞ」

真剣な表情をする俺。

そう、ここからが本番。小手調べはここまでである。

「はい、ウルトス様」

リエラの眼にも、やる気がともる。

——ジャッジメント計画の始まりだ。

「ではまず、いかがいたしましょうか？　またジェネシスになって、一度さらってウルトス様と仲良くするよう脅しますか？」

「……まずは、その荒くれ者の思考から離れようか」

このメイド怖い。考えが裏社会の人間のそれである。

俺はこれまで紳士的に解決してきた。グレゴリオしかり、リヨンでもそう。

今回も同じだ。

が、今回の俺にはある秘策があった。

「これは使うまいと思っていたが……致し方あるまい」

プレッシャーを出しながら告げる。もったいぶった俺を見てリエラが不思議そうな顔をした。

「なッ……！　ウルトス様何を……」

「リエラ。俺は、世界の法則を知っているんだ」

そう。

ジーク君と仲良くなるには、使うしかないだろう。世界の法則。

——《ゲームの知識》、すなわち、知識チートを。

なぜなら俺は、18禁世界をゲーム知識で生き残る男。

ごくり、とリエラが息を呑む。

「世界の法則……？　そ、そんな」

やること、それは簡単である。知識を使い、ジーク君と仲良くなる。

俺は厳かにこう告げた。

「――ジーク君と一緒に、風呂に入ってくる」

「……はい⁇⁇⁇」


――一緒に、風呂に入る。

一見するとバカバカしいが、俺は本気だった。

というのも、『ラスアカ』は18禁のゲームらしく、そういうシステムがあったからである。

その名も『お風呂システム』。

何ともひねりのないシステム名だが、これが意外と好評だった。例えば、とある施設に泊まったりすると「風呂に入る」という選択肢を選べる。

そうすると、選んだキャラと一緒に風呂に入れるのである。

しかも、好感度がアップしたりと数々のメリットがあるというおまけ付き。

そして、このシステムのポイントは同性でも使える、というところにある。場合によっては、男主人公のジーク君で、男キャラともお風呂に入れるのである。

ちなみに男キャラからは風呂で「戦いのコツ」みたいなものを教えてもらえるのだが……まあ、もちろん、誰がわざわざ女の子がカワイイゲームで、男の姿が見たいのか。

女主人公にしてカワイイ女の子とあえていちゃつく……的なプレイヤーもいたが、大多数のプレイヤーは、もっぱら男主人公にして女の子といちゃつくために入っていた。

だからこそ。俺は思っていた。

この世界なら、一緒に風呂に入ることで好感度を稼ぎ、仲良くなれるのではないか？　と。

そもそも俺はいわゆる知識チート的なことは好きではない。

知識チートで「領地を発展させてやるぜ！」なんて目立つことをするのはアホだ。

人生、平穏が大事。目立たずに生き残れれば、それでいい。

が、そもそも今は主人公が世界のために戦ってくれないという、この先を知ってる人間からすると、だいぶ絶望的な状況になってしまっている。

もはや方法を選んでいられない。

そして運良く、このホテルには高級宿ならではの大浴場があった。試してみるしかない。

「って感じなんだけど……ん？」

とシステムのことをぼかしつつ、風呂に一緒に入れれば仲良くなれるんだぜ？　的なことを言ったのだが、肝心のリエラさんはものすごい微妙な表情をしていた。

というか目が冷たい。

「ふぅん……ウルトス様は私を差し置いて、そんなぽっと出の人とお風呂に入ろうとするんですね、ふぅん〜〜」

髪をクルクルといじってそっぽを向くリエラ。

今までで一番、やさぐれた顔をしているかもしれない。

「いやいやいや、だってねえ。メイドと一緒に入るのはさ、評判がちょっと……」

考えてもみてほしい。

こんな真面目な場所に来て、メイドと一緒に風呂入るってまた悪評が立つじゃないか。

しかも異性のメイド。どう見たってよろしくない。

俺が今からやるのは健全そのもの。男同士の付き合いである。

「まあ、待っててよ。さっくり終わらしてくるからさ」

浴場へと向かう。

ジーク君が風呂に入っていることはすでに確認済み。

ちなみにリエラは置いてきた。本人曰く、「殺意を抑えられる自信がない」とのこと。

……どういうことだ⁇

そんな疑問はさておき。ムダに豪華な浴場へと潜入。

浴場は俺たち一行の貸し切りとなっているので、確実にジーク君しかいない。

「よっと」

男同士なのだから今更恥ずかしがることもない。さくっと衣服を脱ぎ、風呂へと入る。

風呂場は湯気で覆われており、視界がかなり悪い。

そして、俺の視線の先にはジーク君。

彼は行儀がいいらしく、裸になった俺とは違い、浴場でもタオルを巻いて座っていた。

「ん？　お父さん。何かボク忘れ物でもし——は？」

「やあ、失礼するよ」

爽やかに挨拶して、横に座る。

そして、髪を洗っている途中のジーク君の肉体を冷静に観察。

白い素肌はほんの少し熱によって桜色に染まっており、髪も濡れている。

……なんか美形なせいか、とてつもなく色気があるような気がしてきた。

「……は？　え？」

ジーク君が信じられないものを見るような目でこっちを見てくる。

が、こっちは動じずにジーク君を見つめる。

……ふむ。タオルの上から見ると、ちょっと細いか？？？　もうちょっと——

「肉があった方が（戦力的に）良いな」

そう言いながら、親指をぐっと上げる。

せっかくのアドバイス。強さの追求に余念のないジーク君のことだ。

さぞ喜んでくれるだろうと思っていたのだが。

「……この……！　変態貴族!!!　最っ低!!」

俺が最後に見た光景は真っ赤な顔でこちらをにらみつけるジーク君と、俺の顔面に高速で飛んでくる桶であった。

◇

——その日の夜。

ジークは夕食の場にも出ず、自身の部屋から夜空を眺めていた。

風が吹き、ジークの銀髪が揺れる。これまで、強さを追い求めてきた。

村で1人で修業するのを馬鹿にされても。魔力がなくても父のように強くなりたいと必死に努力を重ねてきた。

が、

（なんなんだろう、あの人は……？）

不思議だ。この旅で一緒になったウルトスという同い年の貴族は、どうにも変な少年だった。

ジークが嫌みな態度を取っても、ヘラヘラ笑って怒る様子もない。

ジークも最初は貴族の子息ということで、「適当に返事をしていれば飽きるだろう」と思っていたが、その様子も見えない。さらに今日は風呂に乱入してくる始末。

おかげで、ジークにしては珍しく顔を真っ赤にして大声を上げてしまった。

（いけない、ダメだこんなんじゃ……！）

呼吸を落ち着けて、頭を振る。

しかし、ジークはウルトスという少年が苦手だった。道中、魔物と会ったときもみっともなく逃げ回っていたし、そして何よりも——


そのとき、扉の開く音がした。

「ジーク。夕食の場に来なかったから食事を持ってきたぞ」

ジークが振り返ると、レインがちょうど部屋に入ってきたところだった。

「なぜ来なかったんだ？　ウルトス君も心配していたぞ」

「別に……どうでもいいから」

そんな父に向かって、バッサリと切って捨てる。

ジークがどうしてもウルトスを苦手な理由。それは——

「いや、それにしても、やはり彼はいい趣味を持っているな」

と、楽しそうに語るレイン。

「……っ！」

これである。これがどうしてもジークは嫌だった。

あれほど弱く、魔物から逃げ回っていた少年を、なぜかレインは高く評価するのだ。自分は父に追いつくために、あれほど努力してきたのに最近はウルトスのことばかり。

「俺も初めて、彼女——つまり、お前のお母さんと一緒に風呂に入ったときなんてな」

「別にそんなの聞いてない」

父がウルトスを褒める。それがどうにも癇にさわる。

（どう見たって、自分よりも弱いのに……）

「そもそも、あんな弱い人に興味ないから」

「いや、ジーク。それは違う」

レインが窘めるように言った。

「ウルトス君は強いよ。お前はこの前の敗北から少し急ぎすぎだ」

胸がざわついた。

正体不明の仮面の男、ジェネシス。村に突如として現れた男とジークは戦い、まったく太刀打ちできなかった。

だからこそ、これまで以上に強さを求めなきゃいけない。

そう思ったのだが、父はのんきに「強さばかりを求めるな」と言う。

（あの父さんが、あの英雄が、そんなひよったことを言うなんて……！）

「なにが？　ボクにもっと力があれば、勝てたのに」

が、レインは困ったな、と首を振る。

レインをにらみつけた。

「違うんだジーク、本当に強い人間ってのはそうじゃない」

「……ッ！　じゃあなに、ボクとあの子が勝負してボクが負けるとでも？」

「いや、勝つのは十中八九お前だ、ジーク」

「だったら、ボクの方が――」

レインが遮った。

「勝つのはお前だけど、彼の方が強い。お前はまだ表面的な強さに囚われている。仮に勝つのはお前でも、強力な敵を目の前にしたとき、きっと先に動けるのは彼の方だ」

「……ッ！　一体どういう……！」

目の前のレインを見る。レインの眼は真剣だった。

「彼には大切な……守るものがある。そのためにだったら命を懸けられるだろう。そういう人間こそが、本当に強い者なんだ」

「じゃあ、あの子がボクを守るとでも？」

ふん、とせせら笑う。

どう考えても自分の方が強いのに。

「会ったばかりなのにさ」

心外だった。あんなに弱そうな男を、自分が憧れた父がここまで評価している。

「そもそも、なんで構ってくるかもわからないんだけど」

「そりゃお前のことが……いや、これは彼の名誉のためにも言わないでおこう。お前は強い。だけど、まだ本当の強さというものが――」

「もういい、外、出てくる」

「おい、まだ話は終わっていないぞ」

父の制止の声も聞かず、部屋を出る。

これ以上聞きたくなかった。

何が本当の強さなのか。相手に勝つ。それ以外の強さなんて、

「――あるわけないじゃん」

◇

「ウルトス様、いかがでしょうか？　この街の名物だそうです」

「そうか」

「……あまりお口に合わなかったでしょうか？　すみません。私のミスです……」

「いや、俺が微妙な顔してるのは、そこじゃなくてさ」

お風呂事件から数日たち、俺とリエラはホテルの一室にいた。

リエラが寂しそうな表情をするが、そうじゃない。

俺は豊かな胸をさらけ出すような衣装のリエラに対し、疑問を口にした。

「なんで、バニースーツなの？」

目の前のリエラを見ると、ウサギの耳を付けたリエラが扇情的な格好で『あ～ん』をしている。

「え、ウルトス様のお好きな格好ではなかったのでしょうか？」

いつもの美しい肢体。それにバニースーツが妙に似合っている。ただし、目に毒だ。

「いや、嫌い……じゃないけどさ。や、やめない？？？」

高級そうなホテルの一室。

偉そうに座る（リエラに座らせられた）俺。そして、卑猥な格好でかしずく美人。

どう見たってイメージが悪い。悪すぎる。

「え、もしかして説明しないとわからない？　というか、なんでバニースーツなんか――」

「はい！　ウルトス様に喜んでいただきたくて、『この街で一番殿方を満足させられる衣装を探しています！』と街中の服屋を探しておりました」

「なにその、しょうもない道場破りみたいなの」

似合っている。スケベだ。が、しかし。まずい。こんなのまんまクズトスではないか。

しかも、隣の部屋には原作主人公の関係者がいる。ただでさえ好感度低いのに、見つかったらどうなるかなんて考えたくもない。

「リエラ――とりあえず脱ごうか」

俺はため息をつきながらメイドに命令した。

「はい！　ウサギの耳を外します」

「スーツの方だよ？」


というわけで、やっと元のメイド服に戻った。

「ウルトス様。あれで本当に成功だったのでしょうか？」

ジト目でこちらに尋ねてくるリエラ。バニースーツを脱いだリエラだったが、彼女なりにあの作戦に思うことはあったらしい。

「……ああ、まあな。これも計画のうちだ」

「あまり成功した感じがしないのですが……そ、そもそも、私がまだ一緒に入れていないのに、ずるいです!!　正義に則り適切な処罰を!!」

「……リエラって、俺を何だと思っているの？」


ただ、正直、あれは予想外だった。

レインたちにはその日の夕食で、

「すみません。時間間違えちゃって。ははっ（キラン）」

と、爽やかスマイルで謝っておいた。なので何とか大丈夫だろうとは思っている。

が、しかし、意外である。

どれだけ強い相手にも立ち向かっていた主人公が、まさか同性との風呂も苦手だとは……。

顔を真っ赤にした感じなんて、ジーク君が女顔なのもあって、もはや女子並みの拒否反応。

……俺、そんなに嫌われてるの？　イメージ悪すぎない??

それなりにクズレス・オブリージュをできたと思っているが、あまりジーク君には伝わっていなかったらしい。

「会議は参加しなくても良くなったけど、ジーク君がどうもなぁ……」

思わず独り言が出てしまう。

ちなみに、父上が俺に参加してほしいと熱望していた会議だったが、早速俺は参加を辞退していた。

聞けば会議は、帝国と王国間の本当に真面目な会議らしい。

そもそも帝国と王国は、かつてバチバチな争いをした仲である。そのこともあって、今でも王国と帝国は完全に仲がいいとは言えない。

何なら、帝国は現在進行形で虎視眈々と王国を狙っており、原作開始後には、ジーク君が学院生活を送っていると、突如として王国に侵行してくれるというまったく嬉しくもないサプライズをしてくれる。

……こんな地雷だらけの本格的な会議にまだ成人してない息子を放り込むなよ。

我が父上は一体何をお考えなのだろうか。そろそろ現実を見てほしいものである。

というわけで、俺はレインを通じて「参加は辞退します。父の妄言は忘れてください」と王国代表側に伝えておいた。

しかし、やはり貴族同士の仲が悪く、アホが跋扈する王国である。

なんと王国代表側からは「せっかく来ていただいたのだから、ランドール公爵家のご子息も参加してもらっても～」という意見もあったらしい。

セキュリティ意識とか大丈夫か？

そんなんだからグレゴリオみたいな狂人にいいように暗躍されるんだよ……。

「で、そもそも、どうされるのですか？　完全にあの人、最近姿を見ませんし……」

リエラが若干呆れたように言う。

あれからというもの、ジーク君は日中ホテルから完全に姿を消すようになってしまった。

おかげで中々、話す機会もない。

そして、リエラの追及が厳しくなってきた。

こういうときは、勢いでごまかす。これ一択である。

問題ない。なぜなら俺は、あのリヨンでもこうやって切り抜けてきたのだから。

「――リエラ」

俺はやれやれと立ち上がると、意味もなくカーテンをふぁさっと開けた。

そのまま静かに空を見る。

大事なのは雰囲気。そして根拠のない自信である。

「ウルトス様、何を……？」

俺の意味不明な行動に、リエラの困惑したような声が聞こえた。

「リエラ。これはすべて計算の内だ」

「……!?　あの完全に拒否された、お風呂の件がですか？」

……完全に拒否された、とか言わないでほしい。

原作主人公に悲鳴を上げられて、こっちもちょっと傷ついているのである。

が、気にせず続行。

「ああ、すべてはこの眼にしっかりと見えている。現に、リヨンでの俺の計画はすべて当たっていた……そうだな？」

「たしかに、あのときはまるで未来が見えているかのごとく、すべてを的中させていましたが」

いいね。真後ろから、リエラの困っているような雰囲気を感じる。

まあリヨンでは原作知識でイベントを知っていたからなんですけどね。

が、しかし。

ここでリエラに疑問を持たれてしまうのは少し困る。

だからちょっと、新技術で工夫させていただこう。

「リエラ、もし俺が本当に『未来が見える』と言ったらどうする……？」

「ウルトス様……それはどういう？」

（――【変装（ディスガイズ）】）

俺はリエラから見えないように補助魔法を唱えた。

【変装（ディスガイズ）】。見た目を変化させる、というあまり使い道のない補助魔法。

たしかに戦闘では役に立たないだろう。しかし、こういうのは使いどころが肝心なのだ。

そして、そのまま意味深に振り返る。

「リエラ、安心してくれ。たとえお風呂の誘いを拒否されようと、すべては我が計画の内。そう――すべての未来は、すでにこの眼に見えているのだから」

「ウルトス様……そ、その眼は……？」

リエラが息を呑む。

それはそうだろう。困惑するのも無理はない。

なぜなら振り返ったはず俺の眼は、普段の色とは違い、深紅に染まっていたのだから――

「信じるかい、リエラ？」

呆気にとられるリエラ。

彼女に向かって、俺は微笑みながら尋ねた。

「――このウルトス・ランドールの紅き眼は、あらゆる未来、あらゆる結果を見通すことができると言ったら？」

信じられないといった表情のリエラ。

「ま、まさか……、ウルトス様は本当にすべてが見えていらっしゃるのですか⁇」

「ああ、あまり言うまいと思っていたが……これが俺の秘密だ」

しっかりリエラを見つめつつ、キメ顔をする。

そして告げた。この能力の名を。

「ありとあらゆる未来を見た上で、その中から最善の選択を見通すことができる。それこそ我が能力――『ジェネシック・レコード』」

「ジェ、『ジェネシック・レコード』……⁉」

ここに来て、突如として明かされた驚愕の新設定――『ジェネシック・レコード』。

ちなみに、元ネタはアカシック・レコードというもので、なんか全世界の色々な知識が詰まっているらしい。

それを謎の仮面の男・ジェネシス風にしたのが、『ジェネシック・レコード』である。

もちろんそんな能力は一切ない。

「な、なぜそんな重要なことをおっしゃってくださらなかったのですか⁉」

なぜ、ジェネシック・レコードのことを言わなかったか。

……それはね、リエラ。ジェネシックレコードがほんの2、3分前に作り出された能力だからさ。

とはいえ、俺はずっと思っていた。ちょっと雰囲気が足りなくないか？　と。

例えば、リヨンでの一件もそう。

俺はイーリスに会ったとき、「裏の裏を見ろ」とかだいぶ適当なことを言ったが、「なんだこいつ」という白けた視線が返ってくるだけだった。絶対にあの顔信じてくれてない。

……俺は実感した。やはり足りないのは雰囲気である。

この世界は魔法やら何やらがある世界。

俺が普通にこれからのシナリオについて語ったところで、あまりに普通。インパクトがなさすぎる。

もっと特殊な……もっと特別そうな雰囲気がいる。

――そこで俺が思いついたのが、ほとんど使用者のいない、地味な補助魔法【変装(ディスガイズ)】だった。

この魔法を使い、眼(め)を真っ赤にする。

……なぜ真っ赤なのか？

簡単だ。

眼を赤くすると、手っ取り早く、なんか危うい特別な雰囲気を出すことができるからである。

だいたい暴走した主人公はすぐ赤い眼になるし、操られた人間も眼が真っ赤になるのだ。

つまり、ここで「眼が赤い＝特別」という簡単な図式が成り立つ。

「リエラ。これは本当に信頼できる人間にしか明かせないんだ……」

「たしかにそうですね……。未来を見ることができるなんて、魔法に疎い私ですらありえない、と感じるレベルです」

……リエラの様子をこっそりうかがう。

どうやら俺の作戦は成功しているようだった。

「……リヨンの前からふとこの能力に気がついていた。だが、この力はあまりに危険。だからこそ今まで黙っていたんだ……」

「あぁ、ウルトス様……！　そんな秘密を私に……!!」

本当にいいメイドである。

眼を赤くするなんて厨二病感が強すぎて心配だったが、リエラにはばっちり刺さっていたらしい。

「いやでもウルトス様、少しお待ちください」

衝撃の能力発表から少したち、疑問を持ったらしいリエラが聞いてきた。

「ウルトス様が『ジェネシック・レコード』をお使いになったということはすなわち、今回も、リヨンと同じようなことが起きるのでしょうか？」

「ん？　あ〜そうだな」

……今回はシナリオが関係ないので、特にリヨンのように動く予定もない。

とはいえ、ここに来て、リヨンと同じくらいだとちょっとスケールダウンかもしれない。

まあいい。ここまで来たら全力で乗り切るしか――

「いいだろう。本当に真実を知りたいんだな……リエラ」

眼を閉じ、何かを感じるような姿勢を取る。

何事もなかったら、それはそれで「……『ジェネシック・レコード』の未来が変わった……⁉　まさか、俺たちは未来を変えられたのか⁉」とか適当に抜かしておけば良い。

ああ、なんて便利なんだ……、ジェネシック・レコード。

我ながら才能が恐ろしいよ。

「……リヨンは序章に過ぎない」

重々しく言う。

「なっ⁉　では、一体何が……？」

「――始まりのときだ。創造の前の破壊が始まる。あらゆるものがゼロになり、すべては無に返る。そう、邪悪なる陰謀さえも破壊して」

「邪悪なる陰謀⁉　こ、この街でですか⁉　で、でもこの街は両国の会議中で――」

邪悪なる陰謀が何かって？

……リエラよ、あまり詳細にツッコまないでほしい。

俺だってなにを言っているか、いまいちわかってないのだから。

「そしてついに――大聖堂の奥。英雄は己が宿命と対峙し、英雄は再び立ち上がるだろう」

「……未来の予言。そして、すべてを見通す紅き瞳……これがウルトス様の『ジェネシック・レコード』……」

あまりにわけわからない俺の演説と紅い眼に、放心したようなリエラ。

ちなみに「英雄＝ジーク君」で、大聖堂とはこの街の中心にあるシンボル的な存在である。

ゲームでも綺麗と評判だった。こういう地元ネタも入れておくと信ぴょう性が増すはず。

そして、ジーク君も頼むからもう一回頑張ってほしい、という願いも込める。

「じゃあ、外に出ようか」

魔法も解除。紅色の眼が元に戻る。

リエラの中では、あの失敗に終わったお風呂の件もきっと必要だったということになっているだろう。

ありがとう、ジェネシック・レコード君。我ながら完璧な演出——

「ウルトス様」

が、扉に手を掛けようとした瞬間、後ろからリエラの声がした。

「……何かを隠しているのではないですか？　その、副作用とか」

「…………………」

「『ジェネシック・レコード』はまさに神の領域に達した能力。でも……そんなあまりに強大な能力を使うと——重大な副作用があるのでは？」

……言われて気がついたが、特に何も考えてなかった。

重大な副作用。なんだろう？

寿命が削られる、とかだろうか。ちょっと想像してみる。

俺「寿命を削るんだ」

リエラ「いやあぁぁぁぁぁぁぁぁぁぁぁぁぁあ!!!」

1．リエラ大パニック

2．俺、実家に連れ戻される

3．ジャッジメント計画失敗

4．ジーク君が世界を救ってくれないせいで世界崩壊、巻き込まれて死亡

……ダメだ。リエラの性格を考えると、末路まで簡単に想像できる。

こうなったら……！

振り返りながら爽やかに告げる。

「いや、ジェネシックレコードの副作用はある……けど、そんなに大したものじゃないさ……使いすぎると脂っぽいものがきつくなったり……夜、寝つきが悪くなったり、朝、寝起きが悪くなったりする程度なんだ」

「…………」

無言のリエラ。視線がまあ痛い。

さすがに低リスクが過ぎるか……？

あまりにも安全策を取りすぎて、逆に怪しくなってしまったような気がする。

だいたい、未来を見る能力の副作用が胃もたれとか寝起きの問題って……。

さすがに、こんなのは誰でも違和感を――

「わかりました！　ジェネシック・レコードにはそんな恐ろしい副作用があったとは……ウルトス様、何かありましたらこのリエラに何でもお申し付けください!!」

ぐっとガッツポーズを取るリエラ。

むしろやる気が出たようだ。

「……ああ、うん。そうだな、まあ、今度から朝布団をかぶってたらジェネシック・レコードの副作用ってことで……」

……まあ、なんだ。俺はいいんだけどさ。

リエラ。メイドとして、本当にそれでいいのかい??

◇

ジェネシック・レコードの説明が終わり、部屋を出た。

「ウルトス様はなんてすごい……！」

感動したようなリエラ。

ハッハッハッハ……まだまだ甘いねリエラ。こっちが一枚上手だ。

と、まあジェネシック・レコードでなんとかリエラに信用してもらえた後、俺は達成感に包まれながら外に出ようとしていた。

街の新鮮な空気を感じる。

街の中心部に目を向けると、高くそびえ立つ城があった。あのお城で偉い人が色々頑張っているらしい。

使わないかなと思いつつ、胸にはカルラ先生にいただいたネックレスも忍ばしてある。

「お、ウルトス君じゃないか」

「あ、レインさん」

声を掛けられた方を向くと、目の前にレインがいた。

レインも会議に参加しており、結構忙しそうで、いつもホテルと会議が開催される城を行ったり来たりしている。

「街に出るのかい？」

「ええ。ちょっとこの前の件で、ジーク君に迷惑を掛けてしまったので探しに行こうかなと」

あぁ……と困ったような顔のレイン。

「そうだな……ちょっとあの子は、すまない。少し難しい時期なんだ。ここは警備が万全だから、1人でどこかに行っても大丈夫だとは思うが……この前も1人怪しい男が捕まったと聞く」

「なるほど……怖いですね」

このエラステアは難攻不落の街として知られている。街の周りの高度な魔法障壁が魔物の侵入を防ぎ、検問もバッチリで怪しい人間は入れない。

中立地帯として外交の場に選ばれるだけはあるのだが……。

「ちなみに、その不審者はどこにいるんですか？」

「ああ、城の牢屋(ろうや)に収容中さ……まあ普通は、エラステアの外にさえ出なければ安全だし問題ない」

「そうですか……こう見えても一応、僕も少しですが【風】の魔法を使えます」

「ほう、優秀なんだね」

ちなみに、俺は対外的には【風】魔法の第2位階まで使える、ということにしていた。

学院入学前なら普通よりはちょっと優秀かも……？　くらいのレベルだ。明らかに原作キャラの天才どもには劣るが、一応こんなもので良いだろう。

それなりに魔法は使えるが、実戦経験がなく、戦いとなると足手まとい。

……あまりにも中途半端な強さ。

戦いが起こっても誰もこんな人間呼ぼうとしないだろう。かといって、教育を受けた貴族らしく、それなりに魔法は使えるという絶妙なライン。

これがモブのバランスである。

「では行ってきます！」

意気揚々とレインに告げる。

「あ、わかっているだろうけど、くれぐれも帝国の人間にはちょっかいを出さないように」

「はい！　すみません。ありがとうございます。ジーク君を探してきますね」

「ああ、君の思い、届くと良いな」

クックック、とやけに楽しそうなレインが去っていく。

「くっ……！　親子ともども気に入られようとして……！」

と、なぜか悔しそうな顔をするリエラ。

「？」

◇

まあいい。帝国の人間には近づくな。

要するに、レインが忠告するほどに帝国の人間と王国の人間は仲が悪いのである。

例えば、宿泊先のホテルだって帝国の人間は王国とは別のところに固まって泊まっている。

そもそも、国の気質からして結構違う。

帝国の人間は、その名の通り皇帝を中心に、一致団結して1つの目的のために動く……が、我ら王国民は足の引っ張り合いが大好き、協調性のかけらもないような人間・貴族が跋扈する国である。

第一、真の王家の血を引くイーリスが田舎領地で男爵をやっているのだから、もうよくわからない。

なんなんだよこの国……ちょっとおかしいよ。

とはいえ、国力では常に帝国に圧倒されている王国だが、ぎりぎり今までは大規模な侵攻は防衛できている。

一方の帝国側も何度かの失敗で一旦王国への侵攻は小休止、といった感じだ。

しかし、裏では王国侵攻に向けて違法な魔法実験などを繰り返したり、強大な魔法詠唱者を何人も集めている。

「ウルトス様……本当にここで大丈夫でしょうか？」

「大丈夫だよ、リエラ」

「そうでしょうか……非常に注目を浴びていると思うのですが……」

というわけで、レインからアドバイスを受け取った俺は帝国側の人間が集まるホテルの方へと移動していた。

なぜこっちに来たのか？

そもそも基本的に帝国の人間は礼儀を重んじる。

どう考えてもあんなにへそが曲がっていて、やさぐれた女顔の美少年（しかも王国民）がいたら帝国の人間はイラッとくるだろう。

ゲーム本編でも、帝国側は基本王国の人間を見れば絡んでくる。

なので、ここでジーク君に関する情報を仕入れようというわけである。

今回ばかりはジーク君のキャラが濃くて助かった……。

と思っていたら、

「おい、その印章……貴様、王国のランドール家の人間か」

数分でじろじろ見てくる輩が話しかけてきた。

嫌みったらしい態度、かといってどこかぱっとしない感じの若い使いパシリっぽい男。

帝国風の衣装だが、なんというか、原作キャラっぽい雰囲気もない。

どこからどう見ても立派な三流悪役モブである。

……こういう感じなら、しれっと生き残れるんだろうな。

初めて会った先輩モブの存在にテンションが上がりつつも、

「何ですか」

と俺は短く答えた。

「ふんっ、笑わせるぜ。王国の人間……そしてランドール家か。聞いたことあるぜ。その息子、ウルトスはどうしようもないバカ息子だってな」

わざと周りに聞こえるように吹聴するモブ男。

なるほど。痛くも痒くもないが、俺の悪評は国を越え、帝国にまで広がっていたようだ。

……クズトス君さあ……。

とはいえ、この男はクズトスの細かい悪事までは知らないようだ。

まあいいや。ビキニアーマーとかそのへんが知られなきゃこっちは――

が、しかし。そのとき、鋭い言葉が周囲を切り裂いた。

「そのお言葉、撤回してください！」

俺を庇うように出てきたのはリエラだった。

「……リエラ」

「出すぎた真似をしてすみません。でも私、黙ってられません」

そう言ったリエラがモブ男に立ち向かう。

突然横から出てきたリエラに、モブ男が見下すような眼を向けた。

「ふん。主人が主人ならメイドもメイドか。評判の悪い主人に仕えさせられてかわいそうに」

「リエラ……」

「私、もうウルトス様が誤解されるのはもう嫌なのです」

俺が名前をつぶやくと、あくまでも俺の味方です、というようにうなずくリエラ。

……少し、胸が熱くなった。

その勢いのまま、堂々とリエラが続ける。

「ウルトス様のことを『バカ息子』とか……『変態息子』とか！　いくら他国のお方とはいえ、言って良いことと悪いことがあります」

……ん？

おかしい。俺の聞き間違いだろうか？

いま、新たに悪口が追加された気がする。

だいたい相手のモブの人、「バカ息子」としか言ってな――

「たしかにウルトス様はビキニアーマーがお好きです。でもそれは決して不埒な目的ではありません……そう、ウルトス様は、あの無骨な鎧と柔らかい女体が絡みつく――その相反した風情に、芸術的な意味を見出しているのです!!!」

「「えっ」」

突如として放たれた斜め上な発言。俺とモブ悪役の声が重なった。

「そうですよね？　ウルトス様！」

どーん、となぜか胸を張るリエラ。

そのまなざしはキラキラ輝いており、「私、言ってやりました！」みたいな顔をしている。

「……リエラ」

俺は再び彼女の名前を呼んだ。もうやめてくれ、という感情を込めて。

「止めないでください、ウルトス様。私はもう黙っていられないのです。ウルトス様の評判を貶めるような輩は――」

「……やめようリエラ。評判を貶めるような輩が今のところ1人しか思い浮かばない」

というか、下手にリエラが「芸術的～」とか謎のフォローを入れたせいで、単にビキニアーマーが好きというより、ヤバい系の変態に進化している気がする。

「こ、これだから王国の野蛮人は、白昼堂々なにを言い出すんだ……」

モブ男もそう言いつつ、完全に2、3歩後ろに下がり始めている。

どう考えても引かれている。

「す、すみません。うちのメイドちょっっっと変わってて……」

「くっ、もういい！　ったく王国はどういう教育をしているんだ。この前、街外れで会ったあの無愛想なガキといい……！」

そう言いながら、去っていく帝国民。

「ウルトス様！　ギャフンと言わせましたね」

「いや。ギャフンとっていうか、とんだ変態主従だと思われただけだと思う」

「ええっ!?」

が、まあいい。収穫はあった。わざわざ恥をさらした甲斐が。

にやりと笑う。無愛想なガキ。

「街の外れ……ね」

◇

——とある無愛想な王国のガキ、ことジーク君の情報を聞いてから数時間たった。

俺は、街の中心部から遠く離れたところへと来ていた。

このエラステアの街は結構な広さがある。なので街の外れの人がいなそうな場所を歩き回って、ジーク君を探していたのである。

途中から完全に体力勝負だなと思ったので、リエラも置いてきた。

そもそも、あの2人相性が悪そうだし。

「まだ探していないのはこの辺りか……」

そんなこんなで、街の外れの方に来ると、もはや人気（ひとけ）もなくなってきた。どうやら取り壊し中の地区らしく、解体途中の建物があるだけだ。

そのまま無人の建物の横を少し行くと、奥の方には広場らしきところがあった。

そして、そこに1人の少年がいた。

暗くなり始めた中、広場に立ち尽くす少年に声をかける。

「ジーク君」

「なに？」

広場にいたジーク君は剣を腰に差していた。どうやら剣の練習をしていたらしい。

相変わらずのつれない返事。

「話すようなことは何もないけど？」

考える。

さて、なんて言おうか。

正直、ジーク君に会えたはいいが、あまり良い案は思い浮かばない。さすがにもう1回お風呂に誘うと今回ばかりは桶（おけ）ではなく、剣が飛んでくる可能性がある。

う〜む、マジでどうしよう。

が、ふとそのとき。

「ん？」

俺はなんとなく違和感を覚えた。

何も言わず、後ろを振り返る。

俺が振り向いた方向には何もない……。

が、こう見えても俺は普段の修業のおかげで、それなりに魔力の扱いが上手（うま）い。

魔力の扱いに限って言えば、エンリケをとっくに超越しているといってもいいだろう。

だからこそ、その俺の感覚がこう訴えていた。

——この場の魔力量が増え始めている、と。

「………」

そのまま別の方向を見つめる。

「なに……急に？」

突如話すのをやめた俺を、ジーク君が不審な目で見てきた。

「別に言っておくけど、魔力がなくてもそれなりに気配を感じることができるし、そんな変なことをしようとしても――」

「いや、何かおかしい」

魔力の高まり。そして、少し鼻につく――腐敗臭。

もはや、違和感は最高潮に達していた。

わずかに風が強まり、ひんやりとした空気が広場に流れ出す。

そして目の前に突然、黒い靄が現れた。

黒い靄はそのまますさまじい勢いで領域を広げ――

「何、あれ……」

ジーク君がそう言い終わる間もなく。

次の瞬間、黒い靄は立ち消え、その代わりにふわりと、何かが現れた。

骨と皮だけの体。かつては豪華だったであろうローブはすでにボロボロになっている。

そして、体中からどす黒い魔力が立ち昇り、全身を包んでいた。

うつろな眼には、何も映っておらず。ただ赤い炎が燃えている。

「……え」

ジーク君の声が響く。俺も同じ気持ちだった。

ありえない。いや、ありえるわけがない。なぜ街中にこの魔物が。

邪悪な魔法使いが死後、転生した姿とも言われる強大な魔物。

「——リッチ」

幕間　不審者

——エラステア城内、地下牢。そこに男が座っていた。

「どこのギルドでもエラステアの話で盛り上がってるから来てみたが、まさか問答無用でいきなり牢屋にぶち込まれるとはな」

坊ちゃんに連絡しとけば良かったか、と男が愚痴る。

まあ、牢の居心地は思っていたよりも悪くない。そして、坊ちゃんが目を付けたということはすなわち。次に何か起こるのは、ここエラステア。

「おいおい、何が穏便に事を済ます、だ。祭りの匂いがしてきたじゃねえか坊ちゃん」

牢に入れられた男——エンリケは薄く笑った。

5章　アンデッド

沈黙。姿を現したリッチも動かない。そんな謎の状況で俺はひたすら困惑していた。

「………………」

う〜〜ん？

リッチ。

いわゆるアンデッド系の魔物である。強さとしてはアンデッド系では上位に入るだろう。

何よりやっかいなのはその魔法能力。肉体的な強みを一切持たない代わりに、リッチは他のアンデッドとは隔絶した魔法詠唱の能力を有する。

主な生息地は、迷宮や大墳墓など。

……のはずなのだが。なぜこの場にリッチがいるのか。

アンデッドといえば墓場。墓場といえばアンデッド。

だいたい陰気くさくてジメジメしたところにいる魔物が、どうしてこのオシャレな街に出てくるのか？

困惑。というか迷惑である。

これから俺とジーク君の友情物語が始まるというのに、この魔物のせいでより一層話がややこしくなっている気がする。

……なんなんだこいつ。いや落ち着こう。こういうときこそ冷静に。

チラリとジーク君を横目で見る。

「そ……んな……」

絶望したようなジーク君。

……まずい。ちょっと精神的に影響を受けているかもしれない。

アンデッド系上位の魔物はその体から負の魔力を放っている。

魔力がある人間ならそれなりに対抗できるが、ジーク君は魔法が使えない。つまり、ジーク君にとっては致命的だ。

俺は必死に頭を回転させていた。

ジーク君の目の前で戦う、はどう考えてもよろしくない。

かといって、２人で逃げる……もちょっと考えものだ。

たぶん逃げ切れるけど、忘れてはいけない。俺はこの前、道ばたで襲ってきた狼の雑魚魔物ごときにびびっていたのである。

実力を出しすぎるとこの前のが演技だとばれてしまうかもしれない。

――まさしく、八方ふさがり。

そんな中、

『……人族の子よ、おびえているのかかわいそうに……』

「人語を理解するアンデッド……!?」

まるで何かをひっかいたかのような耳障りな声。

リッチが生気を感じない声を出し、ジーク君が悲痛な叫びを上げる。

同時に俺は舌打ちしたくなった。何を勝手なことを言い出してるのか。

この忙しいときに、勝手に喋(しゃべ)り出さないでほしい。

割と詰み始めている気がしてきた。

1. このアンデッドのせいでせっかくジーク君と1対1になれるチャンスを逃す

↓友情ルート終了。モブ人生は歩めるが世界が終わる。

2. ジーク君の前で戦う

↓実力バレの危機。ジーク君とも仲良くなれないし、何だったら道中、狼にびびってたのはなんで？　とレインにも問い詰められそう。どう考えても怪しい。

どうにかにして、ジーク君の好感度を上げつつ、こちらの力がばれないようにする。

そんな夢のような方法。

それさえ……それさえあれば――

冷静になれ、冷静になれ、冷静になれ、自分。

いつものことなんだ。

俺は乗り越えてこれたじゃないか。

『クックック……さて、どちらから死にたい？　2人で死ぬか、はたまた1人が囮(おとり)にでもなるか？』
動かないこちらの様子を見たリッチが、嘲笑してくる。
というか、そのキンキン声、めちゃくちゃ頭に響く。
あああああもう、うるせえええええええ――

……え？
違和感。先ほどのリッチの言葉。囮になる。
そのとき、脳内であるアイデアがひらめいた。
「……いける……のか？」
パズルのピースが急速に埋まっていくような感覚。
これさえ……これさえできれば、すべてが上手くいく。
完璧だ。
そうだ。こういうときには……こんなシチュエーションでなすべきことは……
そう。
こ　れ　し　か　な　い。
嫌な雰囲気が充満する広場。
俺は、半歩だけジーク君の前に移動した。目線はリッチを捉えたまま。

まるで、庇うかのようにジーク君の前に立つ。

『ほぅ……子よ。腹が決まったか』

ケタケタと、楽しそうにリッチが嗤う。

「ジーク君。あいつの言う通りだ。僕が囮になる――」

「えっ」

困惑したようなジーク君の声。

わかるよ、突然だもんね。でも、やらなきゃいけないんだ。

「だから」

俺はいつも通りの調子で、ジーク君に笑いかけた。

「――たとえ、僕が死んでもジーク君のことは守るから」

◇

寒気を感じる。

突如として現れた魔物はまさに、『死』そのものだった。

もちろん、ジークはこれまで魔物を狩ったことはある。

このエラステアに来る途中、街道で襲ってきた魔物を父と返り討ちにしたときだって、決して自分はひるんでいなかった。

が、しかし。

「そんな……」

圧倒的な恐怖。

アンデッドというのは、魔物の中でも特に危険視される存在である。

毒や病気を受け付けず、睡眠も必要としない。どれほどのダメージを負ったとしても、その動きは鈍らない。偽りの生命で動き続ける。

そして、倒れた人間もアンデッドになるという連鎖。

基本的に都市部に出てくることはないが、ひとたび対処を誤ればかなりの死者が出る。

（こんなの勝てるわけがない）

死者の魔法使い——リッチ。

しかも、そんなジークに追い打ちをかけるように、リッチの言葉が響いた。

『……人族の子よ、おびえているのかかわいそうに……』

口調は丁寧。だが、その声色からは一切の優しさを感じられない。

抵抗できないこちらを値踏みするような、まるで手のひらで踊る獲物をなぶるような口調。

「人語を理解するアンデッド……!?」

人語を理解する——それはすなわち、知性の証。

危険度は通常種を遥かに上回るだろう。

あの父ですらアンデッド系は苦手だと言っていた。腕のいい神官などがいなければ仕事をしたくない、と。

危険度は低く見積もっても、Bの上位、いやAランクはあるかもしれない。

（こんなの……もうダメ……）

絶対に勝てない化け物。思考が靄に覆われていく。

死、恐怖、終焉。

——そのとき、ごそりと後方で誰かが動く気配がした。

（あぁ……そうだった。彼もいたんだっけ）

どうやら彼は動けるらしい。

ただ、ジークは思っていた。ウルトスは逃げるだろう、と。

（仕方ない……よね）

別にそれが悪いとも思わない。

先ほどまでのジークだったら、「敵に背を向けるなんて！」と怒ったかもしれない。

が。

（こんなの……仕方ないよ）

放たれるリッチの重圧。呼吸が苦しくなるほどの、圧倒的な差。

邪悪なる魔力の化身。

誰だって逃げる。

しかも、ジークは散々ウルトスにひどい態度を取っていたのだ。自分と一緒に戦う義理もないだろう。

置いていかれてもしかたない。

眼を閉じる。

――眠れ。未来の英雄よ。

最後に脳裏に浮かんだのは、意識の薄れゆく中で聞こえた憎き敵・ジェネシスの声だった。

が、しかし。いつまで待っても魔法の詠唱は聞こえない。

（え……？）

違和感を覚え、眼を開ける。

ジークの前には、信じられない光景が広がっていた。

――少年の背中。

自分がこれまで散々拒否してきたはずの少年が、ジークの前でリッチと対峙するように立っている。

まるで、ジークを守るとでもいうように。

そして、ウルトスが口を開いた。

「ジーク君。あいつの言う通りだ。僕が囮になる――」

「えっ」

（な、なにを言っているの……？）

思わず恐怖も忘れて、ジークは少年の背中を見ていた。

少年がふと横顔を見せる。

その顔にはいつもと同じく、屈託のない笑みが浮かんでいた。

「——ジーク君だけでも、逃げて」

ジークが何も言えずにいると、ウルトスが自身の胸からネックレスを外した。

シンプルなネックレス。

そして次の瞬間。

「えっ」

意味がわからず呆然としているジークに対し、ウルトスがネックレスを首に巻いてきた。

なぜこんな状況でネックレスが自分の首にかかっているのか。

一瞬で、頬に赤みがさす。

「な、何を……！」

思わず、ウルトスの行為に叫ぶ……が、ジークは気がついた。

先ほどまでよりも、はるかに息がしやすい。プレッシャーも心なしか弱まったように思える。

「どう？　たぶん、少し楽になれるはずだと思うけど」

「……あ、ありがとう」

思ったより顔が近くにあったので、小さくジークはお礼を言った。

何らかの効果のあるネックレスなのかもしれない。

いやでも、まずい。ジークはすぐに思い出した。自分たちの状況は一向に改善していない。

強大な魔物。そして2人っきりという状況。

しかも、ウルトスは自分を置いていけと言う。

「そ、そんなのできるわけないよ！」

ジークは無我夢中で叫んだ。

「あれはリッチ!!　君も感じるでしょ？　あの――」

「いや、僕が囮になるのが一番効率がいい」

真っ直ぐに、こちらを見てくるウルトスの眼差し。

その目を見て、ジークは我知らず息を呑んだ。

彼は今、まったく動じていない。あくまでも自然体、あくまでも普段通り。

穏やかにウルトスは語る。

「たぶんあのリッチ、相当悪辣だよ。性格が悪い。おそらく力の差があるからこそ、獲物をいたぶって嗜虐心を感じるタイプ」

「だ、だからこそ、君だけじゃ……」

「いや。こうする方が一番安全だよ。僕は魔法を扱えるから耐性があるし、ある程度対処もできるかもしれない。それにジーク君1人の方が足は速いでしょ」

「そうだけど……」

「相手が遊んでくれるなら好都合だよ。助けが来るまで、時間稼ぎもできるかもしれないし」

たしかにウルトスの発言はもっともだった。

リッチは魔法詠唱者。魔法を一切使えない自分は足手まといだろう。

であれば、足の速い自分が助けを呼びに行った方がいい。

でも。

「どうして……そこまで……」

そこまでしてくれるのか。

ジークは聞きたかった。ウルトスをずっと傷つけてきたのは自分なのに。

「理由なんてないよ」

「そん……な」

「僕もジーク君と仲良くなりたかったんだけど……。色々上手くいかなかったみたいで」

違う。悪いのは自分だ。

ジークは必死に謝ろうとする自分を抑えた。思い返せば、いつも話しかけてきてくれたのは、ウルトスの方だった。

自分がどれだけつまらなそうな反応をしてもウルトスは笑ってくれていた。

――理由なんてない。

要するに、この少年はそこまで覚悟をしていたのだ。

そのとき、ふとジークが思い出したのは父の一言だった。

――ウルトス君は強いよ。彼には、大切なものを守る強さがある。

本当にそうだった。

父の言った通り、強さをはき違え、何もわかっていなかったのは自分の方だった。

「それに、心配しなくてもいいよ。もしかしたら、なんとかなるかもしれないし」

「……ッ!!」

屈託なくウルトスが笑う。

何か声をかけようとして、ジークは言葉を呑み込んだ。

できるわけがない。

あの街道での反応を見ても、おそらくウルトスに実戦経験はない。

そんな初心者がAランクの魔物を打ち倒す。

無理に決まっている。こんなことを言わせてしまっている自分が情けない。

気がつけば、悔しさで手には血がにじんでいた。

でも、無謀だ無茶だ、とウルトスの正気を疑うのは無意味だろう。

あの邪悪なる魔物を前にして、あの強大な化け物を相手にして、まるで勝てるつもりでいるかのように不敵な笑みを浮かべてみせるこの少年に正気があるなど、一体誰が言えるというのか。

「ウルトス……」

「初めて名前、呼んでくれたね」

少年が笑う。

ジークには痛いほど少年の覚悟が伝わった。

もう何も言わない。でも、絶対に戻ってくる。

「早く行って」

急かすようなウルトスの声。

同時に、ジークははじかれたように走り出した。

リッチが動き出す気配はない。ウルトスの予測通り、ウルトスをもてあそぶことに決めたようだった。

無我夢中で速度を上げた。すぐに心臓が悲鳴を上げる。

が、もうどうなっても構わない。

(ごめん……!!)

「……絶対に戻ってくるから!!!」

そう叫んで、ジークはさらに速度を上げた。

──先ほどまで響いていた、ジェネシスの声はもう聞こえなくなっていた。

◇

「絶対に戻ってくるから!!!」

ジーク君の声が遠くなっていく。ジーク君が行ってしまった。

俺は、ジーク君の足音を聞きながら思っていた。

あれ、結構いい感じでは……？　と。

あのジーク君の必死な感じ、表情。どう考えても好感度は上がったと見ていいだろう。

計画通りである。

いや、なれない。ジーク君は正統派主人公だ。

絶体絶命の危機に囮を買って出るような人間を嫌いになれるだろうか？？？

今はジェネシスとかいう……謎の不届き者に心を折られかけているが、そもそもこんな麗しい友情ムーブを見せつけられて感動しないわけがない。

しかも、今回はネックレスまで渡すという念入りな対応。

チラリとリッチを見る。

アンデッド系の魔物は特殊能力として、常時負のオーラをまき散らしている。

その効果は、バッドステータスの付与。

——だからこそのネックレス。

カルラ先生のネックレスは念入りに作られていたようで耐性もばっちりあったらしい。

絶体絶命の危機。

命を懸けて囮になる。しかも、大事なアイテムを託してまで。

……恐ろしい。この友情3コンボに耐えきれる人間はいるのか。

我ながら何というアドリブ力。こっちも感動で震えてきた。

「くっ……」

落ち着いて、震えを沈める。

そして、後は。

『……クックック』

リッチはこちらの様子をうかがっているようで、動こうともしていない。

『面白い……』

底冷えするような声で、リッチが語り出した。

『いつ見ても、若者の姿は面白い――特に』

そう言いながら、こちらを指さすリッチ。

『その震え……小僧。自らの恐怖を隠しているな……なんとも勇敢な小僧じゃ。そして……ふむ。見たところ、魔法詠唱者（スペルキャスター）か』

「……ええまあ」

『なるほど、先ほどの分析は見事。さすがは魔法を扱う者。わしという不確定要素と遭遇しながら、彼我の戦力差を分析し、足手まといの小娘を逃がす……まさしく冷静そのもの。褒めてつかわそう』

「……どうも」

ジーク君のことを小娘とか言っているがそこはスルー。

仕方ないさ。アンデッドなので、眼（め）もろくに見えていないのだろう。

『が、甘いな』

そう言うと、リッチの魔力が膨れ上がった。

戦闘態勢。一瞬にして、リッチの纏う空気が変わる。

眼の炎がさらに赤く、燃えさかる。

『腕力はないが、相応に頭の回転が早いタイプとみた。成長すれば、さぞ優秀な魔法使いになれたかもしれんな』

「それはどうも……？」

『クックック……実に面白い。そんな優秀な若人（わこうど）が……死に至る姿を見られるのだからな。今から貴様には悪夢を見せてやろう。貴様が何年修業しても得られぬ魔法の極地を』

リッチの笑み。ひんやりとした空気が場を覆う。

リッチの体が青白く光り、魔法陣が煌（きら）めいた。

『第4位階――不死者召喚（サモン・アンデッド）』

リッチが詠唱を唱える。

すると、地面から何体ものアンデッドが這（は）い出してきた。

死霊魔法。

死と腐敗を司（つかさど）るこれまた珍しい魔法。アンデッド系が主に使う魔法だが、死者を復活させたりと、とてつもなく評判が悪い。

しかも、

『そう。貴様の読みは正しい。たしかにわし１人なら、貴様にも薄い勝ち目があったかもしれんな。が、甘い。死霊魔法をなめるなよ小僧。わしは前衛を無限に生み出すことができる』

地面から出てきたのは、頑強そうな鎧をその身に纏った魔物――アンデッド・ソルジャー。

主にＣランクの魔物……だが、接近戦に特化した魔物である。

そして、そこまで語ったリッチが嗤う。

『……死ねえ!!』

たしかに魔法使いにとっては、嫌な相手だろう。

アンデッド系の弱点である肉体のもろさを鎧でカバー。それなりに耐久力があるせいで、術者であるリッチには近づけない。

そう。相手が魔法使いであれば。

「さて」

敵が近づいてくる。

同時に、俺も魔力を起動させた。

エンジンがかかるような感覚。

肉体の中で魔力がうねり、高揚感があふれ出てくる。

『魔力……!?　だが、何かをしようとももう遅い。やれ！　ソルジャーよ!!!　今、楽にしてやろう!!』

敵が、一糸乱れぬ隊列で迫ってくる。

アンデッド・ソルジャーの重厚な剣が、俺の前で閃き――

勝利を確信した様子のリッチが楽しそうに笑みを浮かべた。

『……そうそう。貴様の死体もアンデッドにするとしよう。クックック……たまらんぞあの顔は。親しい者がアンデッドになったのを見たときの人間の顔はな!! さぞ、あの娘は良い悲鳴を――』

「いやだからジーク君は女性じゃないって」

――次の瞬間。

最も前方にいたアンデッド・ソルジャー2体の胸から、腕が生えていた。

『――は?』

俺の腕は鎧をも突き破り、その肉体を貫いていた。

そのまま、アンデッドの肉体を縦に切り裂く。

力を失ったアンデッドの頭が、コロコロと転がっていった。

呆気(あっけ)にとられるリッチ。

残念だが、俺はあることに気がついてしまっていた。

『ラスアカ』のゲーム中では、レベルがアンデッド系の魔物のより下であれば『恐怖』や『混乱』などのバッドステータスが付与されやすくなる。

たしかに、リッチは高位のモンスターだ。

が、今の俺はネックレスを外したにもかかわらず、なんともなっていない。

つまり、このリッチは俺より弱い。

そう。レベルが見えないからわからないが、たぶんこのリッチは雑魚なのだ。

俺やエンリケ以下の存在。

一見強そうに見えるが、あの痛い中年厨二病患者以下の存在である。

もちろん俺はモブとして、危険な戦いはしたくないし、危ない橋も渡りたくない。

――が、相手が自分より弱いなら戦ったとしても、まったく問題はない。


ゆっくりと、リッチに向かって近づいていく。

『なっ、なっなっ貴様……!?』

召喚したモンスターを一瞬で倒され、混乱しているリッチに向かって、俺は優しく微笑んだ。

「いやあ僕たち、気が合いますねえ」

『は???』

「もうすぐ、楽にしてあげますよ」

「な……何が起こっている……？　素手で鎧を……??」

呆気にとられたようなリッチの声。

『……貴様、修行僧(モンク)か何かか？』

「いや、俺は……」

俺が何か、か。

——俺はリヨンの一件後のエンリケとの会話を思い出していた。

「いやあ、武器なしでもなんとか戦えるようにしたいよなぁ」

「なんでだ、坊ちゃん。武器あった方がカッコいいじゃねえか」

「あのねぇ……」

エンリケを微妙な表情で見つめる。

モブとは目立たぬもの。しかも俺は貴族である。騎士団や冒険者の連中のように、常に武器を構えているわけにはいかない。

年がら年中武器を構えているモブがいるわけないじゃないか。

「エンリケ。モブについてもっと勉強してくれ」

「お、おう……？　なるほど、まあ武器を持ちたくねえってことか……う〜ん」

うんうん、と唸(うな)るエンリケ。朝から楽しい光景でもないが俺も一緒に悩んでいた。

そして少したち、エンリケが「あれならどうだ！」と奇声を上げた。

「あれ？」

「ああ、思い出したぜ。魔物の中には、己の魔力を集めて硬質化できるやつがいるんだよな」

「……へえ」

「主にドラゴンが使う魔力の技術だがな」

いい話を聞いた。

たしかに、『ラスアカ』の中だと主人公たちが人間なので、どうしても魔法などの人間の技術に寄ってしまうが、魔力の扱いに関しては魔物の方に分があるらしい。

魔力の硬質化。それができれば武器がなくても戦えるかもしれない。

これ……いいぞ。

「坊ちゃん。魔力の扱いが上手いから多分いけると思うぜ」

「そう？」

「ああ、基本魔力の扱いっていうか魔力への感度は種族で決まるもんなんだよ。もちろん人間の中でもすごいやつはいるが、エルフは生まれながらにして平均的に魔力の扱いが上手いって話だしな」

「ほうほう」

まあでも、心当たりがないこともない。

俺は別世界からの漂流者。もしかしたら、魔力というものへの感度は高いのかもしれない。

魔力の硬質化という技術の存在。そして魔力への感度。

材料がそろってきた。

……こうなったらやるしかないだろう。

「ちなみに俺がその技術を知ったのは……そうだな、アレは怒り狂う邪竜と戦ったときの話だ。俺の後ろには贄の少女。そして、それを食おうとする巨大な竜。ふらっと立ち寄った村で、別に愛着もなかったんだが、まあいい女が死ぬのはごめんだった俺は、暴れ狂う邪竜に向かってこう言ったのさ。

──『邪竜だかなんだか知らんが……ちと相手が悪かったな。恨むなら、【鬼人】と出会ってしまった己の運を恨め』

ドヤ顔で空を見つめながら昔を懐かしむようなエンリケ。

「……くっさ」

一方の俺は苦々しい表情で思った。

……なんというコテコテのシチュエーションなんだ、と。

贄の少女に悪しき竜。そして最後の臭いキメゼリフ。

こんな豊かな想像力。今すぐ転職して小説でも書き始めればいいんじゃなかろうか。

とはいえ、今日はエンリケに色々と教えてもらったのだ。

俺はどうにかして言葉を振り絞った。

「……【奇人】エンリケ、今日も絶好調だな」と。

なぜかエンリケは喜んでいた。なぜ年下に奇人と呼ばれて、「へへっ、照れるぜ坊ちゃん」と笑っていられるのだろうか。

この男は、プライドというものをどこかに置き忘れてしまったのか？？？

と、まあいいや。

エンリケの奇行はさておき。

それから俺は修業を続けに続けた。

１週間、不眠不休で一睡もせずに修業。ベッドが恋しいがこれもすべては生き残るため。

魔力を練り、手に集中させる。

そうして適度な修業を繰り返した結果。俺の手は、無事、鎧を貫けるまでになったのである。

ちなみに、エンリケにこの修業方法について語ったところ、「いや寝ろよ」と微妙そうな顔をしていた。

まあでも、こんなことくらいできなきゃダメだろう。

エンリケだって、生半可な鎧なら断ち切れるらしい。

あの万年底辺ランクなのにイキりすぎた男エンリケですら、その程度はできるのだ。

このくらいやれなくては『ラスアカ』の厳しい世界では生き残れない。

モブへの道はかくも厳しく辛（つら）いのである。

そして、そう。

これが俺の……

「モブ式戦闘法」

リッチに向かって、サラリと告げる。

『……モ……ブ式？』

理解不能といったリッチ。

リッチも、まさかこんな人畜無害そうな貴族の子息がモブ式戦闘法を極めているとは思っていなかったらしい。

が、甘い。

剣が迫ってくる。アンデッド・ソルジャーの剣。

魔力を手に集中させたまま、剣に手を合わせる。

ぱきん、と。剣が押し負け、根本から折れた。

そのまま隙ができたアンデッド・ソルジャーを背面から蹴る。

アンデッドの身体（からだ）が木の葉のように吹き飛んでいった。

『……き、貴様ァ！！！！！』

良い感じに場も温まってきた。

とはいえ、あまり長引かせすぎると、ジーク君が戻ってきてしまうかもしれない。

そもそも、このリッチのおかげで今はすべてがいい方向へと向かっているのである。

向かってくるアンデッドをなぎ倒しながら、俺は上機嫌に告げた。

「――さて、そろそろ終わらせますか」


場にそぐわぬやけに軽い声が聞こえてきて、リッチは思った。

これは夢なのか？　と。いや、それより悪い。

まさにリッチの目の前の状況は悪夢そのものだった。

少年がこちらへと向かってくる。

リッチと少年の間には、召喚したアンデッドという名の壁。

この物量。ひ弱な小僧など、押しつぶされて死ぬはずだった――

が、紙切れのように舞っていくアンデッド。

横っ面を殴られ、ハンマーのように硬く重い打撃が真正面からクリーンヒットし、あるいは縦に裂かれ。

アンデッドの盾はなすすべもなく数を減らしていく。

『な、何が起こっておる……？』

率直に言って意味がわからない。

アンデッドにこれほど強いということは、神官(プリースト)系統の魔法を学びし者だったのか。いや、素手でアンデッドに対抗できるということは、神官(プリースト)系統の中でもさらに神聖なる力で肉体を強化する修行僧(モンク)か。

が、しかし、少年に聞いてみても、「モブ式」というわけのわからない回答が返ってきた。

というかそもそもこの小僧、最初にもう1人の娘に言い聞かせるときに、自分は「魔法が使える」などとほざいておったではないか。

今のところ、魔法は何も使っていない。

ということは、この小僧は完全に小娘に嘘(うそ)をついていることになる。

あれほど仲睦(なかむつ)まじく見えたのに、である。ますます意味がわからない。

『こやつ……一体何をしたいんじゃ⁇』

混乱と目の前の少年に対する不吉な予感。

が、歴戦の魔法使いたるリッチはすぐさま冷静さを取り戻した。

『……ふむ』

なるほど。自分の見立てが間違えていて、小僧が強力な前衛・戦士だとしよう。

だとしても、自分のやるべきことは変わらないではないか。

自身の持てる最大火力でもってすれば、いかに意味不明・正体不明の小僧とて殺せるはずである。

リッチの強さは魔法詠唱にある。体に充満する魔力。

その魔力を注ぎ込む。アンデッドの召喚時よりも、遥(はる)かに大量の魔力を。

「ん？」

小僧の声が近づいてきた。何かに気がついたらしい。

が、遅い。

アンデッドの壁はまだ少し保(も)つ。

勝利への確信をもって、リッチは嗤(わら)った。

『さらばじゃ、小僧！　礼に貴様の知らぬ魔法の秘技でもって殲滅(せんめつ)してくれよう!!!』

小僧との距離はあとわずか。

だが、すでに仕込みは終わった。そして、詠唱。

次の瞬間には、強大な魔法によって辺り一帯が炎に包まれている――

『……第5位階魔法。地獄の業火炎(イフリート・フレイム)――え？』

はずであった。

が、しかし、リッチが詠唱が終わりを迎えるその瞬間。

リッチの胸から、腕が生えていた。

少し遅れて、後ろから声が聞こえる。

「地獄の業火炎(イフリート・フレイム)。使いやすいし、いい魔法ですよね。周りを焦土にするやつ。ただ、ちょっと困るんですよねぇ。あまりにも派手な痕跡があっても困るっていうか」

『……な？』

後ろに回り込まれ、肉体を貫かれている。

リッチは肉体的にはもろい。致命傷だろう。

しかしそんなことは、もはや気にならなかった。

リッチは別のことに、底知れぬ違和感を抱いていた。

リッチの奥の手――地獄の業火炎（イフリート・フレイム）。

なぜ、この小僧が第5位階魔法を知っているのか。

魔法の位階は上がるごとに加速度的に習得が難しくなっていく。

地獄の業火炎（イフリート・フレイム）は、学院やその辺で学べる第2位階辺りのままごとではない。

第5位階ともなれば、圧倒的な研究の末にたどり着ける極地点。知っている人間の方が少ないのである。

小僧はその効果まで熟知して、なおかつ先手を打って叩（たた）き潰（つぶ）しに来た。

絶対におかしい。なぜ知っている？？？

寒気。アンデッドにそんな感覚はないが、リッチは今たしかに震えを感じていた。

しかも、

『……は？』

リッチはあることに気がついた。

自身の胸を貫いた、少年の肉体のある秘密に。

（硬質化……だと？）

混乱する。

魔力を用いての硬質化。要するに、魔力を術式で制御するのが魔法である。

魔力を直に変異させるのは、より難易度が高く、というかそもそも一部の限られた種族にのみ可能な芸当である。

もちろん、種族的に人間にはほぼ不可能。

そしてリッチの優れた頭脳は恐怖の中で、ある答えに達していた。

（……人間では……ない？）

人間ではない。つまり、人ならざるもの。

このありえないほど深い魔法への知識。

この尋常ならざる魔力の技術。

そして、この絶対的な底知れぬまで強さ。

心当たりがあった。

この小僧が人間ではなく……上位の種族だとしたら……？

『き、貴様は……い、いえあなた様はまさか、ま、ま、魔人――』

その言葉を最後に、強大なる魔物リッチは塵と消えた。

リッチが最後に思ったのは、こんなところで魔人に出会ってしまった己の不運と。
そして、他者への謝罪であった。
(召喚されたばかりだというのに、大変申し訳ございません……我が主よ)

「魔人……!?」
消えゆくリッチの言葉。
その言葉を聞いた瞬間、俺は一瞬で今までで最大級の警戒態勢に入っていた。
魔力をそのままに、油断せずに辺りを見渡す。
「…………」
特段変化はない。
もう一度辺りを油断なく見回して、やっと警戒を解く。
——魔人。
それは『ラスアカ』の中でも最強格の種族である。
人間の及ばぬ魔力。そして、自分勝手に振る舞う尊大な性格。
敵組織の一員として暗躍する魔人も多く、最も危険な種族である。
モブとして生きていく上で関わり合いたくない種族ナンバーワンである。
だからこそ、リッチがその名を口にしたとき、俺は一気に警戒したのだが……。

「いない……か」

特に魔人が出てくる気配もなし。

なぜ、あの場で「魔人」という単語が出てきたのかさっぱりである。

「実はあのリッチが魔人の配下だったとか……？　いやでもそれにしては弱すぎるか……？」

あのリッチ。リッチのくせにだいぶ弱かった。

たぶんFランクくらいだろう。

ということは、だ。脳内で冷静に計算。

おそらく、この世界の序列は、
最上位クラス（原作でも活躍していた人たち。レイン、カルラ先生などなど）＞＞＞＞＞＞（越えられない壁）＞＞＞＞＞＞＞＞俺、エンリケ（DかEランク）＞＞＞リッチ（Fランク）＞＞＞ジーク君（今のところ魔力なし一般人）

という感じだろう。

いやでも、今回は奇跡的に弱いリッチに救われた。

ジーク君のことを「女子」呼ばわりしていたし、わりと低レベルな節穴リッチに違いない。

「でも、良い感じだな」

そんなリッチ戦の感想はさておき。

改めて辺りを見渡す。アンデッド・ソルジャーの残骸。

殺風景だった広場は、ものの見事に激戦の後へと変貌していた。

そして自分の外見もチェック。

服は、激戦でぼろぼろ。元の高そうな服の雰囲気も感じられない。

どう見たって、突如アンデッドに襲撃され、友を先に逃がした少年Aの完成である。

「よし」

とはいえ、まだ、だ。

俺はこんなところで追撃の手を止めるつもりなど毛頭なかった。

そう、ジーク君と過ごしていて気がついた。

彼は死ぬほど頑固だ。めちゃくちゃ頑固。

そんな主人公と仲良くなりたいのであれば、最後まで油断せず、徹底的に友情コンボを決める必要がある。

「さて」

大通りまで、てくてく歩いていく。

やっとのことで、大通りへと出た。

……そもそも無駄に大きいんだよな、エラステアって。

が、

「……おい、君大丈夫か⁉　一体何が⁉」

ボロボロな俺を見て、ざわつく人々。

当然だろう。そもそも都市自体が綺麗なのも相まって、今の俺はあまりにも浮いている。

が、構わずに俺はホテルの方。つまり、ジーク君がいる方面へと歩いていく。

そして。

街の人が遠巻きに見つめる中で歩き続ける。

少し時間がたち、群衆の中から声が聞こえた。

「すまない!!　どいてくれ!!　その子を保護する!!!」

群衆をかき分けてくる男には見覚えがあった。

……やっぱり来てくれたか、レイン。

「ウルトス!!」

そして、すぐ後ろにジーク君も続く。

「よ、よかった……ボ、ボクのせいで……」

こちらを見て、ほっと一息つくジーク君。

おお、いつになくジーク君が攻撃的じゃない。

ほぼ涙目にも見える。俺の決死の覚悟は、ジーク君の胸にしかと届いていたらしい。

そして、ジーク君も自分のことを責めているのかもしれない。

大丈夫大丈夫。

このまま真面目にやる気出してくれればすぐに強くなれるさ。俺でさえ倒せたし。

「なにを言ってるのジーク君。あれは仕方ないよ、むしろ助けを呼んでくれたのはジーク君の活躍だよ？」

ちょっとうつむきがちなジーク君に、笑って答える。

今の俺は非常に気分がいい。これで好感度アップは間違いなし。あとは適当にこの街を楽しんでおさらばである。

そして、これから先はもうこのトンデモ主要メンツに関わる必要もない。

我ながらパーフェクト。

つまり、我が人生の目的がほぼ達成されつつあるのだ。

いやあ、色々と長かった。ジェネシスを名乗って一晩中ひいこら言っていたのも懐かしい。

先ほどまでの焦りは雲散霧消。

これにてどこに出しても恥ずかしくない立派なモブ――ウルトスの完成である。

「で、でも僕のせいで……」

「違うよ。きっとあの場で頑張れたのは、ジーク君のおかげさ。君が後ろにいたおかげで僕も勇気を出せたんだ。ジーク君だって……わかるでしょ？」

いまいち自分自身も何を言っているか意味がわからないが、君のことを大切に思っているぜ的なアピール。

クックック。今まで嫌われまくっていた相手が珍しくしおらしくしているのである。こんな絶好の機会を逃すわけにはいかない。

適当に名言っぽいこと吐いとけば納得してくれるだろう。

「……でも」

「でも、じゃない。あのとき、僕はジーク君のことを思い出していたんだ。魔物に会っても勇敢に立ち向かっていた君をね……だから、こうして動けたのもジーク君のおかげだよ」

いい感じに、微笑む。

さりげな〜く、ジーク君も褒めておく。

これぞモブの処世術である。まあ、ジーク君はこれから普通に超人に片足を突っ込んでいくのだから、今のうちに恩を着せておくのがいいだろう。

「……ウルトス」

呆然(ぼうぜん)とつぶやくジーク君。

レインも俺を見てほっとしたように言った。

「……まあ何はともあれ、良かった。しかし、ウルトス君どうやって——」

そして、ピースはそろった。

「くっ……！」

突然、よろめいて地面に伏せる。

「お、おい!!!　ウルトス君、しっかりしろ!!!」

ぼんやり目を開けると、レインとジーク君が俺をのぞき込んでいた。

「……え、どうしたの……ウルトス……??」

「というか、なぜこんなボロボロに……？　ウルトス君、一体何が……!!!」

気がつけば、空は暗くなっていた。

実に美しい。街の大通り。そして、倒れた少年。

俺は息も絶え絶えといった様子でジーク君に呼びかけた。

「ジーク……君……」

ジーク君。受け取ってほしい。

これが俺にできる最大火力の友情コンボ。

――モブ式奥義『友情のレクイエム』である。

そのまま俺は、ゆっくりとジーク君の頬に触れた。

ジーク君めがけて手を持ち上げる。

「よかっ……た……無事……で」

「そ、そんなのどうでもいいよ!!」

ジーク君の目に涙が光った。

「そういえば……名前……初めて……呼んでくれた……ね」

「いやだ! ダメだウルトス!! しっかりして!!!」

咳き込みながら笑う。

そして、ポトリと俺の手が力を失った。

う〜む、名場面。

「そ、そんな……なにそれ……ボクが……ああああああああああああ!!!」

絶叫するジーク君。

……なんか、それにしてはリアクションが大きすぎる気がしなくもないが……

あまり叫びすぎると、喉痛めるよ？

まあいいだろう。

ジェネシックレコードに、リッチ乱入、ジーク君との友情など今日は色々と濃すぎた。

「いいから早く!!　治癒魔法使えるやつはいないのか??　一刻を争うんだ!!!」

頭上で切羽詰まった声が飛び交う。

精神的にどっと疲れた俺は、そのまま眠りに落ちていった。

ジーク君って、意外と声高いんだなー、などと思いつつ。

6章　思惑

「では、ウルトス殿。君が逃げ回っていたところで、気がついたらすべてのアンデッドが倒れていた、と」

「え、ええ……もう無我夢中で何も覚えていないのですが……」

「そうですか。他に、怪しい人物を見かけたりは？」

「たしか人影……らしきものを見たような記憶があります」

「……人影⁇　……そうですか。なるほど、ご協力ありがとうございます」

難しい顔をした騎士が、聞き取り調査を終えて去っていく。

「ふぅ」

これにて、ジャッジメント計画——完。

俺は、より豪華になった部屋で一息ついた。窓からはエラステアの聖堂が見える。

あの事件——つまり、俺がリッチと遭遇した事件から2日ほどたった。

あれから俺は治療らしきものを受け、ベッドで寝かされっぱなしという状況になっていた。

もちろん目立った外傷はなかったのだが、前に泊まっていたホテルから警備上の理由で城の方に移されてしまった。

そんなペナルティもあったが、2日にわたって惰眠を貪ったおかげで非常に調子はいい。

ジーク君からの好感度も上がっただろうし、もはや気分爽快。

エラステアに来る途中の胃痛・頭痛も完全に消え去っている。

今のところジーク君やレインは顔を見せに来ていない。

が、俺はあの事件のことを聞かれるたびに、

「逃げ回っていて気がついたらアンデッドが倒されていた」

という証言を繰り返していた。

下手に言い訳をするより、適当なことを言って気をそらす……という魂胆である。

だからこそ、俺はこう言いふらすことにした。

――何者かが勝手にアンデッドを倒して、消えた。

これだ。

正直言って、まず誰だよそいつ、となるのだが、やはりここは『ラスアカ』の世界。

考えてみれば、創作物だと、過去に村を謎の人物に襲われた、とか謎のモンスターに襲われて～とかは割とよくあるパターンである。

俺に話を聞きに来た人間は、みんな一様に「誰だそいつは……？」みたいな顔をして帰っていったが、まあこれも世界の平和のため、きっと許してくれるだろう。

そんなことを考えていると――

「ウルトス様！　大丈夫ですか？」

扉の方に目を向けると、

「お、リエラ」

リエラは相変わらず、部屋に世話をしに来てくれている。

「また聞かれてらしたんですか？　リッチの件」

ちなみにリエラは「俺がアンデッドに襲われた」と聞いた瞬間、問題ないと判断したらしい。

「でも、よく俺がなんともないってわかってたよね」

「ええ。なんといってもウルトス様は、『ジェネシック・レコード』ですべての可能性を予知していますから。『死者の饗宴』……すなわちリッチの登場もすでに予期されていたのです！」

なぜか眼を閉じドヤ顔で、うんうんうなずくリエラ。

「ま、まあね……」

そんなこと言ってたなあ……ありがたいんだけど、信頼が痛いよリエラ。

全部適当なのに。

「でも、『死者の饗宴』というからには、もっと大規模なものを想像していましたが……それこそ街中にアンデッドとか――」

「リエラ。この話題やめようか」

そして、怖い。

リエラのワクワクした表情と反比例するように、俺の顔は強張っていった。

……街中にアンデッド⁇

リッチ戦は何とかピンチをチャンスにできたが、そんなのが起こってしまったら、それこそ原作崩壊待ったなしの状況だ。

「リエラ。あまり不確定な未来を語ってはいけない。未来とは己の手で切り開くものだからね」

「……っ！　たしかにそうですね、失礼しました」

余計なフラグを立てないようにリエラに頼む。

……今後はあまり適当なことを言わないようにしよう。

そして少したち、リエラも買い物に行ってしまった。

「しかしねえ……」

再び１人部屋に残された俺が疑問に思っていたのは、あのリッチのことだった。

なんであの場所にリッチがいたのだろうか？

そもそも街中でアンデッドが発生する？　いや、この場合、自然に発生したというよりはむしろ――

と、そのとき。扉を控えめに叩くような音が聞こえた。

「どうぞー」

中に入ってきたのは、レインとジーク君。おお、待ってたよ。

「ウルトス……その……大丈夫……？」

ジーク君が顔を伏せながら訊ねてくる。

……なんかテンション低くない??

「いやいや、いい感じ。魔法のお陰ですっかり完治だよ」

ジーク君のテンションの低さに疑問を持ちつつ、肩を回し、調子いいですよアピール。

「いやあ、あれがリッチかあ。初めてのアンデッドで、足なんてもうガタガタ」

せっかく仲よくなれたんだし、グイグイで再会を喜ぶ。

「まあ僕はあまり役に立たなかったけど……ははっ」

しれっと自虐ネタ。こういう情けない部分も見せておくのがモブポイントである。

もはやあんな雑魚リッチなど、笑い話。

そして俺の想定だと、２人ともアンデッドにビビる俺を笑ってくれるはずだった。

レインが、

『ハッハッハ。なんだウルトス君。あんなアンデッドごときに、やられるとは鍛え方が足りないぞ』と笑い、

ジーク君も、『まったく……ウルトスったら、もう仕方ない親友だなぁ』

という完璧なコミュニケーションが達成される。

そう。笑いに包まれる部屋になる予定。

……のはずなのだが。

「…………」

俺の言葉を聞き、なぜか手で顔を覆うレインと、涙目でこちらをにらみつけてくるジーク君。

静寂が部屋を包む。

……えっ。なに、このお通夜みたいな雰囲気。

「……ひ、久しぶり？」

「……ッ！」

恐る恐る挨拶をしたら、ジーク君ににらまれた。

……やっぱり明るすぎたか？

もう少し、神妙さがあった方がよかったのかもしれない。

「……心配、させないでよ」

なぜか、か細い声でつぶやくジーク君。

「ウルトス君。すまない……すべては私のミスだ」

レインも会話に入ってくる。

「何を言われても仕方ない。君が望むのであれば職も辞して――」

「大丈夫です大丈夫です大丈夫です」

さらっとレインの方もとんでもないことを言ってきた。

原作の流れ的に、どう考えてもこんなことで職を辞される方が迷惑である。

「あの全然気にしてませんから……ホントに」

「でも、ボクは……怖くて……動けなかった」

辛そうに言うジーク君。

あー、なるほど。そういうことかと、俺は納得した。

たしかに、あのリッチは、今のジーク君だったら敵わないだろう。

でも、大丈夫。君が仕上がってきたら、あの程度いつでも吹き飛ばせるようになるんだから。

全然気にしてないから、そんなへコんだ顔をしないでほしい。

「でも、ジーク君が助かったんだから、良かったよ」

伏し目がちなジーク君の目を見て、明るく告げる。

「ちゃんとレインさんには前もって話しておいたから。この場合は、ジーク君が最優先。別にこっちは後回しで良いし。だからこの話は終わりにして――」

そう。この世界の重要度を考えれば、ジーク君と主要キャラが生き残ることが何より重要。

なのだが。

「……お父さん、何それ？」

ジーク君がレインに鋭い目を向けた。レインが渋々首を振る。

「エラステアに来る途中に少し話しただけだ。その……彼とな」

「なにそのボクを優先って⁉　そんなの聞いてな――」

「――いいんだよ、ジーク君」

慌てて助け船を出す。

「ッ……何がいいの？　良くないよ‼」

ヤバい。

たしかに、この前レインには、「ジーク君のためなら命懸けまっせ」的なトークを披露したが、それを聞いたジーク君が今にもレインにつかみかかろうとしている。

「レインさんもそれ以上、何も言わないでほしいです。お願いします」

「……まったく。わかったよ」

俺は冷や汗を流しながら話を煙に巻くことにした。頼むから、喧嘩はよそでやってほしい。

「……ウルトス……わかった。でも、いつか絶対聞かせてもらうから」

「えぇ……」

しかし、ジーク君はまさかの保留。

さすが主人公、強情である。絶対に聞き出そうという執念を感じる。

「でも、なんでそこまでして……ボクを……」

「なんでそこまでして……か」

俺は少し考え、

「──だって、僕にとって大切な人だから」

と、言った。

そりゃそうだ。主人公は大切。これからジーク君にはバッタバッタと強敵をなぎ倒して世界を救ってもらわなきゃいけない。

「ん？」

俺の言葉を聞き、ジーク君の眼に涙が光る。

そして、次の瞬間。

「うわあああああ……!!」

気がつけば、俺の胸にジーク君が飛びついてきた。

なぜか俺の方にすがりついてくるジーク君。

意味がわかるか？？？　俺はわからない。

「良かった……ウルトスぅぅぅ……!!」

すごい。この前までの、敵対的な雰囲気からのギャップがすごい。

どうやら俺の友情を結ぶ『ジャッジメント計画』は思いのほか上手(うま)くいっていたらしい。

こっちの名前を呼びながら、ジーク君が泣く。

……ジーク君が女顔なのもあって、だんだん女の子を泣かせた気分になってきた。

「だ、大丈夫大丈夫」

……なんか原作とだいぶ違ってきたな。

まあいい。これさえ終われば、そんなに問題はない。

後はどうにかこうにか会議が終わるのを待つだけ。

そしたら後は適当に別れて、原作開始までひっそりモブらしく生きていれば、ジーク君はこ

っちへの興味を失うだろう。

これぞ、「小さいころ仲良くなったけど、気がつけば疎遠になってしまった系モブ」のできあがりである。

しかし、とりあえず、手始めに――

こうして俺は、なぜか悪役の胸にすがりつく主人公に対し、

「……お、おぉ。よしよし」

と、背中をさすることになったのである。

ちなみに、

「ウルトス君。いつでも……俺のことを……お義父さんと呼んでもいいからな……！」

なぜか涙をこらえながら、レインがわけのわからないことを言い始める。

「……はあ、さようですか」

赤の他人を急に父呼ばわりってシュールすぎるだろ……。

あの、一応うちの父はまだ存命しているのですが……。

◇

ボロボロになった彼の姿が目に飛び込んできたとき、ジークの頭は真っ白になった。

そして、そのときになって、ようやく自分の浅はかさを理解したのだ。

自分の言う強さが、どれだけ脆弱だったかを。

思えば、自分は何も知らないだけだった。

街道沿いの魔物——たかだか低位の魔物を、それも父や騎士団の人と一緒に追い払っただけ。あのリッチを見るたびに、未だに寒気が走る。

ジークが英雄に憧れたのは、偉大な父の姿を見て、だった。だからこそ、そのために魔力がなくても努力を続けてきた。

けれど、リッチを目の前にしたとき、ジークの足は動かず、気がつけば、自分が弱いと断じたはずのウルトスがたった1人で立ち向かっていた。

父がすぐに合流できなければ、もっと状況は悪かったかもしれない。ウルトスが運良く逃げ切れなかったら……。

戦いは正々堂々の勝負じゃない。

当たり前だ。そんな大事なことを勘違いしていた自分の浅はかさに、苛立つ。

だから、貶してくれれば良かった。怒ってくれたらよっぽど楽だった。

なのに。

怒られるつもりで、どんな処罰でも受けるつもりで会いに行ったが、ウルトスはいつも通り笑っていた。

『いやいや、いい感じ。魔法のお陰ですっかり完治だよ』

そんなわけがない。2日も寝ていたのだ。

『まあ僕はあまり役に立たなかったけど……はは っ』

笑って、心配すらさせてくれないウルトスに苛立つ。

そして何より。いつも通りの笑顔で、

『ちゃんとレインさんには前もって話しておいたから。この場合は、ジーク君が最優先。別にこっちは後回しで良いし。だからこの話は終わりにして――』

自分の知らないところで、勝手にそんなことを言っていて、

『ジーク君。頼むよ……今は聞かなかったことにしてほしい』

そんなことを言うウルトスの優しさに甘えてしまう自分に一番……苛立っていた。

どうして、そこまでして自分以外を優先できるのだろうか。

ぎこちなくこちらの背中をなでる手。

このとき、初めてジークは自覚した。

――ああ、自分は英雄などとは、ほど遠いのだ、と。

◇

（まったく……なんという少年なんだ……）

娘のジークレインを落ち着かせながら、外に出る。

城からの帰り道、『英雄』と称される男、レインは舌を巻いていた。

――先ほどまで一緒にいた少年の、あまりに真っ直ぐな瞳に。

「まさか、彼の覚悟がそこまでとは……」

おそらくウルトスが聞いていたら、「なにが？」と聞き返していたことだろう。

が、レインの思考は止まらない。

（まさか、この国の貴族にもまだ、あんなにも賢明で気高い少年がいたとはな……）

そう。先ほどのウルトスと娘のやりとりを見て、レインの脳内では、ありえないほどに高潔で気高い貴族の少年「ウルトス」という像ができあがりつつあった。


レインは、リヨンの騎士団長である。

Sランク難度の任務をいくつもこなし、王国内外からも最強の騎士として名高く、その名前は轟いている。

しかし、そもそも平民出身レインは、貴族が苦手だった。

長年、権力を蓄えるとろくなことにはならない。そうやって腐っていった貴族を何人も見たことがある。

が、しかし。件の少年、ウルトスはそんな貴族とは真逆な人物だった。

あの謙虚な物腰、気さくな人柄。

しかもレインに向かって、「ジークのためになら命を懸けられる」と言い、見事、有言実行してみせた。

自らを犠牲にして、好きな相手を守る。なんという覚悟なのか。

（……ウルトス君。君の覚悟、しかと受け取ったよ）

レインの中では元々割と高かったウルトスの好感度は、もはや完全に上限を突破しようとしていた。

それに、

「ウルトス君は強いな。あの子は、おそらく身体が強くないのに」

「……え」

横にいたジークが息を呑む。

絶句。もしこの場にいたら、きっとウルトスも同じく絶句していたことだろう。

「それってどういう……」

「彼には少し良くない噂があってね。最初に会ったときから少し注意していたんだ……そして何度か彼が頭を抱えている場面を見かけた……おそらく彼はあまり身体の強い方じゃない」

「そ、そんな……！」

悲痛なジークの声。

もはや、レインの中では、ウルトスに謎の病弱設定までもが付け加えられていた。

(身体が弱いのに、娘のために我が身を犠牲にするとは……)

そう考えれば、何となくウルトスの貴族にあるまじき謙虚な態度も、納得できるような気がしてきた。

(病弱だが、心優しい少年……というわけか)

——実際はジークが一向に仲良くしてくれそうにないことに悩んだウルトスが頭痛で苦しん

でいただけだが、密かにそれを観察していたレインの眼には完全に、

「ウルトス＝病弱な貴族の少年」という、とんでもない妄想が定着してしまっていたのである。

病弱ながらも命を投げ出し、自らの誓いのために強敵に立ち向かう。

そしておそらく、実戦経験もないのだろう。

口ではなんだって言えるが、実際にこれをできる人間が一体どれほどいるというのか。

しかもレインは、少年を取り巻く状況にも気がついていた。

「お父さん、その良くない噂っていうのは……」

「いや、気にすることはない。絶対に単なる嘘だ」

ジークに向かってきっぱりと答える。

最初に聞いていたランドール公爵家の息子に関する悪い噂。

曰く、変態だの、バカ息子だの。

だが、実物を見たレインは確信していた。これは他の貴族による陰謀に違いない、と。

「で、でもなんで良くない噂が……だって、ウルトスは……！」

娘の悲痛な声。レインだって娘の言いたいことはわかっていた。

「きっと彼もそれだけ難しい立場なんだ」

「だからって……！　言われっぱなしで！」

「貴族社会のバランスは難しいと聞く。彼は優秀だ。きっと言われっぱなしでもいいと、彼は

そう判断したんだろう」

ぎり、とレインは拳を握りしめた。

(思えば、ウルトス君は相当に頭の切れる子だ。たしかに腐った貴族には厄介な存在としか映らない。そういう輩が次期公爵家の跡取りを愚かだと吹聴して足を引っ張っているのか……!)

レインは確信していた。

おそらく自己保身しか興味のない腐った貴族の連中が、足を引っ張っているのだろう。

あれほど優しい少年を、あんなに純粋な少年をそこまで貶めようとする貴族社会の闇。

(何がビキニアーマーだ……!! 絶対に、彼はそんな子ではない……!!)

もちろん、その辺の腐った貴族よりもはるかに自己保身に余念のないクズがウルトスであったが、一度ウルトスの境遇を思うと、あらゆる事実が符合し始めてしまう。

——気付けばレインの中では、すっかり、噂を流して貶めようとする腐った貴族たちと、貴族社会のパワーバランス(笑)のために、噂を否定しない悲劇の天才病弱少年ウルトスの像ができてしまっていた。

◇

一方、父からウルトスの境遇を聞かされたジークは、呆然としていた。

「ボ、ボクは……」

力なく、ジークはつぶやいた。

ずっと拒絶していた相手が、まさか自分よりもはるかに難しい立場にいた。

そして、ウルトスが病弱だという事実。

たしかに、そう考えればすべての辻褄が合う。

どう考えても普通の貴族なら言いそうにない、自分を蔑ろにするような口ぶり。

だが、ウルトスが病弱だと考えればどうだろう。小さいころから病弱で自分の死と向き合ってきたからこそ、そうやって自分を後回しにしてしまうのかもしれない。

（そんな相手に対して……なんてことを……！）

ぐっと、血が滲みそうなほどに拳を握りしめる。

先ほどウルトスに抱きしめられたときに感じた、胸が引き攣れるような想い。

今やそこに罪悪感が加わり、何倍にも膨れ上がってジークを苛んだ。

自分がどれほど甘ったれてただけなのか。

「ジーク。謝ろうとするのはよせ」

「え？」

「彼が望んでいるのは謝罪か？」

レインが遠くを見つめながら言う。

「で、でも！」

「過ぎてしまったことは仕方ない。彼と仲良くしてあげるんだ」

「……でも、ボク何をすればいいか」

「大丈夫さ。ウルトス君の心は俺には痛いほどよくわかる」

「……お父さん？」

「俺もかつてはウルトス君のように一途だったのさ」

ジークが見上げると、レインが真剣な表情で言い放った。

「――大丈夫だ。ウルトス君の心は手に取るようにわかる。お父さんに、策あり、だ」

「状況はどうなっている？」

娘・ジークレインに、ウルトスと仲良くなれる秘策を授けたレインは、ホテルの別室にいた。

先ほどまでの父親の顔とは打って変わってレインの顔は変化していた――戦士の顔へ、と。

「正直、今回の件、相当骨が折れます」

厳しい表情で、そう言ったのはレインの部下の1人。

――今回の件、つまり、ウルトスとジークが襲われた件である。

そもそも、この事件はあまりに不可解だった。

まず第一に、突如として現れたリッチの存在。

「ただ1つ言えるのは、やはりアンデッドが自然発生するような条件ではありませんでした」

「やはり、か。別に墓場というわけでもなかったしな」

「ええ。そもそも、このエラステアが魔法障壁で街全体が覆われている時点で、外部からの侵人も考えられません……考えられるのは最悪――」

若い騎士は、目線をさまよわせた。

「人為的に誰かが召喚した、か」

代わりに答えを口にしたレインは、思わず唸った。

――人為的に誰かが、何らかの目的でアンデッドを呼んだ。

すなわち、この場で誰かが何かを企(たくら)んでいる、ということ。

「っ！　そんな！」

レインの言葉を聞き、部下が固まった。

エラステアには、魔法障壁がある。魔物は外から入ってこられない。だからこそ、この場所で帝国との会議が行われているのである。

そして、アンデッドを召喚し、操れるという技能は、レインが知る限り、1つしかなかった。

「死霊魔法使い(ネクロマンサー)……！」

若い騎士の顔がさっと青ざめる。

――死霊魔法。それは域外魔法とは、また別の意味で特殊な魔法分野である。

単に生まれつきの才能の問題もあるが、死霊魔法は国内外でもその研究が『禁忌』とされている。

死と腐敗を司(つかさど)る、最悪の魔法。しかも、

（まさしく、最悪だな）

レインは密かに舌打ちをした。

基本的に「召喚」というものは、自分より下位の魔物に対して行われる。

Ｂクラスの魔物・リッチを召喚した。ということは、すなわち術者がそれ以上の力を備えている証拠でもある。

「レイン団長、会議を中止にするというのは……？」

もはや悲鳴に近い声。が、レインはその質問に静かに答えた。

「無理だな、リスクが大きすぎる。わざわざ安全な場所だと説明して場所を用意したのに、いざ会議が始まったら中止にする。それで帝国が納得するとでも？　しかも王国側だって一枚岩ではない」

連日の会議に出席していたレインは、すでに見抜いていた。王国側も様々な利権が絡んでいることを。

王国だって国王に近い派閥もあれば、近年急速に力をつけてきた新興の派閥もある。

様々な利権が絡むこの場は、まさしく、魑魅魍魎（ちみもうりょう）の集まり。そんな場所で、一介の騎士が中止を言い出すことはあまりに危険である。

「最悪、ウルトス君の立場をより悪化させることにつながりかねない」

そして、レインが危惧していたのはそれだけではなかった。

「ウルトス君が言っていた、謎の人物については？」

「……まったく足取りがつかめていません」

レインは、頭を回転させる。

その死霊魔法使い(ネクロマンサー)以外にも、注意すべき人物がいた。

ウルトスが見たという謎の人物。どう考えても怪しい。

（なんだ？　誰だ？　何を狙っている？？？）

「……まさか、ジェネシスの関係者でしょうか？」

若い騎士が呆然とつぶやく。

――ジェネシス。

1ヶ月ほど前に、リヨンの地にて騒ぎを起こしたとある組織の長(おさ)。あの恐るべき実力の持ち主、【絶影】までもが心酔していた男である。

その目的、実力は一切不明。

だが、騎士団を半壊させられた王国は、その危険度を引き上げ国家的な大罪人として、全勢力を挙げて仮面の男の跡を追っていた。

その後の調査では、おそらく、極めて実力が高い少人数の勢力だろうと判断されている。

もはやレインたち騎士団の手を離れて、王国の中枢が動いているとも聞くが……

レインは首を振った。

「いや、情報が足りなさすぎる。そもそも、その謎の人物がどの勢力かもわからないんだぞ」

「……普通に考えて助けてくれたのであれば、敵対しているわけではないと思いますが……」

困惑したような若い騎士が疑問符を浮かべる。

「可能性はいくらでも考えられる。例えば、その人物と死霊魔法使い(ネクロマンサー)がグル……とかな」

「では、なぜ彼を助けて……？」

「ああ！　もうそこまではわからん!!」

しかし、何かが臭う。レインは歴戦の勘から、その謎の人物が怪しいとにらんでいた。

もしくは——

「ウルトス君に生きていてもらった方が得と踏んだか」


が、しかし。さらに、レインには1つ不可解なことがあった。

「そもそも今回の会議、帝国側があまりにもおとなしすぎる」

レインは帝国の動向も気になっていた。

例年であれば、帝国側が無理な要求をしてきて一触即発になるところだが、どうも今年はいやに静かなのである。

いや、不気味と言ってもいい。物わかりが良すぎる。

まるで何かが起こるまで、ゆっくり話を延ばしているような……。

（……帝国も一体、何を企んでいる？）

状況としては最悪だ。

リッチをこの街に引き込んだ犯人に、ウルトスが見たという人物。

不審な動きを続ける帝国に、かといって王国では、誰が味方なのかこちら側でも把握できていない。

（あえてウルトス君を生かしておいた？　ランドール家の息子を生き残らせることがメリットにつながっている……？　いや、どう考えても、あのままだとリッチに命を奪われていたはずだ。その人物はウルトス君に生き残っていてほしかった……？）

主にリッチは難度Bクラスの魔物として知られている。

Bクラスといえば、王国でも上位の冒険者が討伐に立ち上がるレベルである。

それを操るということは、Aクラス以上の死霊魔法使い（ネクロマンサー）と激突する可能性が高い。

ふらりと立ち上がり、レインは部下に問いかけた。

「……そういえば、行く前に決めた、この任務のランクはいくつだったか？」

「任務内容は、要人――ウルトス・ランドール及びそのメイドの警護。難度はだいたいDランクほどだったと思いますが……」

その言葉を聞きながら、扉の方へと向かう。

「いつでも戦闘の準備をしておけるように。誰が敵かわからないなら、常に周囲に気を配っておくしかない。相手次第では、最悪、リッチが複数体出てくることもありえる」

困惑したような表情の部下。

レインは振り返りざま、あっさりと告げた。

「難度の変更だ。任務の終了は、エラステアから離脱するまで。要人の警護に加え、死霊魔法使い(ネクロマンサー)との戦闘が予想される。推定難度は現時点で——A以上」

そう言い残し、そのままレインは歩き出した。

閉ざされた都市。そして、謎の死霊魔法使い(ネクロマンサー)。正体不明の第三者。

が、しかし。レインは決意をしていた。ジーク君にメイド、そして、娘。

あの3人だけは生きて帰す。

そう。たとえ——

「俺の、命を懸けてでもな」

——レインの中で「謎の人物」という巨大な影が膨れ上がる。そんな人物は今のところ、この世にはいないということを、レインは知る由もなかった。

◇

「お、満月も近そう」

散々ジーク君に泣かれた後、俺は久しぶりに有意義な夜を過ごしていた。

「ああ、そういえばいたなあ。死霊魔法使い(ネクロマンサー)か」

ベッドでだらけながらつぶやく。

アンデッドが自然発生しない場合、それはつまり、誰かに召喚された場合である。

そんなのができるのは、特殊な魔法を扱える者だけ――すなわち、死霊魔法使い(ネクロマンサー)。

死者を操るという極めて特殊な魔法。

まあもちろん、リッチみたいな高位の魔物を従えるだけの強力な死霊魔法使い(ネクロマンサー)は限られる。

ゲーム内でもあまりいなかったし。だが俺は、とある人物を思い出していた。

――アルカナの【女教皇】、エルド。

ちょうど今回の会議のお相手である、帝国が誇る最強最悪の死霊魔法使い(ネクロマンサー)。

「いや会いたくはないな」

一ファンとして、たしかに原作の主要人物たちに会いたい、という気持ちはもちろんある。

が、【女教皇】は純度100パーセントの敵である。

原作では、帝国の先兵として、我らが王国の王都を直接、叩きにくるという凶暴な魔法使い。

魔法使い以外を見下す、という超強硬派。

……あのジーク君でも苦戦するような厄介な人物。どう考えても会いたい対象じゃない。

とはいえ、俺は安心していた。

なんといってもそんな危ない輩(やから)が動き出すのは、原作開始後。

具体的に言えば、数年後。

つまり、ここは安全なのである。だいたい、ここは王都でも何でもないし。

あのリッチもきっと、たまたま迷い込んだかわいそうな迷子のリッチに違いない。

「いや、でもさすがになあ」

俺は夜空の月を見ながら、軽い気持ちでつぶやいた。

「――どう考えても、リッチを百体以上召喚して王国に侵略してくるようなやつの相手はしたくないしな」

ま、そもそも、この前のリヨンのときとは状況が違う。

トラブルメーカーのエンリケもいないし、ジェネシスだって一切関係ない――

「ま、余裕だな」

◇

――城の一室。客室として帝国に提供された場所には、2人の人物がいた。

「我が師よ……ご報告が」

そのうちの1人、帝国の魔法使い、【漆黒】のノヴァクの声は震えていた。

「その、召喚いただいたリッチが一体いなくなっており、魔力の反応が消滅していました」

額には汗。ノヴァクはこちらに背を向けた人物に対し、深々と頭を下げた。

召喚者に対しての謝罪。だが――

「ふぅん。あの、5位階までしか使えないリッチでしょ？　別にいいけど」

興味なさそうな口調で、もう1人のフードを被った小柄な人物が答える。

可憐な声色。

だが、その内容はあくまでもプライドに満ちあふれていた。

第5位階程度。

表の世界であれば、一生職に困らないであろうレベルの魔法を児戯とせせら笑う。

「ま、リッチのことは想定外だけど、でも、こんなに上手くいくとは思わなかったわ」

場に似合わない高い笑い声が響き、フードが落ちる。

――姿を現したのは、少女。

薄紅色の髪に小柄な体軀。顔立ちは整っている――が、不吉なほどに眼が赤い。

外見だけを見れば、可憐なお嬢様といった姿である。

が、ノヴァクは、息を整えていた。

そもそも魔法使いはプライドが高い。

自分よりも魔法の技術に劣る相手に頭を下げることなんて絶対にありえない。

こんなことをされてもノヴァクが文句1つもこぼさないのは、目の前の人物こそが、絶対的な上位者だと認識しているから。

寒気を覚える。目の前の人物から放たれる、あまりにも異質な魔力に。

「それにしても、感謝しないとね、ジェネシスとやらには」

ジェネシス。

その名はすでに帝国の情報通の間では、それなりに知られていた。

少女が室内で準備を整えながら、言う。

「――ジェネシス。リヨンの街で闇ギルドを叩き潰した男。王国は目下のところ混乱中で護衛の数も少なく、帝国の動向にまで気が回らない、と」

たしかにその通りだった。ジェネシスという男によって作られた隙。だからこそ、帝国は動き出しているのだ。

少女がにんまりと笑みを浮かべる。

「混乱した王国に、後は致命的な一撃を与えるだけ。必要なのは、魔法の準備。そうね、ノヴァク。方法は何でも良いから、次の満月まで王国側との交渉を引き延ばしておきなさい」

「了解です」とノヴァクは頭を下げた。

しっしと追い払うような仕草。

「とはいえ、会議の時間も限られているし、とっとと、使命を果たさなきゃね」

少女――エルドの冷酷な笑みが漏れる。

「――さて始めましょうか。あらゆるものを蹂躙する、究極の魔法を」

◇

――翌日。ベッドから起きた俺は大きく伸びをしていた。

現状、ジーク君に友達判定してもらう、という『ジャッジメント計画』の当初の目的はすでに達成した。

昨日、途中で泣かれてしまったけど、まあ、あれはきっと感激の涙だろう。

この会議もあと数日くらいらしいし、後は野となれ山となれ。

もはや俺は、計画の成功を確信していた。

と、そのとき。午前中の爽やかな雰囲気の中、ふと扉を叩く音が聞こえた。

「はいはーい」

リエラかな？

扉の前まで行くと、遠慮したような声が聞こえてきた。

「あの……ウルトス、いる？」

どうやら訪ねてきたのはジーク君らしい。

しかし、昨日とはだいぶ声のトーンが違う。

「その、ごめん。昨日はちょっと色々と混乱していて」

「ああ、大丈夫だよ」

「その、お礼というか、今日一緒に外に出かけるとかはどうかなって……も、もちろん……！

そんな変なところじゃなくて、その辺で買い物とか……どうかなって」

なぜか尻すぼみに小さくなっていくジーク君の声。

が、しかし、俺は納得していた。

……あれだな。昨日、全力で人前で号泣してしまい、ちょっと恥ずかしいのだろう。

「なんだ、そんなこと気にしなくていいのに」

そう言いながら、扉を開ける。

なんたって、彼は主人公様、未来の救世主なのだから──

「ん？」

ふと違和感に気がついた。

扉を開けた目の前には、ジーク君がいる。しかし、どこかいつもと雰囲気が違う。

「……っ！」

どこか緊張した様子のジーク君を、上から眺めていく。

髪型は昨日よりも整えられており、オシャレをしてきたようである。

そして、服。

ここまで来て、俺はやっと違和感の正体に気がついた。

スカートだ。昨日までズボンをはいていたジーク君はスカートをはいていた。

そのせいで、いつもよりおとなしめな雰囲気を醸し出していたのだろう。

そうかそうか、スカートかぁ。

……スカート？

「ごめん、準備まだだから、ちょっと待ってもらっていい？」

「うん、もちろん……」

バアン！　と大きな音がした。

俺が思いっきり扉を閉めた音である。

「いやいや落ち着けよ、俺」

部屋に戻り、荒い呼吸を沈めるために一旦深呼吸をする。

「何が起こっている……⁇」

俺は目の前で起こった事実が信じられずにいた。

仲良くなった男友達が急にスカートなるものをはき始めた。もちろん俺の知る限り、ジーク君は一回もスカートを着用したことはない。

パァン！　と短く、リズミカルな音が数回、部屋中に鳴り響いた。

「え、大丈夫⁉」

急な破裂音に驚いたらしく、ジーク君の声が扉の向こう側から聞こえる。

「大丈夫だよ、ちょっと自分の頰を思いっきりひっぱたきたくなってね」

「あ、あまり大丈夫じゃない気がするけど……」

魔力で強化し己の頰を張り飛ばしてみたが、一切目が覚めない。

ということは、この状況は夢ではない。

続けざまに、集中。

「……ッ！」

完全に戦闘態勢へと移行した俺は、念のため魔力で反応を探った。

……特に変な感じはしない。魔法で幻覚を見せられている、というわけでもなさそうだ。

「ふう……」

俺は呆然として窓から空を眺めた。すがすがしい空気。

しかし、俺は混乱の真っ最中だった。

ジーク君がスカート。

いやたしかにジーク君は美形だ。現に、スカートもよく似合っている。

が、なぜ。今、ここで⁇⁇

疑問が頭の中を駆け巡る。

「も、もし、迷惑だったら全然いいから！」

ジーク君がおずおずと声を掛けてくる。

もうわけがわからない。

ジーク君の態度が甘くなったのはいいさ。けど。

なぜここで、服装の系統までもが甘い感じに変わってしまっているのだろうか？？？

とりあえず俺は、一層痛みのひどくなった頭を押さえながら返事をした。

「す、すぐ用意するのでお待ちください」

「……何で敬語なの？」

……君のせいで混乱しているんだよ、言わせないでほしい。

7章　悲報。美少女と化した原作主人公

「じゃあ、今日は……どこ行こうか？」

俺はジーク君と一緒に街へと出ていた。

仲良くなったジーク君と晴れて遊びに行く。まさしく友達同士の一幕。これこそ俺が望んでいた展開である。

ただし——、チラリと横目で当の本人を眺める。

「？」

もちろん、ジーク君はスカートをそのまま装備している。

……もしかしたらツッコミ待ちなのかもしれない。

俺『ジーク君ったらもう女装なんかしちゃってぇ!!笑』

ジ『ハッハッハ！　どうだいこのサプライズは⁇』

みたいな。

「……ボク、変だったかな？」

心細そうに言うジーク君。

本人は全然そんなテンションではなさそうである。

再度上から全身を眺めてみる。いつもより整えられた髪。

不安そうにさまよう瞳。

スカートをはき慣れていないのだろう。もじもじと居心地が悪そうにしている。

断言してもいい。

いつものがさつな少年っぽい服装を完全にやめたジーク君は、完全にそのポテンシャルを開花させつつあった。一見するとただの美少女にしか見えない。

元々色白だから、ちょっと雰囲気のある、とんでもない美少女へと変貌していた。

「え、いや、似合っている……よ？」

……ただし、男だ。

俺は自分の理性に言い聞かせた。目の前のこいつは歴とした男である。

どっちかというと将来的に女性を泣かせまくる側の男。敵だ。

「どうかな……？　こんな格好するの初めてだから」

そう。いくら恥ずかしそうに頬を染めていようが、男ったら男である。

「大丈夫だよ、よく似合っているかな、たぶん……はは」

仕方ないので、話題探しのために、それとなく探りを入れることにした。

「ちなみになんだけど、それってさ。誰に言われてその格好にしてるのかな……？」

機嫌を損ねないよう、恐る恐る尋ねる。

「う〜ん、実はね……お父さんがこういう服装にしなさいって」

「お父さん⁇⁇⁇⁇」

「……うん」

落ち着かなそうに、髪の毛を触ったりしているジーク君。

彼には悪いが、俺はパニック状態だった。

お父さん。

つまり、この格好は、あの原作にも出てくる主人公の父・レインの命によるものらしい。

「……お、お父さんはその格好、なんて言っていたの？」

勇気を絞り出しながら聞いてみる。

「お父さんは、ボクがこういう格好をする方が好きみたいで……実は今までも何度か女の子っぽい服装をって言われてて……」

「………………」

顔をゆがめる。

もはや、驚愕の事実に俺は泣きそうになっていた。

主犯はまさかのレイン。

しかも、前からジーク君に女装してほしかったという。

最初のころは、原作主人公とその父親と「コネができて、ラッキー★」とか思っていたが、もはやそういうレベルではない。

『ラスアカ』でもトップクラスにまともな人物、と評価されていた男の真の姿。

英雄の正体は、自分の息子にスカートをはかせて喜んでいる、というだいぶアレな人物だったのである。

……全然知りたくなかった。

「大丈夫？　手、震えてるけども……」

「う、うん。いや、世の中、色々な考えがあるよね、うん」

「……？」

そして、ほっとしたようなジーク君が追い打ちをかけてきた。

「でもよかった。お父さんの言っていた通りだったし……実はお父さんが、『ウルトス君もこの格好をしたら喜ぶよ』って言ってて」

「俺が⁇⁇　喜ぶ⁇⁇」

さらなる衝撃の事実。

俺はどうやら知らぬ間に、レインから同好の人間だと思われていたらしい。

……ここに来てやっとわかった。

レインが俺に何かと優しい理由が。

『お義父さん』と呼んでくれ、みたいな謎の発言も、きっとそういう同好会に来ないか？　という勧誘だったのだろう。

「今後は、レインさんとの交流を控えようかな……」

「えぇ⁉」

それはさておき。雑踏の中、ジーク君にペースを合わせながら、エラステアの街を歩く。

ただ、俺は思い直していた。案外、これもいいのかもしれない、と。

そもそも、会った当初は本気で嫌われていたのだ。

ゲーム知識のお風呂イベントもまったく効果がなかったし。

それに比べたら、だいぶ進歩した方だろう。レインにしろジーク君にしろ、好意を持ってくれているのはたしかだ。

……まあ好意にしてもどうかと思う部分は色々あるが。

しかし、どこに行こうか。

個人的に欲しいものはほとんどないし、かといって、また街の外れまで行くのは止められる気がする。

そんな感じで悩んでいると、ふとジーク君が口を開いた。

「そういえば、このネックレス……返した方がいい？　一応ずっと持ち歩いているんだけど」

「あ〜〜」

ジーク君がどこからかネックレスを取り出した。

言われて思い出す。リッチと遭遇したときに渡したネックレスか。

……しばし悩む。

たしかに、あのネックレスは控えめに言っても良い性能をしている。

『カルラ先生の特製・呪いのネックレス』とプレイヤーに噂（うわさ）されたそのネックレスは、毒や混乱状態に対する耐性を含む、あらゆる耐性を付与するという破格のスペックを持つ。

そもそも強大な魔法詠唱者が、弟子に対し免許皆伝の際にくれる一点ものだ。

まあ、こっちはお情けでもらった側だけど。

「もちろん、すぐに返すけど——」

「いや、あげるよ」

悩んだ末に、俺は笑顔でジーク君に答えた。

「本当にいいの？　たぶんこれって魔力要らないから、自律型のマジックアイテムだよね。かなり高価そうだけど……」

マジックアイテムとは、魔法に関連する特殊なアイテムのことである。例えば、魔法使いが使う「杖」などもだいたい、マジックアイテムになる。

さらに、この世界のマジックアイテムには、2種類ある。

自律型と魔力が必要なタイプ。

大多数のマジックアイテムは、魔力を消費して効果を発揮する、というものだが、自律型は魔力を消費することがない。

そもそも元々高価なマジックアイテムの中でも自律型は、魔力がない人間でも扱えるということもあって、さらに高価なのである。

「いいよ。ジーク君が持っていた方がいいと思う」

未だに信じられなさそうな顔をしているジーク君に言う。

まあ実際、ジーク君が持っていた方がいいだろう。

ジーク君には主人公らしく、ラスボスと戦い、世界を救ってくれなきゃ困るのである。

……カルラ先生は……うんまあ、お情けでもらったものだし、俺が他人にあげても先生もそこまで困らないだろう。

むしろ、将来的にカルラ先生がジーク君に渡す手間が省けるというものである。

これぞ――

「一石二鳥ってやつだね」

「？　まあでも……ありがと」

大事そうにジーク君がネックレスをしまい込む。

その様子を見ながら思い出した。

そういえば、ジーク君はたしかマジックアイテムが好きだった。

魔力がないジーク君は、故郷の村でもマジックアイテムの図鑑で色々調べているほどの、言わばマジックアイテムオタク。

暇を潰せる場所が、１つ思い当たった。

「ジーク君さ。マジックアイテムの店行ってみる？」

◇

というわけで店へと移動。

目の前には、長い壁が続いている。

壁は高く、用心しているのが一目でわかる。壁の向こうには、お世話になっている城の尖塔がわずかに見えた。

マジックアイテム――つまり、マジックアイテムを売っているのは、王国の魔法使いが所属するギルド。

その建物の中である。

壁に沿って歩き、門の前に立つ。

門の左右には武装した人の姿が見えたが――きっと子供2人だからだろう。特に止められることなく門の中に入る。

道なりに進むと、目の前にはエントランスホールが広がっていた。吹き抜けの高い天井には、巨大なシャンデリアが煌々と輝いている。

そして、店の中はショーケースに入った高級感あふれるアイテムでいっぱいだった。

店の主人もこちらを一瞥するだけで何も言わない。

見覚えのある風景で、ちょっと安心。

この世界では初めて来たが、ゲーム内では何度も来ていた。

「どうかな？」

そう言いながら振り返る。

ジーク君は目を見開いていた。

「……すごい！」

「本当にすごいよ！　あの護符（アミュレット）は炎・水・風などの主要属性の魔法攻撃を軽減するもので……」

「ハハ……ほんと詳しいね」

完全に、テンションが上がっているジーク君。

読みは当たったようで、マジックアイテムを見て、すらすら感想が出てくる。

故郷の村にはこんな店もないし、本物のマジックアイテムを見られて感激しているようだった。

「他にもあっちの大剣は――」

ジーク君が、眼（め）を輝かせながら、厳重に保管されている漆黒の大剣を指さす。

「『腐敗の魔剣バール』。ある竜の特殊な魔力を帯びた大剣で、それで付けられた傷はポーションを使っても癒えにくいんだって。しかも、その竜っていうのが数年前、王国を騒がせた邪竜なんだけど、なんと難度Sクラスなのに誰も討伐した人間が名乗り出なかったらしいんだよね」

「へえ～」

それは珍しい。

チラリと見た大剣からは、禍々しいオーラを感じる。

俺はゲームの設定を思い出していた。

基本的に竜種というのは強者で、だいたい最下級の竜でもSランク辺りにはなる。

まあ『ラスアカ』というゲームは恐ろしいもので、主人公補正の塊であるジーク君をはじめとする主人公たちは、中盤くらいであっさりSランクまで駆け上がってしまうのだが……。

だが、忘れてはいけない。

それはあくまでもゲームという世界の中で、恵まれまくった主人公たちがあっさりSランクになってしまうということであって、俺のような一般人からしたら、Sランク級の魔物というのは災害のようなものである。

だから、その竜種を討伐して栄誉も欲しくないというのは、とんでもなく高潔な人物ということになる。もしくは変人か。

……いいなあ。

正直、ボディガードとして近くにいてほしいくらいだ。

エンリケに代わって、そういう達人にいてほしいものである。

そしてそんなことを考えていると、ジーク君がつぶやいた。

「そうだよね。ボクも、陰ながら人を救う、そういう人になれたらって思ってたんだけど……」

ジーク君が物憂げに首を振る。

「実は、ボク……魔力がなくてさ」

「え？　あ、あぁ……」

「魔力がないから、夢に決まっているのにね」

自嘲したような笑み。

「正直もう諦めてもいいかなって」

「それはそれは……なんというか」

そして始まる、突然の告白タイム。

……言葉に詰まる。

どうしよう。

ただでさえ、ジーク君の格好を呑み込めたばかりなのに、さらに重い話が来てしまった。

まあたしかに、流れとしては原作のままである。

この世界では魔力がない人間は、ほぼいない。魔力がないというのは、言ってみれば特異体質に近いのである。

例えば、マジックアイテム1つとってもそうだ。

別に魔法を習得していなくても、魔力が少しでもあれば、マジックアイテムを使って戦えたりする場合もある。

が、魔力がないというのは、そもそもスタートラインに立てていないのと同じなのだ。

まあ、【月】のグレゴリオのように魔力が大してなくても、ヘラヘラ笑って楽しく嫌がらせを考えているようなポジティブシンキングな男もいるが、そもそもジーク君は裏方に徹したいタイプでもない。

尊敬する父に憧れているけど、絶対にたどり着けない。

だからこそ、それが「魔力がない」という劣等感につながっているのだろう。

だが――、
俺は迷った末に、ジーク君に軽く告げた。

「まあ、別にそうでもないと思うけどね」

「えっ」

あっさりと言い放った俺に対し、ジーク君が思わず声を上げる。

「一体……それはどういう？」

俺はすでに知っている。

いつか、ジーク君が鍛錬の末に、魔力が使えるようになることを。

それが実を結び、最終的に特殊な【空間】の魔法に目覚めることを。

なんなら序盤の貧弱さはどこへ行ったことか、いつの間にか主人公補正の塊として覚醒し、敵をなぎ倒していくことを。

だから――

「何となくだけどさ、ジーク君の思いは実を結ぶと思うよ」

「……何それ」

呆然（ぼうぜん）としていたジーク君が少し遅れて、困ったように笑った。

「この前会った貴族の子も同じようなこと言ってたなあ……イーリスっていう子。まあむしろ、その子には叱られちゃったんだけどね」

「お？」

そして意外な人物の名前が出てきた。

イーリス。メインヒロインの1人。なんだ、ちょっと安心した。

原作だと、こうやってなよなよしているジーク君を叱り飛ばすのは、リヨンのイベントで村に来てくれたイーリスの役目だったりする。

色々と迷っているように見えたジーク君だったが一応ちゃんと、フラグを積み重ねているらしい。

「なんだ、ジーク君やるじゃん」

将来のハーレム主人公を脇を小突いておく。

若干、柔らかいものの存在を肘に感じた……が、なんだろう？

「きゃっ！　な、何、急に……」

「いやあ、ジーク君にも良い出会いがあったと思ってね」

小突かれて傍(はた)から見ても顔が赤くなるジーク君。

びっくりしたようで、こっちと少し距離を取っている。

お？　図星だったか⁇

というか、これはもうイーリスと、お互いに意識し合っているのでは⁇

そう思った俺は、

「え？　じゃあイーリスのことを意識しちゃってたりして？」

と笑顔で聞いてみたのだが――

が、しかし。

当のジーク君は、「はあ……」と半ばあきれたようにため息をつくと、

「もういい!!!」

そう言って、別のマジックアイテムを見に店の奥の方に行ってしまった。

「え？」

突如として取り残された俺。

恋愛話で盛り上がる男子同士のやりとり。

……今の完璧な男同士の友情に、一体なんの問題があったのか??

「ジーク君、難しすぎるだろ……」

原作主人公のあまりの気難しさに絶望した俺の声が、むなしく店内に響いた。

結局、あの後、俺はジーク君に平謝りをする羽目になった。

「もう、ホントに……！」

ぷんすか怒るジーク君。

……もうダメだ。怒っている顔ですら美形すぎる。

1週間前までやさぐれてた美少年が、今では完全に女の子に見えてきた。

完全に末期である。

「ゴメン、ゴメンって!!」

とりあえず謝りながら今後、ジーク君については気軽にからかわないように誓った。

こう見えても、親への憧れあり、挫折ありの繊細な時期なのだろう。

……たぶん。

「まあ……ウルトスが反省してるなら……いいけどさ」

ようやく機嫌を直してくれたらしいジーク君が言った。

店内の物色も終わり、そろそろ帰ろうする。

「じゃあ、もう出ようか。特に買いたいものもないでしょ?」

――が、しかし、

「あ、いや」

そのとき、ふと俺は思った。むしろ、これはチャンスではないか、と。

冷静に考えてみよう。

まず原作のジーク君の時系列はこうである。
1. 名もなき盗賊Aにボコボコにされる
2. 不屈の闘志で諦めずに、変な修業に精を出す
3. 一般人なら死ぬところをなんとかメンタルで乗り越え、魔力をゲット（それでも通常より

は少なめ）
4．憧れの学院入学へ～ｆｉｎ～
もちろん現状のジーク君は、ジェネシスにボコボコにされて、変な修業に手を出せていない。

ただし、その代わりに、原作では村から出てこなかったジーク君が、外まで出てきているのである。

もちろん、こんな時期に帝国との会議なんて『ラスアカ』ではなかったし、元の流れからしたらありえない。

ジーク君の顔をまじまじと見つめる。

「な、何、そんな急に見てきて……」

「…………チャンスだ」

「へ？」

……やはりこれはチャンスである。

「ちょっと待ってて」

そう言い残して、店内を歩く。必ずあるはずだ、あのアイテムが。

狙いは、高級なマジックアイテムではなく、もっと安い、最下級のマジックアイテム。

そして、俺は店の入り口付近に箱を見つけた。

箱の中には乱雑にものが入っていて、マジックアイテムが在庫整理とばかりに売られている。

「……ウルトス？」

「あった」

中から目当てのものを取り出す。

手のひらに載っていたのは——銀の指輪だった。

「なにそれ？」とジーク君が首をひねる。

たしかに、地味なマジックアイテムだったし、ジーク君も知らないだろう。

しかし、俺は確信していた。

——これこそが、ジーク君の成長にプラスになるアイテムである、と。

「あった……『初級魔法の指輪（リング・オブ・エレメンタリーマジック）』」

——『初級魔法の指輪（リング・オブ・エレメンタリーマジック）』。

それは、『ラスアカ』におけるマジックアイテムの一種である。

第1位階から第2位階ほどの初級魔法を使用できる、という一見強そうな効果を持つのだが、ゲーム内での評判は死ぬほど悪かった。

なぜか？

それは、そもそもコスパが悪いからである。

なんとこの指輪は、1回限りしか使えない……というどう考えても不良品のごとき性能をしていた。

たしかに、魔力さえあれば特に魔法を使えない人間でも、特定の初級魔法を使えるようになるのだが、このマジックアイテムは普通に初級魔法を唱えるのに比べ、必要とする魔力の量が多く、しかも一回使い切り。

また使いたければ、もう一回指輪を買いましょう、となる。

だから、当時の俺を含め、多くのユーザーはこう思った。

――あ、もう普通にその魔法覚えた方が早いわ、と。

というわけで、このマジックアイテム――『初級魔法の指輪（リング・オブ・エレメンタリーマジック）』はお世話になるにしても、序盤も序盤。

目当ての魔法を覚えるまでの一時しのぎ用のアイテムとして使われたのである。

指輪には、風属性のモチーフの刻印がされていたので、風属性の魔法が使えるはず。

「これ、あげるよ。風属性の初級魔法が使えるって」

「えっ」

予想していなかったのか、ジーク君の口から間の抜けた声が聞こえた。

「ほら、プレゼントだよ。命を救ってくれたしさ」

そして、ここでお仕着せがましくニッコリと笑顔を見せる。

クックック。ジーク君を見つめながら、俺はほくそ笑んでいた。

俺の計画はこうだ。

せっかくジーク君が外に出てきたのだから、この機会を逃す手はない。

幸い、このマジックアイテムは1回使い切りで、魔力さえ流し込んでおけば、初級魔法を誰でも扱えるという代物である。

現状、たしかに『ラスアカ』原作とは少しずれてしまっている。

が、しかし。

原作と少し違っているなら、それはそれで臨機応変に行動すれば良いだけのこと。

ここで1回魔法を体験してもらっておけば、将来的に魔法が使えるようになったときに、よりジーク君の成長がスムーズになるだろう。

これを機会に、ジーク君には世界へと羽ばたいていただく。

まさに災い転じて福となす。

不測の事態でも、先の先まで読み切る。これがモブとしての力量である。

「そ、そんな悪いよ……そもそも魔力がないから、使えないだろうし」

「大丈夫、大丈夫。魔力1回切りでいいなら、僕が補充しておいてあげるから」

そう。基本的にマジックアイテムは本人が魔力を込めて、起動させるものだ。

……まあ、そもそも本当に使いたいときに、自分で魔力を込められないと意味がないし。

ただ、今回のような場合は、恩を売るという意味でも、俺が魔力を込めておくべきだろう。

「……じゃあ、ボクも……魔法を使えるってこと？」

「もちろんさ！」

さて。気に入ってもらえたようなので——

「どこがいい？」

俺は爽やかに、ジーク君の手を取った。

「は？」

「指輪、はめるでしょ？」

ジーク君に対する賄賂——ではなく、心のこもったプレゼントを渡そうと、手を取る。

「え、え、え……」

すると、なぜか壊れた機械のように「え」と連呼し始めるジーク君。

「……は、はめるの？」

迫真の顔で、当然のことを聞いてくる。

何をそんな、今更当たり前のことを……。

「いや、だってもうはめた方が良くない？」

ジーク君ったら、もうホント鈍感なんだから。指輪なんてはめておくしかないじゃん。

そんな鈍感だったらヒロインたちに、指輪を渡すときに苦労するぞ〜なんて。

せっかくプレゼントしたのになくしてほしくはないし、そう言いつつ、冷静に考える。

ジーク君は右利きだ。

指輪をはめるなら、武器を持つ右手ではない方がいいだろう。

ということは、左手。

指輪を見る。大きさ的には、小指か薬指辺りがちょうど良さそうである。

ただ、小指は意外とものを握りしめるのに重要と聞いたことがある。

となれば、ここは一択──

いまだに、あわあわしているジーク君に話しかける。

「左手の、薬指でいいよね？　指輪」

「……は？」

もはやジーク君は「こいつ何を言っているんだ」と言いたそうな顔でこちらを見てくる。

「やっぱり将来の状況を色々と考えると、左手の薬指が一番良いと思うんだ」

「ウルトス……そ、それ意味わかって言ってる？　色々問題あると思うんだけど……その身分とか……色々」

意味？

あぁ。たしか、左手の薬指は婚約の証だっけ？

ただ、それは男女間での話だろう。

俺とジーク君は……格好はともかく、中身は熱い男同士の友情で結ばれているのである。

だから──俺はキメ顔で言い放った。

「もちろん、意味はわかってるよ。何の問題もないさ」

「……ッ！」

途端に黙り込んでしまうジーク君。

というか、顔ももうすでに真っ赤だ。何かを言おうとして、必死に口をパクパクさせている。

良くないな……風邪か？

「体調悪かったりする？」

「な、何でもない。え、いや、その……嬉しいし、すごい尊敬もしているけど、い、今はまだ、薬指にはめるほどの覚悟はないというか……ちょっと急すぎるというか……」

ジーク君は、そう言い残すと、

「そ、外の空気吸ってくるから……！」

と、驚きの速さで店を出てしまった。

「え」

……1人店内に残された俺。

なんで、プレゼントあげる側が置いていかれているのか。

しかも「薬指にははめられない」とかいう謎の指の指定まであったし……。

こだわりがあったの⁇⁇

もしかして中指なら許された？？？

よくわからないが、

「……まあ、とりあえず、これください」

なぜか店員から微妙に温かな視線を感じつつ、俺はこうして指輪を購入した。

「まあ別に、無理に指にはめなくてもいいから」

「……うん」

ちなみに、外に出たところで、大きく深呼吸をするジーク君に、

「ボク以外にはさ……こういうことしたりしてないんだよね？」

と困ったような表情で聞かれた。

「あぁ、こんなことするのは初めてだけど」

すんなり答える。

「まあ……それなら、一応……問題なくも……ない……かも。いやいや、本来こういうのは、もう少しお互いをよく知ってからであるべきであって……」

なにやら、もにょもにょ小声で答えながらもジーク君は無事プレゼントを受け取ってくれた。

……いやあ納得してくれたようで良かった。

まあ安心してほしい。もちろん、初めてだ。

さすがに俺だって、男の知り合い——例えば、エンリケとか——に指輪を贈ったことなどないのだから。

◇

そうこうしているうちに、帰り道。ジーク君はホテルの方へと戻っていき、俺は城へと戻っていた。

そして、ふと与えられた部屋の前にさしかかると、声が聞こえてきた。

「そうか、ウルトス君はいなかったか……」

「はい、すみません。朝からどこかに出かけていたようでして……」

少し開いた扉からのぞき込む。部屋の中にはレインとリエラ。

なるほど。状況的には、俺を訪ねてきたレインにリエラが応対しているところらしい。

「いや、実はウルトス君に用があってね」

「どうかされたのでしょうか？」

「実は会議も大詰めで明日には、両国の祝賀会が開催されるんだ」

ほうほう。まあ、会議終わりを見越してパーティーとかもありえるのだろう。

いやあ、精が出ますねー。

「そこで、王国側からどうしてもウルトス君にも参加してほしいと指名を受けていてね」

……急にこっちに話が降ってきた。

面倒だ。そもそも、俺は『パーティー』というものにトラウマしかない。

リヨンの『パーティー』だって、とあるクズのせいで、ろくなものではなかった。

というわけで、王国の方々には悪いが、ここはモブらしく体調の悪化。

「……あ」

が、運が悪いことに、レインの背中越しに、向かい側に座っていたリエラと隙間から目が合ってしまった。

リエラの空気が一気に変わる。

待て待て待て待て。ストップ。

確実に「ウルトス様」と言いかけようとしているメイドに、静かに、とジェスチャーを送る。

……まずい。リエラは俺が参加すると思っているのだろう。

しかしそのまま、俺はゆっくりと首を振った。

頼むから、知らないふりをしていてくれ、という思いを込め。

大丈夫。リエラはこう見えても俺への忠誠心の厚い、良いメイドである。

「……わかりました」

リエラがかっと目を見開き、大きくうなずく。

俺とリエラの熱い絆。

そう、きっとこの瞬間、主人とメイドの気持ちはきっと通じ合って――

「仕方ない。残念だが今回は――」

「レイン様、ご安心を。ウルトス様が、パーティーの主役である自分が参加しないなんてありえないと、あちらで首を振っていらっしゃいます!!」

……リエラ。もしかして「首を振る」って意味、知らなかったりする？？？

人と人は、なぜすれ違ってしまうのか。

先ほどメイドと気持ちが通じ合ったと思ったら、気がついたときには、崖上から笑顔で突き落とされていた俺は、諦めて部屋の中で着席していた。

「いやでもありがとう、助かったよ。さすがウルトス君だな」

「そうです、ウルトス様はこういう方なのです！」

意気消沈する俺とは裏腹に、目の前では、なぜか意気投合したリエラとレインによる楽しそうな会話が繰り広げられている。

「アリガトー」

俺は遠い目をして紅茶を受け取った。


「そういえば、リッチの件は大丈夫だったかい？」

そう言って、レインが表情を曇らせた。

……いたなあ、リッチ。思い出す。

弱すぎて……というのもあるし、お宅の息子のインパクトがすごくて忘れていたよ。

が、しかし。原作主人公の格好にツッコミできるほどこっちの心臓は強くない。

なので、

「はい、なんとか。そういえば、リッチが出たにしては、みんな騒いでいないんですね」

キョトンとした顔で、世間話に持ち込む。

「……すまない。実はあの件は王国でも、ごく一部の人間しか知らないんだ……つまり、色々と状況が複雑でね……我々の判断で勝手だが、情報を遮断させてもらった」

レインが悔しそうにこちらに頭を下げてくる。

「何かあったんですか？」

「……まあ、こんなことを本来話すべきではないんだけどね。実は帝国が怪しい動きをしている。そもそも今回の会議は、甘すぎるというか。普通じゃ考えられないくらい、王国にとって条件が良すぎるんだ」

なるほど。そして、真剣な様子のレインを見て俺はわかってしまった。

「それに、会議の進行もやけに遅い。やりたいことがあるのであれば、そろそろ動き出すはずなのだが……いや、むしろ何か大事なことのために、あえてそうしている……？　何か見落としているような……すでに何か仕掛けられているような……」

独りでぶつぶつ言っていたレインは、そこまで言うと、ハッと顔を伏せた。

「あ、いやいや、すまない。ウルトス君の前だとどうしてもちょっと言いすぎてしまうな。まあつまり、色々と状況が読めないから、リッチの件は伏せさせてもらっているんだ」

「あ、いえ大丈夫ですよ」

かわいそうに……。俺には一切関係ないが、会議は紛糾しているらしい。

そんな忙しいときに俺と雑魚（ざこ）リッチの事件が発生したので、そりゃ放っておくわな。

「……じゃ、じゃあ、話を戻しますけど、明日、そのパーティーに出ればいいんですよね？」

「ああ、それだけでいいんだ。ありがたいよ。実はウルトス君に会いたがっている方がいてね」

「そ、そうですか」

まず誰よ、そいつ。

そもそもこんな真面目な会議でクズトスにも参加してもらいたい、とかパーティーで会いたいとか。王国の参加者は無能しかいないのか？

クズトスに媚びても意味ないと思うんだけど……。

「はい。では、行かせていただきます」

「ああ。彼はリヨンの市長で、非常に優秀で――」

レインが何事か言っているが、俺はもう他のことを考えていた。

行くのはいいが、ここで目立つのだけは避けたい――

どうしようか。

そのとき、不意に脳内にあるひらめきが宿った。天才的なひらめき……。

いや、これはいける。

気がつけば、俺はレインめがけてこう言っていた。

「そのパーティーって、ジーク君も連れていけますか？」と。

「ジークも……？」

不思議そうな顔をするレイン。

が、俺はこれしかないと確信していた。

ここで目立つのは避けたい。となると一番いいのは、顔のいいやつを連れていくことである。

横に自分よりも目立つやつを用意することで、こちらの存在感を消す。

しかも、ちょうどうってつけの人物がいた。

本作の主人公。ジークハルト。

銀髪の中性的なイケメンという最上級の素材。

なんならジーク君は最終的に成り上がっていくのだし、幼少期からこういう場所で彼の名を売るのは決して悪くないはずだ……まあ今日は諸事情により女装をしていたが。

俺は自信満々に告げた。

「僕はジーク君と一緒に行きたいんです、ぜひね」

「……ジ、ジークは招かれていないが……エスコートするってことかい？」

唖然（あぜん）としたようにレインが言う。

なんでそんなに驚いた顔をするのか。まあでも、

「エスコートと言えば、エスコートですね。あ、ただ、ちょっと服装は変えた方が良いかもしれません」

そう釘（くぎ）を刺しておく。

「ジーク君の服を今日見たんですけど、まだまだ、ですね」

俺は首を振った。あえて正面からやめてほしいとは言わない。

「まだまだ……とは？」

「つまり、もう少しジーク君本来の良さを引き出す格好ができると思うんですよ」

「な、なるほど。もっと本来のジークらしく……ということか。たしかに……それは親として私もそう思っていたが……」

「そう、ジーク君はもっと輝けるはずです」

そう。すべては計画通り。

ジーク君本来の良さ　＝　さっさとイケメンとして着飾ってくれ、という意味だ。

レインは「ジークの魅力を……もっと引き出す服装……か！」と何やら独り言を言って考え込んでいた。

勝利を確信した俺はにっこりと微笑(ほほえ)んだ。

「ジーク君にも言っておいてください。楽しみにしていますってね」

我ながら完璧だ。

どうも、俺の中で『パーティー』というとこの前の悪辣な闇ギルドの男が思い浮かぶし、ろくな目にはあっていなかった。

しかし、今回は違う。やつはいない。

そして何かあっても、ジーク君を盾にしておけば良い。

――完璧だ。

幕間　市長

男は部屋の中で、くつろいでいた。机の上にはおびただしいまでの資料。

「ふむ。やはり帝国は何か企んでいるな」

男の勘はそう言っていた。

なぜか会議を引き延ばし、のらりくらりと長続きさせる帝国。王国の人間は怒っていたが、男はその状況を楽しんでいた。

さらに男は元々、帝国側と密かにパイプを持っていたのだが、この会議中、急に帝国側が接触してきたのだ。

——命が惜しければ、帝国に帰順せよ、と。

「直接、王国側を壊滅させようとでもいうのかな？」

たしかに、王国はジェネシスの一件の対応に追われていて、普段よりも護衛の数が少ないが、レインや王国中央騎士団の猛者——クリスティアーネなどの実力者もいる。

それにもかかわらず帝国側が、何かを企む理由。

「魔法とか？」

超常の現象たる魔法。たしかに、帝国側には魔法使いの姿もあった。

普通、そこまでの考えに至っていれば、王国の中で連絡を取り合い、一刻も早く警戒すべきだろう。

が、男はいつも通り、楽しそうな表情のまま笑っていた。

帝国側が何をしようと関係ない。なぜなら、この都市にはすでにもっと強大な存在がいるからだ。

彼が、いや男の主が見逃すわけがない。こんな面白そうなことを。

「まさか、貴方も参戦しておられるとはね――ジェネシス」

男の情報網によれば、すでにジェネシスはリッチをも下し、動き始めているらしい。だからこそ、男は周囲の反対を押し切って、会議にウルトスを招いたり、パーティーにも招いたりしていた。

不気味な帝国。集い始めた王国の実力者たち。そして、再び動き出す仮面の男。

一体、この都市で何が起こるのか。

興奮を隠せずに男――グレゴリオは笑った。

「ま、あの方――ジェネシスが企んでいることは、明日のパーティーで聞くとしましょう」

――窓の外を見れば、少しずつ、月が満月に近づき始めていた。

8章　トラウマパーティー

そして翌日の夜――

正装に身を包んだ俺は、城の中のパーティー会場へと向かっていた。

リエラだけは、「……エスコート、ぜひ楽しんできてくださいね？」となぜか殺気を振りまいていたが……。

まあ、いい。サクッと終わらせよう。

「ウルトス・ランドールです」

名前を告げ、ホールの前の待合室のような場所に入る。

「ウルトス様ですね？　お待ちの方は先にいらっしゃってます」

……完璧だ。俺は満足していた。

ここにジーク君を呼んでしまえば、後は放っておいてもジーク君が目立ってくれるだろう。

まさしく、ジーク君の英雄譚の始まりにふさわしいパーティーである。

この土壇場での頭脳の回転。天才的な計画、そして軌道修正力。

最初は色々と苦労したけど、今回は完璧だ。

やはり、我ながら怖くなってしまうほど冴えている。

――クズレス・オブリージュ、ここにあり。

そう。銀髪イケメンを犠牲に、俺はモブへと成り上がれるのだから。

そして、待合室のドアを開けるとそこには、美少年の姿が――

「……あれ」

おかしい。

待ち合わせ場所には何人かいたが、ジーク君の姿は見えない。

強いて言えば、ドレス姿の少女か。後ろを向いているが、後ろ姿からすでに美しい風格を感じる。

ジーク君はまだ来ていないようだ。早く着きすぎたかな?

「…………」

知らない美少女がこっちの方に近づいてきたので、さらっと会釈だけして流す。

申し訳ないけど、今からジーク君が来るから美少女と遊んでいる暇はないんだよ。

しかし、美少女は自然と俺の横に来て、さも定位置のようにそこにいる。

……なんだこいつ。

「……ねえ」

美少女が気安く話しかけてくるが、素知らぬふり。

彼女には申し訳ないが、俺は今からジーク君を囮(おとり)……ではなく社交界にデビューさせてあげるという立派な役があるのだ。

が、

「……ねえってば」

と、美少女はなおもこっちに話しかけてくる。

しつこいなこの子。

と思ったが、そういえば、どこかで聞いたことのあるような声である。

「はい？」

もう一度落ち着いて、正面から眺めた。

目の前の少女は、文句なしに美少女だった。

少し切れ長な眼。髪は少し短めだが、白みがかった特徴的な髪が神秘的な様子を醸し出している。

その下には、エレガントなドレス。

ああ。やっとわかった。

ちょっと似ている。

まるで、そう。

例えるならジーク君が本当にドレスを着たかのような……。

「……今日の服装はどう……かな？」

「…………え⁇⁇」

美少女が俺に問いかけてくる。

「その……お父さんはすごい張り切ってたんだけど……こんな格好、自信なくて」

ちらちらと居心地悪そうに美少女が言う。

お父さん⁇⁇⁇　こんな格好⁇⁇

「は？」

いや、待てまさか。

いやいやいやいや、今日、社交界デビューするはずの単なる村人男子が、こんな豪勢なドレスを着て現れるわけがない。

ない……よね？？？　普通。

……だ、ダメだ。落ち着け自分。これはジーク君じゃないジーク君じゃないジーク君じゃ、

「ねえ、聞いてる？」

そして、目の前の美少女がぶっきらぼうに告げた。

「……ウルトス」

終わった。

◇

「ねぇ……ウルトスってば」

間違いなく、俺はこの世界に来て一番頭を抱えていた。

原作主人公を原作よりも先に華々しく社交界デビューさせるつもりだったのに、なぜかジーク君は気合いを入れてドレスを着て来てしまった。

おわかりだろうか？　ハッハッハ……ちなみに俺は意味がわからない。

「ね、ねぇ、急にどうしたのさ」

硬直した俺の前でジーク君が手を振る。

それとともに香ってくる甘い匂い。

俺が原作を知らなかったら騙されていただろう。そのレベルの美少女。

が、騙されてはならない。こいつは男だ。

「……ウルトス？　顔真っ青なんだけど、体調悪かったりする？」

「全然元気だよ、未だかつてないくらい頭が回転してるかなー」

「そ、そう？　ならいいんだけど……」

主に君のせいでだけどね？？？　とは言えず、固まったまま返事をする。

目の前で、「変じゃないかな？」と言いつつ、服装をチェックするジーク君を横目に、とりあえず状況を整理する。

まず、『ラスアカ』の貴族の大多数は足の引っ張り合いを得意とするカスどもである。

その中で、何やかんやでジーク君が活躍し、爵位をもらったりしてイケイケになっていくのだが……もちろん既存の貴族層（クズトス含む）がそんなことを許すはずもなく、あの手この手で色々と陰謀を画策するのだ。

そして、そんな中で、過去にジーク君がドレスを着て、パーティーに参加していたとしよう。

目立つだろう、とんでもなく。

「あ、ダメだわ」

冷や汗が止まらない。

そもそも、それが原因でシナリオが原作通りに進まなくなったらどうする⁇⁇

この瞬間、俺は理解した。

またしても、このパーティーでは、一歩間違えたら悲惨なことになってしまうことを。

「ジーク君」

すぐさまジーク君の手を取る。

「な、何⁉」

「会場に今すぐ行こう」

「別にもうちょっとゆっくりしても……」

「いや、パーティーってめちゃくちゃ怖いから。今まで参加したパーティー全部ろくなことになってないから。乱暴な劇団員とか来たことあるしね」

「ええ……」

困惑気味なジーク君を引っ張ってゆく。

そう。ジーク君のこの姿を見られてはならない。

……早めに対策を打つ必要があるな。

ちなみにジーク君に、今すぐその服を脱ぐ予定はないか？

1人で脱ぐのが大変だったら手伝うから、と耳打ちしたが、「へっへっへっへっへっ変態!!」と顔を真っ赤にしてなじられた。

……この世界はおかしい。

なぜ、俺の方がよりによって「変態」呼ばわりされなきゃいけないのでしょうか。

「え、ほ、本当にこんな場所で良いの？」

数分後、俺たちは、城の中のホールにいた。

巨大なホールはちょうどエラステアの中心である城のさらに中心部にある。周りを見ると、ちらちら人が来始めていて様々な人が話をしていた。

が、そんな中で俺はジーク君とともに、一番目立たない壁際にいた。

目の前には観葉植物があり、どこから見てもちょうど死角になるような場所である。

「ここがいいんだ」

「ウルトスを指名してきた人には会わないで良いの？　このままだと、挨拶も何もできないような……お父さんが言うには、すごいやり手なしちょ――」

「状況が変わったんだ」

もはやエスコートもクソもない。

ジーク君の話を打ち切り、様子をうかがう。とりあえず、人目もなくここは安心できそうだ。

「よくわからないけど……じゃあ何か取りに行ってくるね」

不審気味なジーク君だったが、一応納得してくれたらしい。

やれやれ、と首を振ったジーク君が、料理を取りに行こうとする。

が、その瞬間。俺はジーク君ごと後ろの壁に手を置いた。逃がさないように。

いわゆる「壁ドン」という体勢である。

……何が悲しくて男同士で、こんなことやらなきゃいけないんだか。

とはいえ、これもすべてはラスアカ世界のため。

ジーク君に顔を近づける。

「は？　え？　嘘でしょ！」

至近距離でかち合う視線。そして、途端に挙動不審になるジーク君。

「ちっ、近いってウルトス」

違うよ、ジーク君。そんなこと問題じゃないんだ。

俺は誓った。絶対に逃がしてならない、と。

「――今日はどこにも行かさないから」

「はぁ？　な、何をわけわからないことを」

ジーク君の頬が紅潮し始める。

いや、考えてほしい。このままジーク君が颯爽と社交界に降り立ったとしよう。この美形っぷり、確実に色々な人に話しかけられる。

そうしたらジーク君は名を名乗るだろう。

……そこから先は考えたくもない。

本格的にジーク君が始動する原作開始は数年後だが、その数年後にどうなることか。

そう。だからこそ、ここでジーク君を誰かに会わすわけにはいかない。

なんでこいつ、こんな顔が赤いんだ？　と思いつつ、ジーク君にゆっくりと言い聞かせる。

「──その服装、誰にも見せたくないんだ」

「え、あ、えぇ」

「飲み物も食事も全部取ってきてあげるから、今日はずっとここにいて」

「……う、うん。そこまで言うなら……別にいいけど」

もはや耳まで真っ赤になったジーク君は気まずいのか視線をそらす。

よし、勝った。

これしかない。今日はジーク君を囲い込んで、誰にも会わさない。

というわけで俺は人目を避け、死んだ顔をしながら食事やら飲み物を取りに行くことになった。

ちなみに後ろから、

「これが……お父さんの言ってた、男の子の……独占欲……？？？」

と、熱に浮かされたようなジーク君の声が聞こえてきた。

何を言っているんだこいつは。

色々と予想外のことがあったが、パーティーは問題なく続き、状況も落ち着いてきた。

「そういえばさ、なんか話をしてよ」

「……えぇ」

1つ予想外だったのは、ジーク君が酔い始めたことだ。

どうやらジーク君は雰囲気で酔ってしまうタイプらしい。

おかしい。ブドウジュースを片手に持たしているはずなのに、顔がずっと赤い。

こいつ……こっちが苦労しているとも知らずに……！

「え～、ウルトスが面白い話をしてくれないんなら、この服みんなに見せちゃおうかな～？」

そう言って、ぐだぐだこちらに絡み始めるジーク君。

……う、うぜえ。

なんということでしょう。1週間ほど前まではあれほどツンツンしていた孤高の美少年は、もはや借りてきた猫のように、リラックスしてこっちに絡んできている。

そしてなんだか距離も近い。

……非常に腹が立つがぐっとこらえる。

頑張れ、自分。これは試練だ、モブになるには必要な犠牲なのだ。たぶん。

「じゃ、じゃあそうだな」

仕方ないので、話題をひねり出す。

そういえば、言い忘れていたが、とっておきの方法があった。

「じゃあ修業の方法でも……」

「修業って？」

「実は、誰でも魔力を得られるって噂の修業があってね」

怪しいテレビショッピングのようなテンションで、原作でジーク君がやっていた修業について話す。

あまり頭の良い方法ではないが、とりあえず、ジーク君に知識をたたき込む。

まあ、つまり（死ぬ確率が高い）筋トレのようなものである。

1．魔力がない人が魔力を使おうとすると身体が拒否反応を起こし、血反吐を吐いて身体がボロボロになる

2．その際ギリギリの状況でほんの少し魔力が増える

3．回復したらもう一度やる

こうすれば理論的には、死ぬ（確率がほとんどだ）が、魔力がない人間でも魔力を開花させるという技術。できても、ちょっとずつだけど。

そしてジーク君といえば、誰よりも父に憧れ魔力を欲した少年だ。

もちろん乗ってこないわけがない――

「そっか。そんな危険そうな方法があるんだね」

「……え？」

おかしい。

俺の横で食事をちまちま食べるジーク君は、「ふぅん怖いね」などといたって普通の感想を述べている……あれ？

「ジークさんや」

「なに急に」

「え、気にならないの？　やってみたい……とか」

「……いや、う〜ん。さすがにちょっとそこまではいいかな」

――⁇⁇⁇

「実は最近、憧れていた人が新しくできて……」

あっけらかん、と何やら不穏なことを言い放つジーク君。

ちょっと良くない気がするので、ストッ――

「その人を見て思ったんだ。ボクはずっと、強さの意味を間違えていたのかなって」

……ジーク君んんんんn⁉⁉

悲報。狂気の修業バカこと、ジーク君が全然乗ってこない。

「でも、ウルトスはすごいよね」

　思いのほか全然乗ってこないジーク君に混乱していると、不意にジーク君がゆっくりと語り始めた。

「さっきみたいな修業の話もそうだしさ。本当に……ウルトスはボクなんかよりも、ずっと頑張っててすごいなって」

「いや、別にそうでもないけど」

　本当にそうでもない。どう考えても、ジーク君の方が努力努力のヤバい主人公なのだが……。

「ボクさ。実は、最初はウルトスのことを馬鹿にしてたんだ」

　止まらないジーク君。

　ジーク君がうつむくと、その眼には涙が光っていた。

「そもそも、魔力がないとか色々あって……強ければ良いってがむしゃらに思ってたんだけど、ウルトスが頑張っている姿を見たら自分なんか大したことないなって」

「え、いやちょっと」

「全然ダメだね……ボクは。ウルトスからはいつももらってばっかりで正直、この指輪に値するような人間じゃないし」

　まずい、この流れはまずい。

　こんなん全然クズレスできていない。

　暗い暗い暗い。話題が暗い。顔も暗い。

「どうせ、昔憧れていた英雄になんてなれ――」

いやぁぁぁぁぁぁぁぁぁぁぁぁぁぁぁぁぁぁぁ。

そして。

その流れを断ち切るように、パチンと軽い音が鳴った。

「……いったぁ！」

あ、ヤバ。

ついジーク君の弱気な発言にデコピンが……。

「な、何するのさ！」

涙目のジーク君が額を押さえ、こちらを見てくる。

「………………」

落ち着け落ち着け。

未来の原作主人公にデコピンをしてしまった。

今のところ何の罪にもならないし、立場的にはランドール家の子息であるこっちが上だが、ほんの数年後にはジーク君と立場は逆転。

つまり、確実に歯向かってはならない。

が、しかし、言わせてもらおう。

「何をするのさ！」はこっちのセリフだ。

そもそも、原作主人公が何をそんな弱気なことを言っているのか。

　というか、今はまだ『ラスアカ』世界は平和だが、原作開始くらいから加速度的に治安が悪化し始めて、才能ある化け物（悪役、ヒロインを含む）がいっぱい出てくるのである。

　そんな連中をたたきのめし、ヒロインたちを率いて、世界を救うのはジーク君だ。

「ダメだよ、ジーク君」

「え……？」

「そうやってくよくよするのは良くない。そもそも、ジーク君の方がずっとすごいしね」

　真剣な表情で告げる。いや、本当にそうだ。

　頼むから世界……と、俺のモブ生活を守ってほしい。

「そんなっ！」

　ジーク君が理解できないという表情をするが、そのまま続ける。

　というか。

「僕にとっての英雄はジーク君１人だから」

　そう。俺の目には焼き付いている。

　熱い展開とか、英雄らしく女の子にモテている姿とか。威張りくさったクズトスをボコボコにする姿とか。

　……まあ、やっぱ最後はいいや。

「……友達として、そう思うんだ」

　そして極めつきに、ちょっぴり友達面。

あわよくば将来偉くなっても、俺を忘れずに贔屓してほしい。

まあ、昔の「友達枠」くらいでもいいしさ。

「なにそれ、全然信じられないけど……」

そこまで言うと、ジーク君の声に力が戻ってきた。あきれたような笑顔。

とはいえ、まだ信じ切ってくれていないみたいなので、ダメ押しをする。

「じゃあ、こうしようよ。その指輪にまだ値しないって言うならさ。今度、こっちが困っていたら、ジーク君が助けてくれればいいじゃん」

「次はボクが助ける……？」

思いつき100％の言葉だったが、ジーク君が復唱してくる。

まあ、その指輪もぶっちゃけ今考えると高いけど、最終的に金が唸るほど入ってくるとゴミ扱いされる悲しきアイテムなのである。

……どうせ1回使い切りだしな。

我ながら、小ずるいと思いながらも言葉を続ける。

「そうそう。今度もし僕が助けを求めたときに、次はジーク君がカッコよく助けに来てくれればいいよ。それこそ、英雄らしくさ」

「……なにそれ」

こらえきれずに、くすっとジーク君が笑う。

「そっか……でも、それもいいかもね」

こうして、俺は良い感じにジーク君と和解した。イイハナシダナー。

……若干ジーク君の額がまだ赤いのは気にしないでおこう。あれは不可抗力なのである。

「ちなみに、修業は興味出てきたりする？」

「……なんでそんなこと勧めてくるの？」

ジト目のジーク君。

まだ修業方法はクリーンヒットしていないみたいだ。

まあいいだろう。

「さてね、お腹すいたから、食事取ってくるよ」

わざとらしくごまかし、踵を返す。

作戦は成功だ。

とりあえずここで種をまいておけば必要になったとき、すぐさま修業に移ってくれるだろう。

意外と一人になったときに、やりたくなったりするかもしれないし。

そうしてパーティーも終わりに近づいたころ、ホールの中央から、ざわめきが聞こえてきた。

目を向けると、中央には2人の人物。

いかにも偉そうに威張り散らす高齢の男性。

そして、もう1人はわかりにくいが、フードを被った人物だった。

「誰あれ」

「ああ、あのおじいさんの方が帝国の有名な魔法使いだって。第5位階の魔法使い」

「ふうん」

とりあえず、じろっと眺めてみる。

第5位階。すごい。世間的には中々だ。

ただ、悲しいかな、『ラスアカ』世界で生き残るにはちと研鑽が足りてなさそうである。

「別名『漆黒の魔法使い』だって。お父さんが言ってた」

「はあん」

割と厨二病くさい異名だったが、『ラスアカ』では見たことがなかったので本当に知らない。

モブのくせに中々派手なじいさんである。頑張っている。

「あのおじいさんが色々会議でも王国側に嫌な態度を取ってきて、面倒なんだってさ。でも有名な人らしくて対応に困ってるらしいよ」

「へえー随分おっかないね」

威張り散らすおじいさん――通称『漆黒』のじいさんは、王国側の貴族の誘いを「下らん」と一蹴し、出口へと向かっていった。

辺りは一瞬ぴりついたが、おじいさんが出て行くとそのまま元の騒々しいパーティー会場に戻っていた。

「……ウルトス？　どうしたの、ずっと見つめて」

扉から出て行ったじいさんの方を見つめる俺に、ジーク君が不思議そうな顔を浮かべる。

「……ジーク君さ。もう1人の人は？」

「ああ。ローブの人？　よくわからないけど、ずっとそばにいて雑用を命じられているらしいよ。でも、お父さんが言うには魔力も感じないから一般人だろうって」

「そう、一般人ねえ」

「……？」

「いや、気のせいかな」

自分で言うのもなんだが、俺は魔力への感度が優れている。

ゲームのパラメータには特になかったが、この世界ではそういう分野もあるらしい。

エンリケが「俺よりも優れているな」と褒めていたし。

……あまり褒められた気がしないのは、エンリケに言われたからだろう。

なんかアレだ。テストの点がものすごく悪いやつに、「お前頭良いな！」と褒められたかのようなあんまり嬉しくない、みたいな。

そして、そんな俺は非常に微妙な違いを感じていた。

魔力がないジーク君と、ここ数日間ずっと接していたからかもしれない。

たしかに、ジーク君には魔力がない。

しかし、さっきの人物は魔力を感じられないというか。

どっちかというと――

「まいっか」

魔力を隠しているような気がしたんだけど。

◇

何やかんや問題はあったが、パーティーもついに終わり、

「さて、帰ろうか」

と言ったものの、俺は心配になっていた。

「……どうしたの？」

「いや、ちょっと会いたくない人を見かけてね……」

苦い顔をする。そう、俺はパーティー中に、とある女性を見かけていた。

騎士の制服を着た、聡明そうな金髪の美女。

その表情は厳しく、真面目の一言に尽きる。

……まさか彼女も来ているとは。クズトス的にはあまり会いたくなかった相手だ。

彼女の名は、『クリスティアーネ』。王国中央騎士団の副団長である。

例えるなら、異常に勘の鋭い美女。強さはもちろん、頭が切れるという真面目なタイプ。

そして何より、そんな彼女もクズトスの没落には一役買ってくれる。

真面目で頭の良い美女と、不真面目で頭の悪いクズトスの相性はそれこそ死ぬほど悪かった。

彼女はその地位を生かして、クズトスの悪行に関する情報を集め、その結果ジーク君によってクズトスは没落させられるのである。

「だ、大丈夫？？？　顔真っ青だけど……やっぱ体調悪いんじゃ――」

「も、もちろん」

手が震える……いやでも、待て。

よく考えてみよう。

たしかに公正で頭の良い彼女は、クズトスを死ぬほど嫌っていたし、クズトスを引きずり下ろすときには協力してくれた。

が、しかし。

ジーク君に呼びかける。

「ジーク君、僕のこと嫌いじゃないよね？？？？？？」

「え、うん、嫌いじゃないけど……」

よし。

「確認だけど、別に没落させたいとも思ってないよね？？？？」

「そうだけど……というか、ボクどんな人間だと思われてるの……」

「そうだよね、うんうん。友達だもんね、僕ら」

ジーク君の好感度を確認し、落ち着く。

後ろで、ジーク君が「……え、友達止まり……」とものすごい渋い表情をしていたが、一旦放っておく。

そう。もはや原作とは違い、俺とジーク君の関係は悪くない。クズトスが悪いことをしていなければ、そもそも絡まれる理由もないじゃないか。

というか、そもそも俺には原作のシナリオが味方しているのである。

この世界が『ラスアカ』の世界であれば、原作通りに進むはず。

この前のリヨンでは散々苦労したが、今回ばかりは原作と関係ないから100％安心できる。

アルカナ持ちの敵【女教皇】が王都に襲来して暴れ回るのも原作が始まってからだし、クズトスがクリスティアーネに嫌われるのだって、ジーク君が学院に入学してから、つまり原作が始まってから、なのである。

この世界のあらゆる問題はジーク君が学院に入学してから始まると言っても過言ではない。

つまり、ジーク君がやる気さえ出して学院に入ってもらったら最後、もはやシナリオ的に俺が介入することなど何もないのである。

会議も明日で終わるみたいだし。

今度こそ、稀代のクズ悪役『クズトス』の物語はこの辺で終わらせて、これからは、地位はあるが人畜無害なモブ青年貴族、ウルトス・ランドールとしてひっそり生きていこう。

「まあ、じゃあ帰ろっか」

明るくジーク君を誘う。

ジーク君に友達だと判定してもらえたのだから、『ジャッジメント計画』もこれにて終了。

ついに、クズレス・オブリージュ完！

あばよ、ジーク君。

彼には数年後に始まる原作で、楽しく頑張ってもらおうじゃないか。

可愛い女の子を侍らすジーク君を横目に、俺はモブライフを満喫する。

素晴らしい光景だ。面倒ごとはすべてジーク君が背負ってくれる。

学院で再会したときには、数年前に仲良くなった昔の知り合い枠として、少しばかり甘い汁を吸えたら嬉しいなー。

なんて思っちゃったり——

が、

「——動かないでいただきたい！」

緊迫した雰囲気。

が、しかし。そんな俺の夢物語は外に出た瞬間、はかなく消え去った。

なぜなら、俺の周りを武装した騎士が囲んでいたからである。

冷や汗が止まらない。

周囲をうかがう。四方を見るが、逃げ道はない。完全に包囲されていた。

「何を!!　ウルトスを放してッ!!」

ジーク君は暴れすぎて騎士に拘束されている。

ちらりと近くの騎士の印章を見る。

……最悪だ。レインを始めとするリヨンの騎士団ではない。

俺はその印章に見覚えがあった。

屈強な獅子（しし）。すなわち――王国中央騎士団。

そして、騎士の集団をかき分け、とある女性が前に出てきた。

「ランドール公爵家のご子息、ウルトス殿」

目の前には、先ほど見かけた女性、クリスティアーネ。

「先ごろリヨンで起こったジェネシスの事件。その容疑者として、貴方（あなた）を拘束する」

「……一体、どういうことですか？」

おかしい。ここまでの急展開。聞いてない。

そして混乱の中、クリスティアーネが決定的な一言を口にした。

「疑いがかかっているのだ。貴方が、ジェネシスの仲間ではないか、と」

彼女の冷静な目が俺を貫き、

「そん……な」

――絶望したようなジーク君の声が、辺りに響き渡った。

そして想像を絶する空気の中で、とりあえず俺は思った。

金輪際、二度と、一生、『パーティー』と名が付く行事には参加しないでおこう、と。

◇

「……師よ、まずいです。会議の日程はもう終わりかけています」

大広間から出たノヴァクは、師――エルドに、嘆願していた。

「王国も会議が進まないと日に日に疑いの目が強くなっていて……！　もう会議自体が終わってしまいます!!　これ以上の引き延ばしは――」

が、

「ああ、それなら手を打っておいたから」

エルドがあっさりと言い放った。

「なんですと？」

「1人、よさそうな駒を見つけたの。あんた、ウルトス・ランドールって知ってる？　ジェネシス事件のときに巻き込まれたガキで、無事だったらしいんだけど」

「え、ええ。名前くらいは」

老人は頭の中でその名を思い浮かべた。

ウルトス・ランドール。

特段、優秀でもないランドール家の跡継ぎ。むしろ無能な方と噂されているが……。

「2、3日前から噂を流しておいたの。ウルトス・ランドールはジェネシスの関係者だと」

「は？　まさか、そうだったのですか？」

誰も知らないジェネシスの正体。それを突き止めた⁇

が、エルドから返ってきたのはあきれ果てた声。

「そんなわけないじゃない。あんた、ホント鈍いわね。『駒』って言ったでしょ？」

「……！　つまり！」

「そう。そのガキをダシにしちゃおっかなって思ってね。ジェネシス事件のときに生き残ったガキが、まさかジェネシスの仲間だった、なんて噂が立ったらどう思う？」

「なる……ほど。しかし、それで上手くいくでしょうか？」

「運良く、王国側には中央騎士団のクリスティアーネがいるわ。あの猪武者。中央は、ジェネシスの関係者を血眼になって探しているから、食いつかざるを得ない」

「なるほど、先ほどから王国の中央騎士団が殺気立っていたのは……」

ノヴァクは理解した。その少年を囮にし王国側に混乱をもたらすという手。

嫌な、悪辣な一手だ。

それをこの女性は何のためらいもなく、裏で実行していた。

が、しかし。

「とはいえ、そんな噂話すぐにバレてしまうのでは？　王国もそこまで愚かではないと思いますが……」

「まあ適当な噂でも、時間は稼げるし、あと1日も持たせられれば十分よ」

エルドがどうでもよさそうに答える。

「まさか……！」

「ええ」

少女が凄惨な笑みを浮かべた。

「――あと1日あれば完成するわ。私の魔法が」

「しかし、本当によろしいのですか？　もしやその少年が、仮に本当にジェネシスの仲間だった場合……！」

はあ、と少女はため息をついた。

「救いようのないぼんくらね。だからいつまでたっても第5位階程度のしょぼい魔法しか使えないのよ」

――第5位階程度のしょぼい魔法。

世間一般の魔法使いが聞いたら、笑われるような暴言。どう考えても、冷やかしとしか思えない言葉。

だが、男を小馬鹿にしたように笑う少女は本気だった。

「だいたい、そんなガキがジェネシスの仲間なわけがないでしょう？　私が見る限り、ジェネシスとやらはそれなりにやるわ。おそらく、30代から40代くらいの戦士系統じゃない？」

「なぜ、そうだと？」

「あの【絶影】が傘下に降ったんでしょ。どうせ、ああいう輩（やから）は直接対決して負かされたとかじゃないと動かないんじゃない？　あの【絶影】と直接戦って、なおかつ手懐ける。【絶影】自体もプライドの高い男だから年上とかじゃないかしら。だから、戦士系統かつ30代から40代」

「な、なるほど」

「そんな男が無能なだけのガキを仲間にするわけがないでしょ」

リラックスした様子の少女が椅子に座る。

不吉なまでに赤い双眸が、ノヴァクを捉えた。

「だいたい、仮にジェネシスが釣れたとして――アンタは私が負けるとでも思ってるの⁇」

ピシリ、と部屋の中を重苦しい空気が満たす。

ノヴァクは、己の受け答えが目の前の人物の不興を買ってしまったことを一瞬で理解した。

「魔力を用いた身体強化だの、アーティファクトレベルのどこにでもある魔法なんぞに頼る雑魚が、私に？」

「い、いえ……そんなことは……滅相も‼」

平伏し、祈る。

「まっ、いいわ。あと1日あればすべて終わるしね。ほらほら出て行きなさい」

「……心得ました」

少女の仕草を見て、ノヴァクはすぐにでも部屋から出て行くことを決めた。

そして、部屋を出たノヴァクは息を整えていた。

あれこそが、帝国最強の死霊魔法使い。このときばかりは、ノヴァクは心から安堵していた。

なぜなら、彼女が今から起こそうとしているのは――

仕込みは十分。もはや、誰もエルドを止められる者などいない。

どんな強者もどんな知者も。エルドの魔法の前には、無に帰すのだから。

すでに魔法は最終段階に入りつつあった。

少女は空を見上げた。外には光る満月。

「魔力の供給も十分ね」

にんまりと笑みを浮かべた少女が立ち上がる。

「さて、始めましょうか。究極の魔法、死霊魔法の極地点」

彼女の声がこだまし、

「第8位階死霊魔法――絶対死界」

部屋は、深紅の魔力に包まれた。

9章　『絶対死界(アブソリュート・デス)』

「ええい！　吐け、貴様はジェネシスの一派だろう!!!」

「いやいや違いますって！」

なぜこの世界は、こうも問題が頻発するのか？？？

俺は前世で何か罪を犯してしまったのでしょうか????


パーティー会場で捕まるという前代未聞の事態になった俺は、城の一室に軟禁されていた。

パーティー翌日。もはや日はすっかり落ちている。

部屋の中には、クリスティアーネと俺。

外にも何人かの騎士がいて、部屋は完全に包囲されている。

「では、当日の流れを言ってもらおうか」

「……はい。会場に連れていかれたら――」

かくかくしかじか。

適当に作り話を話す。休憩を挟んで、かれこれもう4、5回は同じ話をしている。

……よかった。こんなこともあろうかと、リエラと散々一問一答を繰り返した甲斐(かい)があり、ついにはクリスティアーネも納得したようだった。

クリスティアーネが眉をひそめ、独り言のようにつぶやく。

「たしかに……発言に矛盾は感じられない……か。しかし、このクリスティアーネは騙されんぞ！」

クリスティアーネさんは確実に俺が悪いと思っているらしい。

なぜなら。

「ランドール家の子息と言えば、散々悪い噂を聞いたことがあるからな」

……そしてゴミを見るような目。

嬉しくて泣きそうだ。クズトスの噂はすでにクリスティアーネの耳に届いており、俺は完全に疑われている、と。

「バカな貴族の息子が敵に寝返っている可能性も十分にある」

「いやいやいや、そんなことするわけないじゃないですか!!　いくらバカでもそんな」

「信用ならん」

が、クリスティアーネが首を振る。

潔癖な彼女からしたら、クズトスの噂は相当我慢ならないものだったらしい。

「どうしても否定する……と。なら、こうするしかないな。証明だ」

「証明……？」

少し嫌な予感がしつつ、聞き返す。

「王都にある、マジックアイテム――『真実の瞳』による証明だ」

――『真実の瞳』。

その言葉を聞いた瞬間、俺は固まった。

なぜならそのアーティファクトはある意味クズトスにとってトラウマだからである。

アーティファクト、『真実の瞳』。それは王国の中央騎士団が所持する最上位のアーティファクトだ。

その効果は、対象者が100％真実を告げてしまうこと。

つまり、超高性能な嘘（うそ）発見器のようなもの。

作中でいくらマヌケで愚かなクズトスとて、さすがに自分の悪事を自分でばらすわけがない。

そんなときに効果を発揮したのがこの『真実の瞳』だ。

哀れなクズトスは、自分の地位に絶対の信頼を置いていたが、このマジックアイテムで自白してしまう。

むしろ、クズトスを失脚させるために作られたんじゃない？　レベルのありがたいアーティファクトなのだ。

……冷や汗が俺の背中を伝った。冷静に状況を整理してみよう。

向かい側にいるクリスティアーネの様子を見る。要するに、さっさとそこまで言うなら真実を証明してみせろ！　ということだろう。

が、俺はジェネシスだ。

この前暴れてしまったジェネシスは俺である。

つまり、このまま王都にノコノコ行くとバレる。正体が。

「……？　どうかしたのか？」

俺の異変を察知したのか、クリスティアーネが眉をひそめる。

が、それを気にならないほどに俺は焦っていた。

選択肢その１：「王都に行ってアーティファクトの検査を受ける」

↓ジェネシスだとバレて死亡。

選択肢その２：「王都に行かずアーティファクトの検査を受けない」

↓疑いは晴れない。というか、むしろもっと疑いの目が強くなる。

待て待て待て……もしかして、結構詰んでないか？？？　これ。

「い、いえ……そのジェネシスというのは、それほど危ない輩なのでしょうか？」

俺は願っていた。

ジェネシスなんていうのは、ちょっとした愉快犯で、王国はそんなに気にしてないはず――

「ああ。第１級の危険人物だ。単に王国に危害を与えるのみならず近くの村では、ジェネシスを祭って英雄視する動きまであるとか。民の離反工作まで仕掛けているらしい」

「……へ、へぇ」

クリスティアーネの方を見るが、彼女の眼は真剣であった。

ヤバい。ジェネシスなんて、適当な格好であの場限りのノリだったのに、とんでもない事態に発展しつつある。

しかも、あのマヌケ（エンリケ）のせいで始まった祭りは、なんと王国から民を離反させるための工作だったらしい。

初耳だ。

俺はこんなにも原作のフォローをしているはずなのに、なぜか王国から高速で嫌われつつある。

「……っ!!」

というか、さらに恐ろしいことに気がついた。そもそも俺はジーク君の前で捕まっている。

ジーク君だってもちろん、こっちを疑うだろう。

どう考えても普通の人間なら王都に行くべきなのに行かない??

……怪しすぎる。

ジーク君に友達認定してもらい、修業に専念させるだけの楽な作戦、『ジャッジメント計画』。

ところが、こっちが今まさに『ジャッジ』されつつある。

「顔色が優れない……図星か？」

「い、い、いえ。違いますって!!　ちょっと確認しても良いですか？」

「む、なんだ」

「僕が疑われているって話ですが、いつごろからある話なのでしょうか？」

震える声で聞き返す。とりあえず情報を集めるしかない。

というか、あまりにも急すぎるだろその噂。

「……そうだな」

難しそうな顔のクリスティアーネ。

少し考えた後に、彼女が言った。

「私もつい昨日、噂を聞いたところだ。そもそも、この年代の少年がこんな会議に来ること自体が怪しい。無理を言って参加を頼んだりな。ジェネシスの仲間として会議の情報を収集しに来たのか……」

ギロリとにらむクリスティアーネ。

……やばい、父上どうしよう。父のあっさい思いつきが、俺の首を絞めまくっている。

しかも、少し引っかかることがあった。

「さらにお伺いしますが……今日の会議ってどうなってます？」

「今日の会議⁇　もちろん、会議は中止だ。ジェネシスの方が重要だからな」

そして、進まない会議。

レインだって「きな臭い」と言っていた。あまりにも王国側に甘すぎる、とも。

そう。冷静に考えると、この会議自体、おかしくないか？？？

原作の時間軸ではありえない、帝国から持ちかけられた会議。

そして本来、エラステアに出るはずのないアンデッド。

さらに関係ないや、とスルーしてしまったローブの人物。


心臓が早鐘を打つ。ものすごい勘違いをしているような感覚。

原作ではなかった会議だったけど呼び出されて、ラッキー？

いや、むしろこれって、ジェネシスに関係しているのでは？？？

ジェネシスで暴れたのが何かしらのトリガーになっている……⁇

まずいまずいまずい。なんだかものすごいまずい気がしてきた。

「す、すみません。ジーク君!!　もしくはレインさんと連絡をさせてください!!!!」

「なっ!!　何だ急に!!」

クリスティアーネが制止してくる。

ただ、まずい。俺の想像、予感が正しければ。


絶対ろくなことには――

そのとき。城が震えた。

「……なっ!!」

誰も動けない。

こちらの腕をつかんだクリスティアーネですら。

そして、魔力が集まってくるのを感じる。

中心点は、今、俺がいる城そのもの。

まずい。俺は知っていた。

強大な魔法であればあるほどに、余波が大きい。こんな地響きが鳴るほどの魔法なんて——

そして——城を強大な魔力が覆った。


目を開ける。

「一体……何が……」

クリスティアーネが言う。

しかし窓の外を見ると、空は一変していた。

「は……？」

呆然とするクリスティアーネ。

歴戦の猛者たるクリスティアーネが絶句するほどの光景。

それはそうだ。

空にあるはずの月が真っ赤に染まっていた。

俺は知っていた。いや、この魔法を、こんな魔法を使えるのは1人しか知らない。

でもそれは、原作開始後のはずだが——

辺りの環境を変化させるほどの高等魔法。

思い当たる名前をぽつりとつぶやく。

「……第8位階、絶対死界（アブソリュート・デス）」

作中でこの魔法を使用した魔法使いは1人しかいない。

アルカナの【女教皇】――エルド・フォン・フォーエンハイム。

帝国最強を謳（うた）われる死霊魔法使い（ネクロマンサー）、である。

辺りに漂う不気味な魔力。

俺は思った……うん。


なんでこうなる??????

◇

「この魔力……一体ここで何が……!」

辺りは騒然としていた。

もはや誰もこっちの尋問のことなど頭から抜けているようである。

たしかにそうだろう。月が赤く染まっている。

が、正しく言えば、違う。

月が赤くなっているのではなく、城を中心にドーム状に魔力が覆っており、それが中にいる俺たちにとって赤く見える。

これが第8位階魔法――『絶対死界（アブソリュート・デス）』。

俺はその効果をよく知っていた。

この魔力に覆われた領域の中では、術者はアンデッドの無制限召喚を可能とする。

本来、死霊魔法には死体や儀式など多くの準備が必要となるのだが、それが一切不要になるのである。

魔法の持続時間は太陽が昇る――つまり、夜明けまで。

この魔法は、満月の夜にしか使用できない。

だから夜明けまで耐え切れれば、この城を覆っている魔力も消え去る。

ただ、そこまで持ちこたえられる可能性はごくごく低いだろう。

元々呼び出されたアンデッドも生者をアンデッド化させるので、何も対策をしなければ、物の少しのうちに街はアンデッドであふれかえることになる。

まさしく、死霊魔法の極地点。

第8位階魔法は『ラスアカ』世界でも屈指の魔法であり、作中ではこう評されていた。

――常人にはたどり着けない領域。条件次第では1人で1都市を落とせる、とも。

域外魔法のように生まれつきレアなのではない。

普通の人間には、第8位階まで極めることが困難だからである。

それができるほどの《圧倒的才能》と、それに裏打ちされた実力の持ち主でなければ。

「……エルド・フォン・フォーエンハイム」

俺は思い当たる名前を小さくつぶやいた。

その術者は、帝国の死霊魔法使い（ネクロマンサー）。

対応するアルカナは、【女教皇】。

『知性』を象徴する怪物。

彼女は一見するとただの可憐（かれん）な美少女だが、その本質は魔法こそがすべて、と考える傲慢な魔法原理主義者で、魔法が使えない人間をなんとも思っていない。

肉体の年齢も10代で固定しており、そのすべてを魔法の研究に捧（ささ）げている。

まさに危険人物・狂気の魔法使いである。

原作では、同じく満月の夜に王国に単身乗り込んできて、死霊魔法の特性と『絶対死界（アブソリュート・デス）』の物量を使って、王都をめちゃくちゃにしたという強者。

実力は、カルラ先生と同格と言っても良いだろう。

そのときは、ジーク君、カルラ先生、イーリスと実力者がそろっていたにもかかわらず、崩壊一歩手前まで主人公たちを追い詰めていた。

かろうじて、その戦いのときには、ジーク君がある特殊な魔法を唱えることにより、なんとかなったのだが……

そして、なぜかそんな危険人物の魔法が顕現してしまっている。

だが、今は誰もいないのである。

ジーク君だって修業を始めていないし、カルラ先生だっていない。

……く、狂ってる。主人公はまだ何も準備整ってないんですけど……。

「何かわからないけど嫌な予感がする……騎士団、一旦中庭の方に出るぞ。事態を把握しなくては」

エラステアは城を中心とした作りになっており、さらに城の中心である中庭には、大聖堂がそびえている。

中心部に行って状況を把握する、という判断だろう。

「一旦、質問は中止だ。ここは私たちに任せてこの場に！」

こうして、呆然とする俺を残してクリスティアーネたちは去ってしまった。

クリスティアーネも強いので大丈夫……と言いたいが、そうとは言い切れない。

ここで重要になってくるのがアンデッドの特性である。

アンデッドは種族的に斬撃無効や打撃無効などの能力を持つ者も多い。

そう。アンデッドは近接武器を使用する人間にとっては、かなり厄介なのである。

もちろん……クリスティアーネなら死にはしないだろうが……。

呆然と待つこと数十分。

扉が開いた。

やってきたのは、安全を確保した王国中央騎士団……ではなく、帝国の兵士だった。

「おやおや、まだ生き残りがいたとはな」

「どうする？　どこかに連れていくか？」

「いや、作戦は始まったばかりだ。そういえば、城には地下牢(ちかろう)があるんだろ？　そこにでも置いておこうぜ」

……泣きたい。

◇

ドサッという音とともに衝撃が走る。

ロープで簀巻き(すま)にされた俺はあえなく、地下の牢屋に入れられていた。

「くっくっく、お前は運が良い。死者の饗宴(きょうえん)を拝めるんだからな」

と、帝国のモブっぽいやつが威勢のいいことを言ってくる。

……っ、辛(つら)い。

何が辛いって、「死者の饗宴」とは俺がジェネシックレコードとか言って適当に抜かしていた話と同じだからである。

……もう二度と余計なことは言わない方が良いな。あまりにもフラグすぎる……。

男たちも去ってしまった。

「もう何が何だが……」

わけがわからない。地下の冷たい石の上で必死に頭を巡らせる。

外はそろそろアンデッドがうようよし始めるころだろう。

そしてジーク君は⁇

彼は生きているのだろうか⁇

というか、なんでこんなことになっているのだか⁇⁇

おかしい。俺のモブ生活が異様な速度で遠のいていく……。

「カッカッカ、よお坊ちゃん」

そして悲しいことに、ここにいるはずのない男——エンリケの声が聞こえてきた。

あんな万年厨二病痛い系おじさん冒険者の声に飢えているはずもないと思うけど、人間追い詰められるとエンリケのような人間でも恋しくなるのだろうか？？？

「なあ坊ちゃん」

妄想にしては嫌にうるせえ。

こっちは集中して対策を練っている最中なんだからいくら妄想でも黙っててほしい。

「外が面白くなってきたな。祭りの匂い——このエンリケの大好物だ」

はいはい、祭りだね祭り。

俺も大好きだよ。ただこんな祭りは、お呼びでないけどな。

「まさか帝国が仕掛けてくるとはなあ。だが、アンタは最初に帝国産の紅茶を飲んでいた。すべては坊ちゃんの読み通りって寸法かい」

しかし、妄想にしてはやけにペラペラ話しかけてくる。

それに弱いくせに口調だけは一丁前なところも完全に似ている。

そしてわけのわからない深読み。

「まったくよお。アンタは本当に面白い星の下に生まれているよなあ」

「は？」

……俺は嫌な予感を覚えた。

顔をそのまま上げて、牢屋の奥の方を見る。

「……うそん」

俺は、開いた口が塞がらなかった。

なぜなら牢屋の奥には俺がよく見知った男――エンリケが座っていたからである。

「さて、この【鬼人】エンリケの力が必要になってきたんじゃあねえか」

坊ちゃん、と男が笑う。

まるで。さも重要人物みたいな口ぶりで。

「え、なんでお前がここにいるの？」

牢屋にエンリケ。

エンリケは、あたかも「ヒーローは遅れてくるもんだぜ」みたいなアホ面をしてるが、俺はエンリケがいることなんか1ミリも知らない。

「なんて言っても、まあ、坊ちゃんに付いていけるのは俺くらいだからな」

とそっぽ向いて頭をかくエンリケ。

「…………キッツ」

意味がわからん。そして、なんて痛々しい男なんだ。

おっさんのデレなんて1ミリも需要がないし、いや別にお前のような雑魚冒険者がいなくともなんとかなるんだが……と思ったが、そこはぐっとこらえ、話を聞く。

「俺を追ってきたのは良いけど、そもそもなんで捕まってるんだ？」

「まあ、門をくぐるときに名乗っちゃまずいなと思ってよ」

「？」

「だって、俺はあの二つ名持ちだぜ？　そりゃ知られているだろうから、ここで名前を名乗るとちょいと面倒なことになると思ってな。まあ坊ちゃんが動き出すときには、拘束なんぞ外せば良いだけの話だし、ここで捕まってたってわけだ」

自慢げに話すエンリケ。

俺は第8位階魔法とは別の意味で寒気が止まらなかった。

……こいつ、自分が有名人か何かだとでも思っているのだろうか⁇

お前の名前を聞いたところで、そんなFラン冒険者の名前を聞いてびびる人間はこの世にいないだろう。

久々に会ったばかりだが、背筋を冷たい汗が伝う。

この自意識過剰っぷり。俺は久々に『ホンモノ』を味わっていた。

これに比べれば、ジーク君の格好なんて可愛いものである。

アレは似合ってるし、個人の趣味の範囲内だ。

しかし。【奇人】エンリケ。

超絶弩級の痛い男。実力はFランクだが、その厨二病っぷりはもはや――

「Sランクというわけか……」

俺のつぶやきを聞き、エンリケがニヤリと笑う。

「そういうこったな」

……なぜか、牢屋が急に冷え込んできた気がした。

さて。アホは置いておいて、今の状況を整理すべきだろう。

とりあえず、リサーチをスタート。

「エンリケ。この状況に何か覚えはあるか？」

「いや、まったくわからん。ただ――」

意味深なエンリケ。俺はほんの少し期待してしまった。

「ッ！　何かわかったのか？」

いくら厨二病とはいえ、エンリケもそれなりに歳を食っている。

少しは役に――

「いや、ここの飯はかなり旨かったぜ。多分、上の連中は会議とやらにかこつけて、連日いい飯を食っていたんだろうな」

……誰かこいつを殴らなかったことを褒めてほしい。

そして、よくわかった。エンリケはマジで使えない、と。

というか、そもそも変な祭りを興して、ムダに王国上層部からにらまれる原因を作ったのはこいつでは？

そうだ。最悪こいつをジェネシスとして突き出すという手も……。

想像してみる。

『真実の瞳』の前に連れ出されるエンリケ。

『カッカカッカ！　俺はあの奇人・エンリケだぁ!!　ああ??　ジェネシスの正体??　坊ちゃんだぜ!!』

……ダメだ。全然ごまかせる気がしない。馬鹿のせいで余計、話がややこしくなりそうだ。

無能な味方は敵より厄介、とはよく言ったものである。

と、そのとき。

「ああ、なんだ？」

外で魔力の高まりを感じた。

同時にエンリケと寝転がったままの俺も反応する。

……誰だ？　誰かが助けに来てくれた⁇

いや、それはない。

どう考えても、俺たちに味方はいない。今のところ帝国も敵。さらに自慢じゃないが、本来味方であるはずの王国の中央騎士団からも絶賛疑われている最中だ。

ジーク君とレインも味方と言えば味方だが、ここの場所を知っているはずが――

そして、次の瞬間。


『電撃の双槍（サンダーランス・ツヴァイ）』

大きな衝撃が牢を襲った。牢の中に爆音が鳴り響き、煙が立ちこめる。

「えっほ。ったく誰だよ!!!」

エンリケが吠（ほ）える。

煙さを我慢して顔を上げると、牢の壁には大穴が開いていた。

そして、２人の人物の影。

「ウルトス様！　ご無事ですか」

そのうちの１人――リエラがこちらに駆け寄ってくる。

　しかし、俺の目はもう1人の人物に釘付けだった。

「……まったく。噂に聞いていたが、本当に品性のない男だねえ。下がって良いぞ」

甲冑の鎧の男の後ろから、この場に似つかわしくないほど、上品な——というか鼻につく声が聞こえてきた。

　ハンカチで手を拭きながら現れたその男。

　一見爽やかな風貌。

　だが、その笑みはどこか人を食ったようなものであり、つまり、表現するなら死ぬほどいけ好かない笑みだった。

　おかしい。なぜこいつがここにいる⁇

　俺は頬をぴくつかせながら、その男に呼びかけた。

「なんで、ここいやがるんですかねぇ……？」

　なぜなら、その人物がここにいるはずがないからだ。

「なぜ、ここにいるか⁇　いやですねえ」

　俺の目の前に立つ男は、俺の冷たい目線を受け流し、にっこりと笑った。

「主の危機に馳せ参じる。臣下として当たり前、至極当然のことではないですか」

　仰々しく礼をする、いかにもうさんくさい男。

　二度と会うはずのない人物に向けて、俺は告げた。

「おひさですね。市長……いや、グレゴリオ」

そして、同時にあまりにもタイミング良く現れた旧敵を見て、俺は確信した。

——こいつ、何か知っていやがるな、と。

10章　ジェネシスの再来

あまり嬉しくもない再会を果たした俺は、城の外へと脱出していた。

地下の牢屋を抜け、そのまた地下を通っていく。

「それにしてもこんな裏道があるとはね……」

「ま、歴史ある城というのは案外、抜け道があるものなのですよ」

なんと城の地下からは外へと出られるらしく、グレゴリオはしれっと逃げ道を把握をしていたらしい。

「まあ世の中何があるか、わからないですからねえ。私のような小市民はこうやって安全を確保するしかないのですよ」

よく言うよ。俺は隣でペラペラ話す男を微妙な表情で眺めていた。

この男が『ラスアカ』でしてきたことを考えれば、一体どこが「小市民」なのか？

小一時間ほど問い詰めたいものである。

「よっしゃ、あの牢屋ともおさらばだな。やっと暴れられそうだぜ！」

城の外壁辺りでは、アンデッドもうろうろしていたが、痛いセリフを吐きながら元気に剣を振るうエンリケにあっけなく倒され。

——というわけで、一旦俺はホテルへと避難をしていた。

グレゴリオが宿泊しているホテルは城から少し離れたところにあり、元いた方向を見ると、城が深紅の魔力のドームで覆われているのが見えた。

居心地の良い部屋の中は、外の喧噪(けんそう)など関係ないかのように落ち着いている。

「ささ、どうぞどうぞ」

グレゴリオに促され、俺たちは渋々と座ることになった。

「表は固めてありますので問題はありません」

俺はいけしゃあしゃあと椅子に座っている男を眺めた。

——【月】のグレゴリオ。ろくでもない狂人。

自分が楽しめればそれでいいとする生粋の快楽主義者。

こいつは原作でどれだけ緊急事態になろうとも、ヘラヘラ笑って主人公を裏切ったり他勢力に加担したり、と自分にとって都合の良い行動を繰り返していた。

所業だけ見れば立派な悪役なのだが、グレゴリオは見た目だけはいいので、最後らへんは許された風を装ってしれっと「最初から主人公の仲間でしたよ」みたいな顔をして無事ハッピーエンドを迎えていた。

……さすが18禁ゲー。節操がない。

顔の良さは生存率に直結するのだろうか。

これじゃあブサイクの上に、惨めに死んでいったクズトスがバカみたいじゃないか。

つまり、このグレゴリオは、『ラスアカ』世界で関わり合いたくないランキングがあったら、確実に上位には入ってくるクズである。

「……グレゴリオ」

「はい、なんでしょうか？？？」

俺は表面上、態度と返事だけはいい男に向けて問いかけた。

「そもそも、帝国がなんでこんなことをし始めたかが、知りたいんだけど……わかるかな⁇」

額に青筋を浮かべながら。

「フフッ、さすがは我が主。そうですね、実は——」

◇

衝撃の事実発覚である。

俺を頬を引きつらせていた。緊急事態なのはわかっている。わかっているが。

「……この野郎」

目の前でにこやかな表情をする男を見つめる。

まずグレゴリオは帝国と元々パイプがあったらしい。

……まあ、それはいいとしよう。

グレゴリオはこのまま放っておけば、将来的に闇ギルドのトップとして王国内で力を蓄える危険な野望に満ちた男。

帝国側としても、接触する価値はあるのだろう。

が、しかし。

「で、グ、グレゴリオ君は会議中、帝国側の企み(たくら)に気がついていたのに、放置していたんだね？？？」

「ええ、ジェネシス。帝国からの接触もありましたが、あなたの対帝国用の計画を邪魔するわけにはいきませんからね」

もうダメだ。本格的に泣きたくなってきた。

対帝国用の計画⁉⁉　そんなの1つもないよ。

俺が進めているのは、原作主人公に媚(こ)びを売る計画であって、大国と戦うことなんてまったく想定していない。

「ち、ちなみに、帝国の人間と接触したときって何か言った？」

俺は徐々に嫌な予感が高まっていくのを感じながら、グレゴリオに問いかけた。

グレゴリオは面だけは良い二枚舌のクソ野郎である。そして生粋の煽(あお)り屋。

そんな男が帝国相手に、どこまで言ってくれたのか。

「ああ、やはり我が主はお見通しだったのですね……。実は『傘下に入れ』と言われたので、本当の強者を知らない哀れな子羊に、多少の分別を教えてあげようかと思い——ほんの少しだけ、からかいました」

「具体的に」

「我々が帝国の傘下に降るよりも先にそちらがやるべきことがあるだろう、と言いました。例えば、皇帝自らジェネシスの下に馳せ参じて、その足下で頭を垂れ、ジェネシスの偉大さを理解し得ない己の浅慮を恥じ、ジェネシスの足に忠誠の口づけをしながら帝国のすべてを献上する方が先ではないか、とか」

「……この部屋に頭痛薬とかある？」

ものすごく、ものすごく楽しそうな笑みを浮かべて、グレゴリオが言う。

一方、こっちはパニック状態だった。

こ　い　つ　は　バ　カ　か⁇

ムダに豊富な語彙力から放たれた最低の交渉。

なぜ国単位で揉めている相手に、このバカ（グレゴリオ）はジェネシスの名前を出した……？

「カッカッカッカ！　なんだ、お前も結構面白いな！　やるじゃねえか。気に入ったぜ！」

やんやともう1人のバカ（エンリケ）がはやし立てる。

グレゴリオもグレゴリオで、「ふっ、そうでもありませんよ」と満足げな返事。

アットホームな雰囲気で、部屋の中の空気はだいぶ温まっていた。

が、おかしい。明らかに想定通りじゃない。

ジェネシスとは、仮面の謎の男。

単に一時的な隠れ蓑(かくれみの)として、リヨンのイベントでカッコよく現れ何事もなかったかのように去っていくだけの人物。

その予定だったはずのジェネシスは今ものすごいスピードで敵を作りまくっていた。

しかも、全方位で。

おかしい。こいつ、裏で好き勝手やりすぎだろ……。

しかし、グレゴリオはこの状況が楽しくてしょうがないらしく、美形な顔をゆがませてニヤニヤ笑っている。

「――で、どうされますか？　ジェネシスよ」

「え？」

混乱。今さっき真実をやっと知ったばかりの俺に対し、グレゴリオが尋ねてくる。

「ジェネシス！　貴方(あなた)はお1人で迷い出たアンデッドを倒していた。すなわち――今回、帝国の裏に死霊魔法使い(ネクロマンサー)がいるということにも、すでに気がついていたのでしょう？」

そう言ったグレゴリオが手を広げ、期待に満ちた眼(め)を向けてくる。

「まあ、挙げ句の果てには、帝国がまさかジェネシスご本人に、ジェネシスの仲間疑惑などというくだらない疑いをかけたときにはさすがに笑いましたけどね。そう言われると王国も動かざるを得ないのでしょうが……クク、ジェネシスご本人に、そんなくだらないことを……」

楽しそうに笑うグレゴリオの声を聞きながら、俺は嫌な予感が止まらなかった。

「さすがはジェネシス。その知略はリヨンのときとまったく変わっていませんな――で」

何かを期待するような視線のグレゴリオ。

そして邪悪な男の口元が、にんまりと弧を描いた。

「これから、一体どうされるので？」

なるほど。グレゴリオ――は俺がリッチを倒した時点で、こっちも帝国の仕掛けに気がついていると思っていたらしい。

……もちろん、俺には何の考えもない。

ありがたいことに、帝国の策略なんてものは5分前に聞いたばかりだ。

が、そのとき。

「おいおい、新入り。坊ちゃんが考えてねえわけねえだろ。あまり、ジェネシスをなめるなよ」

「は？」

あまりの混乱に、こっちが神妙な顔で黙っていると、追い打ちを掛けるかのようにアホな男の声が入ってきた。

エンリケ。なぜこいつは訳知り顔で腕を組んで、うなずいているのだろうか⁇⁇

そんな俺の疑問をよそに、ペラペラとエンリケが語り出す。

「だいたい、ああいう大規模な魔法ってのは下準備がいるんだよ。上位の魔法ともなれば、な。

それをあえて、坊ちゃんは止めなかった。わかるか？　つまり、坊ちゃん、いやジェネシスは、この状況もすべて織り込み済みだってことだ」

「ふむ、なるほどねえ……さすがは歴戦のＳ級冒険者、ということか。いやいや君も案外するどいな」

そしてなぜか、そんなエンリケに感心するグレゴリオ。

……何を言われたが知らないが騙されているぞ。そいつはＦランクだ。

もう余計なことを言わないでくれと思うが、エンリケのわかっているムーブは止まらない。

「ったく。そもそもよお」

エンリケが席を立つ。チッチッチと指を振りながら。

……もうダメだ、否定の動作すら痛々しい。

そのデスゲーム主催者みたいな動きをやめろ。

「ジェネシスの仲間として疑われた時点で、坊ちゃんは王国の中央騎士団から目を付けられているんだよ。この疑惑をかけられたままだと、ランドール家の子息って地位すら危ういかもしれねえ。そんな状況で、あの坊ちゃんが何も考えてねえわけねえ」

そしてムダに的確に状況を把握しているのが、これまたムカつく。

なんだこいつ。

「さあ聞かせてくれよ。坊ちゃん、アンタの策をな」

ニヤリと笑うエンリケ。

この馬鹿……!!　厨二病のくせに、余計なことばかり……!!

こっちに急に……！　会話の……!!　ボールを投げるな!!

「……たしかに、エンリケの言う通りだな」

こいつ、マジでいつ解雇しようかなと考えつつ、返事をする。

エンリケの怖いほどの冴え。

しかも、さらにハードルを上げてくれるというナイスアシスト付き。

……とはいえ、実際、エンリケの言う通りだった。

俺の抱えている問題はなんと嬉しいことに２つもある。
１．動き出してしまった帝国最強の死霊魔法使い・エルドへの対処
２．ジークくん、そして王国側に俺ウルトス・ランドールはジェネシスとは無関係だと信じてもらわなければならない
「…………」

部屋を気まずい沈黙が満たす。

これ。控えめに言って、詰んでないか？？？

『ラスアカ』は18禁ゲー。18禁ゲーというのは、女の子が可愛いだけではない。

場合によっては鬱ルートもグロルートもあり。

普通に原作主人公だって死ぬ可能性がある。それくらい難易度が高いという修羅の世界なの

である。

そして基本的に『ラスアカ』では、魔法使いを相手にするときは魔法を発動する前に攻めまくって魔法を潰す、という動きがセオリーとされている。

ところが、今回は逆も逆。敵の最強魔法がすでに発動しているのである。

そもそものエルドだって、とんでもなく強い。

帝国最強の死霊魔法使い(ネクロマンサー)の名は見せかけではない。

『ラスアカ』の作中では何人もの魔法使いが登場するが、その中でもエルドの出した被害はトップクラスである。

原作開始後のジーク君が信頼できる仲間たちとともに必死に倒した相手。

そんな相手の領域内に俺たちはいる。

しかし今のところ、俺の周りにいるのは面だけはいいが信用性皆無の男――グレゴリオと、自分をSランクの戦士か何かだと勘違いしている冒険者ギルド公認の変人――エンリケだ。

リエラは信頼できるが、戦いを任せるわけにもいかない。

……お、終わってる。

「どうした、坊ちゃん」

「ちょっと考え事を……」

あまりにもひどいラインナップに、呆然(ぼうぜん)としながら立ち上がり、フラフラと窓の方に行く。

夜空には月。

死ぬほど美しい光景だが、その間にも、後ろから地獄のような会話が聞こえてくる。

「だいたい、そういうお前には策あるのかよ」

「もちろん、ありますとも」

聞き耳を立てる。

グレゴリオには策があるらしい。

グレゴリオは頭脳明晰な悪役。たしかにこいつの意見が使えれば――

「そうですね。そもそも今は、城から出てきたアンデッドを必死に中央騎士団やレインが押しとどめている最中です。だからこうしましょう」

パンッと楽しそうに手を叩くグレゴリオ。

「――彼ら全員には囮として頑張っていただきつつ、ここを脱出しようじゃありませんか」

は？？？？？？？？？

耳を疑う。今、後ろから最悪の作戦が聞こえた気がした。

「ああん？」

グレゴリオの発言を聞き、すかさずエンリケも唸る。

「それで、どう解決になるんだよ。だいたい脱出できたとしても、後からジェネシス疑惑が持ち上がったら、結果、坊ちゃんが疑われるし意味がないだろうが」

エンリケのまともなツッコミ。

……どうしよう。グレゴリオが危険人物すぎて、エンリケの好感度がぐんぐん上昇している。

お前、いいやつだったんだなエンリケ。

「いえいえ、簡単ですとも。死を偽装すれば良いのです！」

が、グレゴリオの弁舌は止まらない。

「適当に背丈の似たようなアンデッドを持ってきて、我が主の服を着させましょう。あ、もちろん顔面も後から照合されないように念入りに潰しておきましょうか。こうすれば簡単に死を偽装できます。つまり、ウルトス・ランドール少年は哀れにも、この街でアンデッドになり、命を落としてしまったということで……。これでとりあえず、王国の捜査は打ち切られるでしょう。そもそもの本人が不幸にもアンデッドになってしまったのですから」

後ろから、ハンカチで鼻をすするような音が聞こえた。

グレゴリオだろう。

ただ、絶対に確信できる。これは嘘泣きである。

「……それから坊ちゃんはどうするんだよ？」

「決まっているじゃないですか!! 死を偽装し、晴れてすべてから解き放たれたジェネシスは、裏社会の帝王として君臨するのです!!! ひとまず、表社会から姿をくらまし、王国と帝国が争っている間に裏で勢力を拡大させる。クックック……まさしく、混乱の時代。力こそすべての混沌の始まりです!!」

恍惚とした表情のグレゴリオが、テンションマックスで演説をし終える。

「恐らくあの強大な魔法は、ジェネシスであっても手強いでしょう。であれば、今回はこれが最上の策かと」


夜空の月を見ながら、後ろから聞こえた話を整理する。

つまり、グレゴリオの策はこうらしい。

原作主人公ほか、重要人物たちを見殺しにして俺が今から急いで脱出。

もはや疑惑を掛けられてしまったウルトス・ランドールの存在自体を抹消して、裏社会で心機一転頑張るぞ！　と。

後ろからは、「ほぅ、そういう手もあんのか」とか「まさか、ウルトス様がそんなことになるとは！」という声が聞こえてきた。

……いやいやいやいやいや、待て待て待て待て待て待て。

この街にいるのは、ジーク君にしろ、レインにしろ、クリスティアーネにしろ後に本編で活躍する重要な人物ばかり。

それを見殺し⁇⁇　なるほどたしかに完璧な作戦だ。

原作崩壊待ったなし、という最高の欠点を除けば。

というか、裏社会の帝王……⁇

おかしい、原作でグレゴリオがなるはずだった役を押しつけられている。

しかも、「帝国と王国が争っている最中に漁夫の利を得て、裏社会で名を残す？？？」

……俺の信条たる「クズレス・オブリージュ」は遥か遠くに行ってしまったようである。

やることが巨悪のそれだ。悪事のスケールがでかすぎる。

もはやモブキャラ、というかクズ悪役を超えて、もう物語の黒幕とかそういうレベルである。

どうしよう。泣きたい。ありえない。終わっている。

違う違う違う違う。俺の思い描いていた世界と全然違う。

なぜ、原作主人公を前向きにさせるためだけの旅行が、余裕なはずの計画が、こんな原作主人公の命と、俺の貴族生命を天秤(てんびん)にかけた事態に発展しているのか⁇⁇

しかし、嘆いている余裕もなく、

「で、どうすんだ坊ちゃん！」

「ウルトス様！」

「主よ、ご決断を‼」

三者三様に俺を呼ぶ声が聞こえた。


いや落ち着け落ち着け。

考えろ俺‼

エルドの魔法はもう発動している。アンデッドも、もうすぐ街にあふれ出してしまう。

俺に使えるのは【空間】の域外魔法と、【変装(ディスガイズ)】の補助魔法。

ジーク君はあの指輪だけだと遅かれ早かれ、負けてしまうだろう。

グレゴリオの策は生き残れるかもしれないが、ジーク君が死んでしまう。

ジーク君たちを救いつつ、俺の疑惑を晴らせるような何かが必要だ。

何か、状況を打破できるような何か!!

何か何か何か何か何かぁぁぁぁぁぁぁぁぁぁ!!　来い。

いやああ！！！！！！！！！！！！！

「……ッ!!!」

あまりのストレスからか、普段抑えていた魔力が外に漏れ出る。

絶体絶命の状況。

——が。

「……あれ」

そんなとき。

ふと頭をよぎったのは、根本的な疑問だった。

……そういえば。

なぜ、エルドに召喚されたであろう、あのリッチはあんなに弱かったのか。

そして、この魔法——『絶対死界（アブソリュート・デス）』を原作のジーク君はどうやって破ったんだっけ。

ドクン、と心臓が跳ねる。

何か、糸口が見つかりそうな感覚。

そして、グレゴリオの「偽装」という作戦。

……いや、ひょっとしてこのアイデア。使えるんじゃないか⁉

「まさか……」

――すべてが、頭の中でつながってゆく。

いや待てよ。

できる。この方法であれば、この街を救い、ついでに俺の無実も証明できるかもしれない。

見つけ出したのは細い細い、一本の糸。

あまりにも頼りないが、もし仮に、この考えが、この作戦が成功したとしたら。

「……ハハッ」

絶望的な状況に、思わず笑い声が漏れてしまう。

たしかに、イチかバチかである。

だが、やるしかない。

なぜなら、俺は――

「――グレゴリオ。悪いが、その計画はなしだ」

俺は、そう言いながら後ろを振り返った。

部屋の中を見る。

俺の真後ろには月が輝いており、床を見ると月の光が俺の影を際立たせているのが見えた。

「なっ⁉　ですが、これ以外に方法は——」

驚愕するグレゴリオ。

そんなグレゴリオに向けて、俺は笑みを浮かべた。

……ハッハッハ。

というか、もう破れかぶれでヘラヘラしているだけだが、こうするしかない。

ここまで追い込まれた状況。ここに来て選択肢はない。

「……一体、何をなさるつもりで？」

グレゴリオが言葉に詰まる。

満面の笑みを浮かべるこちらを見て、ここへ来て初めてグレゴリオの眼に焦りが浮かんだ。

周囲を見渡す。

「リエラ。例の仮面はあるかな？」

「ええ、ウルトス様。実は、こんなこともあろうかと」

リエラが差し出したのは、例の仮面——ジェネシスの仮面。

もはや使うことはないと思っていたそれを、顔に付ける。

視界が覆われる、懐かしい感覚。

「何をするか……そんなの、決まっているだろう？　グレゴリオ」

手を大きく広げ、グレゴリオに告げる。

「もはや茶番は終わりだ。こんな面白い事態に、逃げるなんてのはつまらない、よな？」

「は？」

「ここからは――もはや王国も帝国も、貴族も騎士団も、魔法使いも英雄も関係ない」

静寂が、青白い月の光が、部屋を満たす。

「目の前に立ち塞がるものは、すべて、叩き潰すまで」

そう。俺は絶対に生き残ってみせる。

あらゆるクズ行為を滅ぼし、安心安全なモブとしてこの世界を生きる。

それこそが目指すべき、正しい世界。

――だからこその、クズレス・オブリージュ。

「さて」

俺は口をあんぐりと開けるグレゴリオに向かって、穏やかに、あくまでも普段通りに嗤った。

そう。つまり、ここからは。

「――狩りの始まりだ」

エルドの暴走を止めた上で、俺への疑惑を消滅させる。

始めようじゃないか。

どう考えても、ギリギリの賭けを。

◇

「主よ、ご決断を!!」

(――完璧だ)

意気揚々と、グレゴリオは口にした。

己の策は必ずや受け入れられるであろう、と信じて。

考えてみれば、ここまで長かった。

この街において、常にグレゴリオはウルトスを支えようとしてきた。

嫌がる王国側の会議参加者を宥めすかし、会議にウルトスを招待したり(なぜか主は来なかったが)、夜のパーティーに主を呼んで接触しようとしたり(なぜか主とはパーティーで会えなかったが)。

しかし、それも今夜まで。突如として放たれた帝国側の一手。

グレゴリオとて、帝国がこのような直接的な手段に訴えるなどとは思っていなかった。

が、グレゴリオは、外を眺めるウルトスの後ろで、笑みを隠しきれなかった。

王国中央騎士団やレインは、アンデッドを抑えるのに必死。

しかし、精強を誇る彼らとて限界はある。

つまり、その均衡はすぐにでも打ち破られるだろう。

そうなる前に、騎士団および邪魔者を犠牲にして、逃走。

（……これぞ、最上の一手……！）

そうして、グレゴリオが己の勝利を確信した瞬間——

「……ッ！」

ふと、部屋の中を突き刺すような魔力が襲った。

「……ッ!!」

反射的に、身体が強張る。

グレゴリオは魔法使いや戦士ではない。こと戦闘力に関しては、一般人並だ。

だが、そのグレゴリオですら、目の前のウルトスから放たれる魔力の異質さを敏感に感じ取っていた。

——魔力の質。外に漂うアンデッドの薄気味悪い魔力ではない。

もっと別の魔力。もっと凶暴な何か。

ただ、大きいだけではない。ただ、荒れ狂うだけの魔力でもない。

だがしかし、なぜこんなにも寒気を感じるのか。

そう。例えるなら、まるで一太刀の刃を喉元に突き付けられたような。

——それはまさしく極限まで研ぎ澄まされた、戦士の魔力。

「……カッカッカ」

横にいたエンリケが笑みを見せる。

「いや、あの魔力を見ればわかるぜ。坊ちゃんめ、やっと本格的に動き出すつもりだな」

「は？」

「まあ、見てな。ああなった坊ちゃんは——誰にも止められねえ」

その言葉に呼応するように、ウルトスが振り返る。

「——グレゴリオ。悪いが、その計画はなしだ」

月光を、月明かりを背にしたウルトスは、普段通りの笑みを浮かべながら、こう告げた。

グレゴリオは、もはや固まっていた。


いつも通りのウルトスの笑み。

おそらく、普段は意図的に魔力を隠していたのであろう。

本来の魔力を纏ったウルトスは穏やかにその場に立っている。

が、

「——狩りの始まりだ」

「一体、何を……！」

グレゴリオは震える声で、問いかけた。

この街はアンデッドが猛威を振るいつつある。その中で逃げるでもなく、逆に『狩る』？

理解ができない。一体、このお方は何をしようとしているのか。

「いや、エルドを止めようかなって。それと、みんなにやってもらいたいことがあってね」

「――は？」

さらっと聞かされたグレゴリオは、うめき声を上げた。

今から詠唱者自体を止めに行く？？？

正気じゃない。自殺志願もいいところだ。

「本気で、仰(おっしゃ)っているのですか……？」

動揺をこらえ、目の前のウルトスを見る。

普段通りの笑み。普段通りの表情。

が、しかし。どう考えても、狂っている。まごうことなく、狂っている。

ジェネシスはこの危機的状況を楽しんでいる。

しかし、そんなイカれた発言をしたはずの張本人は、この場で誰よりもにこやかだった。

そしてこのとき、グレゴリオは理解した。

――ダメだ。スケールが違う。

この状況。普通に逃げ出せば、それはたしかに生存率が高いのだろう。

だが、ジェネシスは本気で死霊魔法使(ネクロマンサー)いを止めに行くらしい。

「本当に、やるおつもりで？」

「そうだな。まあ、でもこうでもしないと色々まずいし」

はっはっはっ、と。ウルトスの軽い笑い声が聞こえる。

まるで散歩に行くかのような気楽な口調で、とんでもないことを言い出した男を、グレゴリオは呆然と眺めていた。

◇

「じゃあ、手はず通り頼む。こっちは先に行ってるから」

そう言い残し、ジェネシスは窓から去っていった。

リエラ、と名乗るメイドも準備をしに出ていく。

残された室内。グレゴリオはもう1人の男に声をかけた。

「時に【鬼人】君」

「あぁ、何だよ？」

「元Sランク冒険者から見て、この状況はどうだい？」

エンリケ。グレゴリオもその名は聞いていた。

誰にもなびかず、己の闘争本能のままに暴れる、孤高の男。

――『鬼人』、『戦鬼』、『暴君』。

その二つ名は数知れず。あまりの強さゆえに冒険者ギルドですら扱いきれなかった、元Sランク冒険者にして、『人の領域を超えし者』。

こうして横にいても、その強さは伝わる。

「まっ、状況としては最悪の一言だな」

そんなエンリケが首を鳴らす。

「坊ちゃんは『第8位階魔法』とか言ったが……どう考えてもまともなやつだったら撤退一択だ。まったく……いい貧乏くじだぜ」

「第8位階魔法とはそれほどのものなのかい？　あいにく魔法には疎くてね」

「ふん、机の上で悪巧みばっかしてるからそうなるんだよ。色男」

が、そう言い放ったエンリケがニヤリと笑う。

「正直、ヤベえなんてもんじゃねえぞ。無制限にアンデッドが生み出される、だぁ？　俺ですら、お目にかかったことはねえ。まず物量が違うからな。おちおちしてたら、この街のやつらごと全員アンデッドになってお陀仏さ」

「ふむ。私たちも、十分危機的状況……というわけか」

「ま、高等位階魔法なんて面倒くせえから、俺だったら間違いなく詠唱完了前に術者を殺している……が。まあ、逆を言えば、またとない機会だ。だいたい高位の位階魔法の発動まで見て生き残っているやつはレアだからな。坊ちゃんの言葉を借りれば、『こんな楽しい状況はない』ってことだ」

カッカッカ、と楽しげな様子で笑う【鬼人】を、グレゴリオはあきれながら見つめた。

なるほど。かなり自分たちは追い込まれた状況にあるらしい。

「……まったく。本当にイカれているよ、君たちは。絶対に逃げた方が楽だというのに」

「お互い様だろうが。てめえも、計画を聞いた瞬間からニヤついていたくせによ」

「フン……まあね」

それほど、衝撃的だった。

「──まったく。後方支援はすべてこちらに任せて、たった1人で敵に挑む、なんて」

──今まで何をしていても退屈だった。

だからこそ、グレゴリオはギルドを作った。他でもない自分のために。

ただ、それでも「楽しい」という感情が、芽生えなかった。

市長となり、権力も手に入れた。

闇ギルドを陰から動かし、勢力も盤石になった。


それでも、心の渇きは一向に癒えなかった。

だが、この状況はどうだろう？

グレゴリオは、喜悦を抑えきれなかった。

人の領域を超えしSランク冒険者ですら、危険を感じる状況。

城では、敵国の魔法使いによって伝説級の魔法が発動し、外は今にもアンデッドであふれそうになっている。

そんな状況でグレゴリオのような凡人は、逃げることしか考えていなかった。

だが、ジェネシスは言った。

――これは狩りだ、と。

つまり、自身に歯向かうものは、王国だろうが帝国だろうが、構わず叩き潰す、ということ。

これこそが、覇道。そして、自分の命すら危険な状況で、あれほど平然としていられる人間をグレゴリオはこれまで見たことがなかった。

まるでこの絶望的な戦力差で勝てるつもりでいるかのように不敵な笑みを浮かべてみせるあの仮面の男に正気があるなど、一体誰が言えるというのか。

グレゴリオのような、生半可な甘い狂いっぷりではない。

まさしく、真正の怪物。時代の傑物。

「本当に……よかった」

グレゴリオは思わずつぶやいていた。

痺れるほどの感覚。ゾクゾクする。この高揚感。

――最高だ。

きっとこんな感覚を、こんな状況をずっと自分は心待ちにしていたのだ。

「さあて、こっちも始めるか。せいぜい派手に盛り上げるとしようぜ、市長サマ」

武器を取ったエンリケがこちらに呼びかける。

「こう見えて、ここ最近は地下牢暮らしだったからな。アンデッド相手も悪くねえ。運動不足解消といこうか」

「フン……よく言うよ。さっさと助けてほしいと頼めばいいものを」

だが。そんな男に呼応するかのように。

グレゴリオも薄く嗤った。

「ホント——最高ですよ……我が主……!!」

普段の爽やかな表情をかなぐり捨てて。

11章　動き出す者たち

——エラステア、市内。

レイン、そして王国の騎士団は突如として出現したアンデッドの対処に追われていた。

「くっ」

城からは際限なく、アンデッド系統の魔物が湧き出てくる。

「防御を固めろ！　絶対にここで食い止める!!」

大声で周りに叫ぶ。事態は深刻だった。

ゾンビ、スケルトンなどの低級のアンデッドはまだいいが、徐々に城を中心として嫌な魔力が高まっている。

これから『首のなき大騎士』デュラハン、『死の魔法使い』リッチなどの、より上位のアンデッドが出現する可能性もある。

そんなのが街に出て、人を襲うことになれば——

そもそもエラステアは外交の要所として選ばれただけであって、王都のように普段から戦力が集中しているわけでもない。

周囲を見渡す。レインの周りには部下の騎士たち。少し離れたところには、クリスティアーネたち中央騎士団の姿も見えた。

止まらぬアンデッドの群れ。

いくら英雄と呼ばれ、1人の戦士としては圧倒的な戦力を有するとしても、決して疲れを知らない不死の魔物というアンデッドの特性は、十分脅威となる。

「くっ……!!」

許したのは少しの隙。

レインが一瞬気を取られた合間を縫って、アンデッドが間を抜ける。

――すり抜けたアンデッドの向かう先には、娘のジークレイン。

刹那。レインは、まずいと感じた。

ただでさえ、娘もこの騒ぎで疲弊している。

元々ジークレインは真っ直ぐだが、父親であるレインに憧れすぎたせいか、どこか折れやすい部分もあった。

しかも、さらに状況が悪いことに、この旅で娘と仲良くなったはずの少年・ウルトスは城の中で消息を絶ったまま。

「ジーク……!　逃げなさい!!!!」

最悪だ。もはや娘の心は折れているかもしれない。

レインは大声で叫んだが――

◇

——次の瞬間。

斬撃。ジークの持つ剣から放たれた斬撃は、正確にアンデッドの足を両断していた。

続けざまに、頭部を吹き飛ばす。

「……ジーク？」

呆気にとられたような父の顔。


たしかに、絶望的な状況だった。

聞けば、ウルトスは行方不明。

中央騎士団に囚われたウルトスは城の中で、消息がわからなくなってしまったらしい。

ジークは思う。きっと、前までの自分であればとうに諦めていただろう。

ただ単に英雄に、父に憧れていたころの自分だったら、とうに諦めていたはずだ。

が、

「大丈夫だよ、お父さん。ウルトスは生きてるから」

ジークだって、息も絶え絶えだ。

父の顔色も優れない。

思ったよりも皆、疲弊しているのだろう。

終わらないアンデッドの群れ。

精神が削られ、疲労により身体中が細かく痙攣し、手足の感覚が死に引きずられるように失せていく。

でも。眼を閉じる。

すると、すぐに思い浮かんだのは、ジークが憧れた人の姿だった。

――『でも、ジーク君が助かったんだから良かったよ』

これよりも危険な状況で、それでも他人のために立ち向かった人をジークは知っている。

少しふらつきながら、そこを見れば銀色の指輪がたしかに輝いていた。

ともすれば呑み込まれそうな意識の中、ジークの眼に入ったのは左手の薬指。

「……そう、だよね」

――『だって、僕にとって大切な人だから』

自分をそこまで信頼してくれた相手。

ずっと素直になれなかった。ずっと嫌な態度ばかり取っていた。

でも、そんな人間のために、あの強大なリッチに立ち向かったウルトスの姿は、ジークの脳裏に今もなお鮮明に焼き付いている。

だからこそ思う。こんな状況。絶体絶命の状況でも。

きっと。

「――ウルトスは、絶対にあきらめていないから」

それは信頼だった。友達への。いや、あこがれた、大好きな相手への信頼。

ジークの眼が輝く。

腹に熱が灯る。力が湧き拡がり、消えかけていた手足の感覚が戻ってくる。

――大丈夫。

だって、あの人は。どんなときでも。

「ウルトスは決してあきらめなかったから……！」

だからこそ、負けられない。

深呼吸をし、ジークは再び精神を集中させる。

いつ終わるとも知れぬアンデッドの群れを見ながら、ジークは不敵な笑みを浮かべた。

「まだまだいけるよね、お父さん」


「――なるほど、よく言った。レインの娘」

後ろから声が聞こえ、アンデッドがなぎ倒される。

「ウルトス殿の件はすまなかった。私の責任だ。必ずや彼を助けよう」

ジークが見ると、クリスティアーネはボロボロで、肌も見えている箇所がある。

「クリスティアーネさん！　大丈夫ですか？」

「あぁ。何ということはない。この痛み、たまらないぞ……！」

……ん？

よくよく見ると、クリスティアーネの息が上がっているのだが、ほんの少し楽しげなような。

「……クリスティアーネさん？」

「な、なんでもない!! くっ、これは武者震いだ!!」

「そ、そうですか……」

戦いのさなか。レインは思わず顔がほころぶのを抑えきれなかった。

苦笑。

「まさか、この年になって娘に活を入れられるとはね」

（本当に……強くなった）

かつて、レインに憧れていたジークレインは、魔力がないということもあって、どこか表面的な強さを追い求めているように見えた。

だが、もはや違う。なんだ、とレインは笑った。

誰かを救いたいという思い。決して折れることなく真っ直ぐに進むその姿。

「なんだ。もう、立派な英雄じゃないか」

レインは周囲を見渡す。

「とはいえ、状況は良くない……か」

娘の奮闘。クリスティアーネも娘をカバーしてくれているようだ。

が、しかし。

やはり物量の差は大きく、そもそもアンデッド対策に特化しているわけでもないレインたちは、じわじわと押されつつあった。

「……こりゃうちの騎士団も、次に人を取るときはアンデッド対策できるやつを取るしかないな」

軽口を叩いてみるが、光明は見えない。

そして、

「おいおい、嘘だろ……」

レインが見上げる先には、新たなアンデッドが出現していた。

「勘弁してくれ……不死の巨兵なんて、ただでさえアンデッド対策できるやつがいても相手したくないんだが」

そのアンデッドは今までのアンデッドよりはるかに巨大だった。

アンデッド・ギガンティス。

討伐難度は、およそA。ただし、アンデッド対策を十分していれば、の話である。

しかも、その後ろにはリッチも控えているのが見えた。

「こりゃ、もうキツいかね……」

リッチを中心に雷の魔力が渦巻く。不死の巨兵が拳を振り上げる。

とうとう己の命運もここまでか、とレインが剣を構えた瞬間。

ふと。どこからか、詠唱が聞こえた。

「炎の噴煙（ブレイズブルーム）」

「電光の吸収（ライトニングアブソープション）」

「聖なる咆哮（ホーリーロアー）」

「なっ……」

魔法の連続詠唱。

辺り一帯のアンデッドが炎によって焼き払われ。

レインに直撃するはずだった雷撃は吸収され、聖なる光によって、不死の巨兵がなすすべもなく倒れる。

「いや〜、間に合ってよかったです」

そしてパチパチと。絶望的な戦場に似つかわしくない軽快な拍手の音が聞こえた。

3人の乱入者の後ろから颯爽（さっそう）と姿を現したのは、爽やかな男だった。

レインはまじまじと声をかけてきた男を見つめた。

「グレゴリオ殿？」

グレゴリオ。レインの本拠地・リヨンの市長でもある男。

清廉潔白、実直な男で、彼を悪く言う人間はいない、と言われているほどの人物。

レインも利権にまみれた王国側の権力者の中で、グレゴリオだけは特別に信頼していた。

たしかに、今回の会議にも参加していたが……

「なぜ、こんな場所に？　てっきり、先にお逃げになったのかと」

「そんなことをおっしゃらないでください。王国臣民としてこんな事態、決して見逃せませんからね」

爽やかな笑顔で、そう言うグレゴリオはこの状況にもまったくおびえていないようだった。

「……なるほど、そして彼らは？」

レインは、魔法を唱えた3人を見つめた。

黒い鎧は一目見ただけで逸品だとわかる。おそらく、相当高価な金属からできているのだろう。レインの眼から見ても、かなりの実力者だと見て取れた。

「まあ話せば長くなりますが、彼らとは偶然、先ほど市内で会いましてね。緊急事態なので、協力してもらっていたのですよ。雇うのに高い額を払いましたが……でも大丈夫です。平和と安心安全。皆さんを助けられるなら、私のような男は、それで本望なのですから」

そう言うグレゴリオはハンカチで目頭を押さえている。

おそらく、彼にも葛藤があったのだろう。恐怖も迷いもあったはずだ。

それでも身銭を切って、こんな勝ち目のない戦いに参戦してくれた。

「グレゴリオ殿、まったく貴方という人は……」

グレゴリオの想いに、レインの胸が熱くなる。

「ではグレゴリオ殿の助力があれば、ここはもう大丈夫――」

「レイン団長！　まずいです。城の北方面にアンデッドが集中しています！　おそらく魔力反応からデュラハン、リッチもいます！」

「ちっ！」

一手遅れた。安心したのもつかの間、新たなる問題にレインは顔をしかめた。

エラステアの城は街の中心部にある。

だからこそ、レインはもっとも人通りの多い場所を守っていた。

が、相手方もその動きを見て、別方面に戦力を集中させているらしい。

今から行って、間に合うのか。

「まずい、もう時間がな――」

「ああ、それなら大丈夫ですよ」

「え？」

さらっとグレゴリオが言い放つ。

「知り合いがさっきそちらの方に向かいました。なので、助けは不要かと」

「いやでも、しかし……」

この状況で、助けがいらない？

知り合いを見殺しにするかのような発言に戸惑うが、余裕綽々(よゆうしゃくしゃく)といった様子のグレゴリオは爽やかな笑みを浮かべたままだ。

「たしかに、アンデッドの類いも怖いでしょうが……まあ世の中にはもっと凶暴な輩(やから)というのも存在しますからね」

「は？」

「そう、例えば――」

生死を心配するレインを前に、グレゴリオは楽しそうに告げた。

「【鬼】とか」

◇

――エラステア、城内。

何かが、おかしい。

帝国の魔法使い、【漆黒】のノヴァクは不吉な予感に襲われていた。

ここは、もはや帝国の支配下にあり、第8位階魔法――常人の域を超えた魔法の発動により、敵などいない。

……はずだったのだが。

「なぜだ？」

【探知】の魔法でアンデッドの存在を感知しているノヴァクは、先ほどから城の中の異常さに気がついていた。

アンデッドが消えつつある。それも、急速に。

何が起こっているかわからず、辺りを見回す。

だが、付近に怪しい影はない。

しかも、城内に残っているアンデッドはリッチなどの上級アンデッドばかり。

王国側に魔法を使われた？　いや、それにしては魔法を発動した気配もない。

そもそも相手が侵入してきているなら、リッチたちも魔法で応戦しているはずである。

手掛かりといえば、先ほど風切り音が聞こえたことくらいか。

——まただ。

また同じように、シュンと空気を裂く音が聞こえる。

そして1体、また1体とアンデッドの反応が減っていく。

意味がわからない。

「一体、何が……！」

意味不明の事態に、ノヴァクは走り、たまらず開けた場所に出た。

そして、そこで目にしたのは——

「……は？」

呆然と立ち尽くす。

何が起こっているのか。

ノヴァクの目の前には、無残にも倒されたリッチが、まるで小さな山のように折り重なっていた。

いや、倒されたなどという生やさしいものではない。

心臓部に綺麗に丸い穴が開いている。

完膚なきまでに、リッチが壊されている。

「一体……どういう魔法だ？」

謎だった。

魔法を唱えた形跡が一切ないのに、城中のアンデッドが根こそぎいなくなろうとしている。

そして次の瞬間、ノヴァクは冷や汗を感じた。

「……おい、お前たち？」

リッチの山の奥の方にはもう1つ山があり、そこには帝国の兵士たちが置かれていた。

見たところ、息はある。ギリギリ生きているらしい。

「……なぜ？」

一体、どういう方法で。

これだけのリッチと兵士を相手取り、いや歯牙にもかけていない。

おそらく、相手の実力は想像を絶する。

こんなクラスの強者が出てくるなんて、まったく聞いていない。

――シュン。

そして、また風切り音が聞こえた。

依然、魔法を使ったような形跡はない。

――シュン。

また近づいてくる不気味な音。

いや、この音は、きっと自然現象で——

だが、ノヴァクが己を納得させようとした瞬間、後ろの方からまだ若い声が聞こえた。

「これはアンデッド……あーいや、すごい顔色悪いけど、ギリギリ人間か」

「は？」

「じゃあ峰打ちにしておきますね」

何も緊張感を感じられない口調。

そのまま後頭部に衝撃を受け、ノヴァクは意識を失った。

そして、薄れゆく意識の中。

そういえば、とノヴァクは思う。

魔法を唱えた気配は一切しなかったが……あれだけのリッチを物理的に叩き潰せる方法はたしかにある。

単純な話だ。魔法を使わなければいい。

あの風切り音は、単に移動する速度が速いだけではないか。

あの破壊痕も、単に武器でもって、リッチを壊していただけではないか。

一切魔法を使わずに——

それは魔法使いのノヴァクにとって、一番ありえない可能性だった。

対魔法詠唱者（スペルキャスター）戦の秘訣（ひけつ）はシンプルだ。
ただ単に、相手に魔法を使わせる暇もなく圧倒する。
だが、もちろん、言うは易（やす）く行うは難（かた）し。
そんなの魔法詠唱者（スペルキャスター）の方もとうにわかっている。
しかし相手は、尋常ではない移動速度でリッチを壊して回っていた。
魔法で探知されるよりも、速く。それも、機械のような正確さでもって。
ありえない。
そんなわけがない。
魔法という人類の英知が効かない。魔法という武器が通用していない。
物理的破壊の極地点。
そんなのが、いたとすれば。

「ばけ……もの」

◇

「ふぅ」
ホテルでエルドを止めるという方針を決めた俺は、城から脱出した道をたどって城内へと侵入していた。

その最中に、ちゃんとリッチと帝国側の人間を倒すのも忘れない。

床にうずたかく積まれたリッチと帝国の偉そうな人たち。

「やっぱそうだよな……」

そして、それを見て俺は確信をしていた。

俺が、原作で大暴れしていた強者を止められると思った理由その1。

「どう考えてもそうだよな」

やはり――

こいつら原作に出てきたときよりも、絶対、弱体化している、と。

そう。そもそも俺やエンリケは原作だと、お荷物になる程度の実力である。

だが、今回のリッチは最初からだいぶおかしかった。

リッチはそれなりに強い魔物で、俺やエンリケ程度だと絶対に勝てないはずが、俺がジーク君の身代わりとして戦ったリッチには、あっさりと勝ててしまったのである。

つまり、どう考えても弱すぎる。あまりにも。

そして、あろうことか、あの貧弱な厨二病・エンリケも城から脱出する道中、普通にあっさりとアンデッドを倒していた。

あんな見るからに弱そうで序盤に偉い顔しているのにすぐ死にそうな男が、普通に対抗できてしまっている。

ここから導き出される結論。

それはつまり――

「原作よりも弱いな。間違いなく」

1人でつぶやいて、納得する。

理由はよくわからないが、ここで召喚されたアンデッドたちは、『ラスアカ』作中のエルドによって召喚されたアンデッドたちよりも、遥(はる)かに弱い可能性がある。

……本当は数年後に発動する魔法なのに、早めにやりすぎたせいで思ったよりも召喚したアンデッドが弱い、とか？

おそらく、そうだろう。

というか、そうに決まっている。

もし作中で『絶対死界(アブソリュート・デス)』が発動したのと敵の強さが完全に同じだったら、あの中年厨二病がこの状況下で、のこのこ生きていられるはずがない。

……エルドは原作チート主人公のジーク君が、まともに勝ちきれなかった敵だぞ……。

「まあ、行きますか」

気を取り直す。

とりあえずここまでが第一段階。

アンデッドは思っていたよりも弱く（たぶん）、エルドは弱体化している（おそらく）。

なら、俺でもギリギリ、エルドを止められる可能性がある。

だからこそ俺は城内の敵は俺1人で片付け、場外のことに関しては、2人にまかせておくつもりだった。

表の顔もあり、本性を除けば一見まともに見えないこともないグレゴリオには、ジーク君とレイン、そしてクリスティアーネなどが集結している場所に向かわせておく。

言うことを聞いてくれるのか不安だったが、本人は、「フッ、始めるぞ」などと、部下の黒い鎧の人たちに言っていたので、問題はないだろう。

……正直、扱いに困ったのがエンリケである。

あの男に関しては、あまり人前に出てほしくない。

というわけで、エンリケには、ジーク君たちがいるところとは逆方向に行くように適当に指示をしておいた。

本人は、

「おいおい、俺を死地に向かわせるなんざ、坊ちゃん、扱いが悪すぎるだろ」

などとこれまた臭いセリフを言っていたが、

「お前ならやれるはずだが」

と、俺が冷たく言い放つと喜んでいた。

厨二病に加え、ドMとは……。

ますます救えない男である。

……まあいいか。エンリケに関しては、別にアンデッドになっても別に何の問題もないような気がしてきたし。

大して重要人物でもないし、困るやついないだろ。

そんなことを考えながら、城の中心部に向かう。

城の中心部の大聖堂。

重厚な扉は何かを誘うかのように、開けっぱなしになっている。

生温かい空気の中。

ピリピリと肌が粟立つのを感じる。間違いない。

俺の感覚は、こう言っていた。

——第8位階魔法発動の中心地はここである、と。

聖堂の中は開けた空間になっていた。

従来は、壮麗なステンドグラスが月の光を受けて輝くはず。

しかし、床には綺麗な内装に似つかわしくない、漆黒の巨大な魔法陣が描かれていた。

その構成は複雑で、幾重にも文様が重なっている。

そして、そのちょうど中心には——

少女がいた。

見た目だけなら、こちらと同じくらいの歳だろうか。

美少女、と言っても良いだろう。いわゆるゴスロリのような服装。

ただ、そのたたずまいは、強者のオーラを感じさせる。

——死霊魔法使い、エルド。

「あら。あの使えない弟子が『リッチの数が〜』とか言って大慌てで出かけたかと思えば
そう言ったエルドがこちらを向く。

「誰かと思ったら、ご本人登場ってことかしら？　まさかアンタも来ていたとはね、ジェネシス」

「ふぅん」

「つい、さっきまで登場する気はなかったけどな」

というか、こっちはいやいや呼び出された側である。

こちらを品定めするエルドの目線はあくまで冷たく、見下すような雰囲気すら醸し出している。

「というより、思ったよりも若いのね。だいぶ年上かと思っていたわ。当てが外れちゃった」

「悪いが、話に付き合うつもりはない」

「なぁんだ、つまらない男ね」

剣を構える。持てるだけの魔力を注ぎ込む。

出し惜しみなどはしない。

なぜなら、いくら原作よりも弱体化していることが予想されるとはいえ、相手はそれほどの敵だから。

――【女教皇】。

その意味は、知性。すなわち、魔法の深淵(しんえん)を極めし者。

その強さはすさまじく、ジーク君たちですら、ある特殊な魔法を用いてしか倒すことができなかった。

「あら、やる気なの？　気分が良いから、今なら見逃してあげてもいいけど――」

魔力を全身に纏(まと)わせる。

肉体が歓喜に震え、五感のすべてが活性化される。

そして、逆だ。

こっちはお前のせいで、原作主人公と友情を深めるだけの楽な計画がパアで、必死に走り回る羽目になったのだ。

「この期に及んで」

俺は一気に踏み込み、

「――見逃すわけないだろ」

世界が、加速した。

戦闘の火蓋は、静かに切られた。

仮面の男・ジェネシスが一気に距離を詰める。

が、

「第6位階、偉大なる死者の召喚(グレーター・アンデッド・クリエイト)」

ジェネシスの剣が防がれる。

仮面の男の目の前には、無骨な大槍を持った騎士が召喚されていた。

首なしの騎士「デュラハン」――リッチと双璧をなす強力なアンデッドの一体である。

「oooooooo!!」

空気を震わせるデュラハン。

「ほらほら、終わりじゃないわよ」

続けざまに、エルドが杖(つえ)を振るう。

スケルトン・アーチャーにスケルトン・ソルジャー。

何体ものアンデッドが同時に召喚され、生み出されたアンデッドの群れがジェネシスに向かう。

「……ちッ！」

ジェネシスが舌打ちをする。

聖堂を埋め尽くさんばかりの、圧倒的な物量。

同じ実力の人間を集めたとしても、こうも簡単にはいかないだろう。

これこそ、死霊魔法の最大のメリット。いとも容易に作り出せる、不死の軍隊。

一都市を落とせると謳われるほどの、禁忌の魔法技術。

「oooooooo!!」

デュラハンが突撃し、後ろから弓があられのように飛ぶ。

遠距離、近距離からの同時攻撃。

が、そんなアンデッドの連続攻撃に晒された仮面の男もまた、ありえない防御を行っていた。

襲い来るアンデッドをいとも簡単に切り払い、飛んでくる武器を撃ち落とし、僅かな隙を見つけて反撃をする。

「へぇ、意外とやるわね」

迷いなき動きで、機械のごとく淡々と処理をし続ける。

その絶技を見てもエルドは余裕を崩さない。

「ふうん。近接は自信ありって感じね。なら……これはどうかしら？」

エルドが指を振り、合図を元にアンデッドが殺到する。

対抗してジェネシスも剣を振るう。

無策のアンデッドの突撃など仮面の男にとっては、敵たり得ない。

が、

「さすがにこの量で押し切られるのは辛いんじゃない？」

倒されても倒されても進み続けるアンデッドに、徐々にジェネシスが押され始める。

戦略も何もあったものではない。

単なる物量の暴力。押される仮面の男。

ついに、地響きが聞こえ――エルドが見れば、先ほどまで仮面の男がいた場所は大量のアンデッドによって押し潰されていた。

「さて、意外とあっけなかったわね」

エルドがにんまりと笑みを浮かべる。

そう。魔法を使えない戦士は、大体これで沈む。

が、

「――は？」

エルドが目を向けたのは、上空。

囲まれたはずの仮面の男が、宙へと身を投げ出していた。

人間の自由がきかないはずの空中。だが、空間すらも支配するかのように仮面の男は飛ぶ。

加速に次ぐ、加速。空中に自在に足場を作り、人間には不可能な速度で移動する。

――それは【空間】の魔法。

空中に生成した足場。それを使うことで、常人には見えない速度で不可能な移動を可能とする。

瞬間、アンデッドの群れが弾(はじ)けた。

そのまま、ジェネシスが動く。アンデッドの群れを駆逐した速度そのままに、死霊魔法使い(ネクロマンサー)の懐に潜り込む。

魔法使いは肉弾戦になれていない。その法則通り、エルドはまだ反応すらできていない。

ジェネシスの剣が、少女に肉薄する――

が、

「あ〜あ、残念」

ガキン、と。

速度を付けた剣が、何かに阻まれる。

見れば、少女を守るかのように地面から巨大なスケルトンが現れていた。

「攻撃に全員行かせるわけないでしょ。最初からこの子は下にいたわよ」

仮面の男が距離を取る。

その様子を、エルドは冷静に観察していた。

「へえ、魔力の運用方法が面白いのね。普段はあえて魔力を隠しているのかしら？」

ふうん。なるほど、たしかに面白い。

この数分ほどで、稀代(きたい)の魔法使い・エルドは完全にジェネシスの能力を看破していた。

ダテに何年も魔法の探求を続けてきたわけではない。

「私もアーティファクトで魔力を隠していたけれど、それを自分の魔力のみでやっている？

器用なもんね」

分析しながら、にんまりと笑う。

「で、見間違いじゃなければ、空中で動いていたわね……どういう理屈？【風】の系統の魔法にしては見たことないから、特殊なアーティファクト、もしくは特殊な属性の使い手ってところからしら？」

ジェネシスは答えない。

だが、いともたやすく己の軍勢を滅ぼした仮面の男を見ても、エルドの表情には何の変化も現れていなかった。

――それは、余裕。

超人的な動き。そして正体不明の魔法。なるほど、世間的にはたしかに強いのだろう。が、たいしたことはない。これなら、まったく問題ない。

エルドは己の魔法に絶対の自信を持っている。

そのエルドの頭脳は確信していた。この男は、私に絶対勝てない、と。

「アンタが絶対私に勝てない理由を教えてあげましょうか?? ジェネシス」

勝利への予感をにじませながら、エルドはあざ笑う。

――ほんの少し、息が荒くなり始めた仮面の男を見ながら。

12章　人の領域を超えし者

まずい。さすがに強すぎる。
俺は仮面の下で、焦りを感じていた。
初撃にすべてを懸け、とりあえず先手を打つ。
これが俺の必勝パターンである。
やはり、召喚されるアンデッドが弱体化している。そこだけは良い感じである。
が、肝心のエルドに届かない。
「アンタが絶対私に勝てない理由を教えてあげましょうか?? ジェネシス」
クスクスという笑い声。
やっぱり、まずい。早くも、こっちの状況が見破られ始めている。
そう。実際、エルドは強い。
子供の外見に騙(だま)されてはならない。
魔法使いとしての自分に絶対の自信を持つ強者。
あの原作チート主人公を限界まで追い詰めた強者である。
「まず第一に、私とあなたでは使えるリソースに差があるわ」
余裕たっぷりに、エルドが言う。

「ジェネシス。あなた、城の中のリッチまで狩ってきたんでしょ？　だとしたら確実に体力が減っているわよね」

「さてね」

「見上げた根性ねえ。でも、どれだけ効率の良い魔力の使い方をしたとしても、人である以上、限界は存在する」

……痛いところを突かれた。たしかに、エルドの指摘は合っている。

いくら弱体化したとはいえ、リッチを大量に葬ったので、こちらはそれなりに魔力(体力)を使ってしまっている。

それに対し――

「反対に私は、アンデッドを無制限で召喚できる」

楽しそうに、エルドが床の魔法陣を指し示す。

そう。エルドは第8位階魔法のおかげで、無尽蔵にアンデッドを召喚できるのである。

つまるところ、長期戦はこちらが圧倒的に不利。

「そして、二つ目の理由――ジェネシス。あなた、魔法は使えるようだけど、魔法詠唱者(スペルキャスター)ではないわね」

「それがどうした？」

にんまりと手に杖を持ったエルドが、笑みを見せる。

図星を突かれた。

短く突き返すが、かなり痛いところがバレてしまっている。

「おかしいわよねぇ。だってあなた、全然アンデッドに対抗できそうな属性の魔法を使わないんだもの」

完全にこっちを侮るような、高らかな勝利宣言。

とはいえ、エルドの発言は的を得ていた。

そう。俺が扱える魔法とエルドの魔法は、とてつもなく相性が悪い。

「【聖】の属性魔法がないのは……まあわかるとして、【火】の魔法もなしで、死霊魔法使い(ネクロマンサー)の前に出てくるとはねぇ」

アンデッドに一番効くのは【聖】属性の魔法、そして次点で【炎】。

普通は対抗手段を持っておくものだ。

だが、そもそもこの世界の戦いに、一切興味のなかった俺は、当然のごとくメジャーな魔法を使えない。あるのは、モブ生活を見据えて適当に習っていた補助や空間の魔法だけ。

そして、何より。

「魔力の扱いを見ると、多少は魔法の知識はあるようだけど――私、嫌いなのよねぇ」

やっぱりそうなるよな、と俺は苦々しい表情でエルドを見つめた。

エルド。もちろん、魔法使いとしても彼女は一流だ。

ただ、その恐ろしさは別のところにある。

ピリピリと、大気が震える。

エルドを中心に魔力が高まり、深紅の魔法陣の輝きが増す。

「多少、魔法をかじったくらいで、無謀にも本職に挑んでくる間抜けが、ね」

エルドは「大」がつくほどの魔法使い第一主義。

魔法のためであれば、たとえ、その他の一般人がどうなろうと一切関知しない。

魔法使いの中でも群を抜くほどの、超過激派。

だからこそ、俺の戦い方は、彼女の高い高いプライドに障ったようだ。

「原理はわからないけど、空を飛び回るというのであれば、その羽をむしってあげるわ」

突如、聖堂が大きく動いた。

それは振動。振動が徐々に大きくなる。

「おいおい……ここまでやる？」

もはや乾いた笑いしか出てこない。

——そして大地が割れ、地面から何かが姿を見せた。

デス・クラーケン。死海の大蛸(おおだこ)。

それは4、5メートルほどになる巨大なアンデッドだった。

リッチ、デュラハンに並ぶ、上級アンデッド。

しかも、この魔物にはある厄介な点があった。

「あははははっは！」

エルドの笑いが辺りに響く。

「デス・クラーケン。私の手持ちの中でも特に強力な子で中々出さないのだけど——その実力は折り紙付きよ。特に」

エルドの眼には嘲りの色が浮かんでいた。

「剣士にとってはね」

目の前の巨大な魔物が腕を振るう。

避けざまに、斬り結ぶ——

が、斬ったと思ったのもつかの間、その腕が瞬時に再生を果たす。

「クッ……！」

そして、続けざまにもう一本の腕が飛んでくる。

何とか避ける。

「斬撃耐性と打撃耐性持ちのモンスターねぇ……」

もう笑えない。この期に及んで、さらに対処の難しい魔物の召喚。

消費が激しいこちらに対して、あちらは完璧な布陣。

恐らく、このままでは勝てない。

本当に、何でこんなことになってしまったんだか。

「死になさい、ジェネシス。この都市の人間は全部ちゃんと、アンデッドにしておいてあげるから」

圧倒的な重量が押し寄せる。

「本当に、ついていないッ……！」

剣を構え、魔力を絞り出す。

エルドの言う通り、使える魔力はあとわずか。

正直言って、劣勢もいいところだ。

俺はため息をついた。

……こういうのは主人公がやるべきことだ。

こんなのはジーク君と頼りになる仲間たちでなんとかすべきだろう。

何が悲しくてこんな強いやつと、生死を懸けて戦わなきゃいけないのだろうか。

ああ。

……本当についていない。

エルドを止めるためとはいえ。

わざわざ。こんな賭けをしなきゃいけないなんて。

◇

――触手が動き、聖堂を揺るがす。

この世の常識ではありえない破壊。圧倒的な暴力が、大地を薙ぎ払う。

「だから、言わんこっちゃないのに。これこそが、魔法の強さよ」

エルドは己の杖を弄びながら、目の前の光景を眺めていた。

魔法使いは杖を媒介として魔法を行使する。エルドほどの魔法使いともなれば、その杖とて死霊魔法に特化した作りとなっている。惜しげもなく最高級の素材を使った逸品。

これを売るだけで普通の人間なら二十年は暮らしていけるだろう。

そして、そんなエルドの魔法で呼び出された魔物と仮面の男の力の差は歴然だった。

「あらあら、随分とみすぼらしい姿になったわねえ」

嗜虐心がエルドを包み込む。

あれほどの猛威を振るっていた仮面の男・ジェネシスは、すでにボロボロだった。

かなり巧妙に避けていたようだが、そもそも相手にしているのは、エルドの手駒の中でも絶対の信頼を置く対剣士用の魔物。

剣で斬られようが、ハンマーで叩かれようが即座に再生する。

その代わりに魔法への耐性は持っていないが、そもそもこちらに対し有効な魔法を持っていないジェネシスからすれば、相性は最悪だろう。

「ふうん、でも、この子相手にはよく持った方ね」

全身に傷を負い、それでもよろよろと男が立ち上がる。

仮面はすでにひしゃげ、肋骨も何本かイっているはず。

もはやエルドの目の前にいるジェネシスは息も絶え絶えだった。

そして、ついに。

カランとジェネシスの手から、剣がこぼれ落ちた。


「終わりね」

エルドの口元が、鋭く釣り上がる。

こちらの体勢は万全。

ついに召喚したデス・クラーケン。

それに散々手こずりはしたが、それでもなお、こちらはまだまだアンデッドを召喚可能。

(そもそも、この私が動き出した以上、もはやこの魔法は止められないわ)

それにしても、なんたる甘美な瞬間。

人の心を折るというのは、なんと美しいのか。

帝国には王国に侵攻を仕掛けたついでに「ジェネシスも葬った」と言っておけばいいだろう。

どうせ、この後も『絶対死界(アブソリュート・デス)』の効力は続く。

この都市は終わりだ。そして、そもそもエルドの目的は別のところにある。

苦節十年、肉体の成長を止めてまで魔法の研究に勤(いそ)しんできた。

それもすべては、至高の領域。

第10位階魔法のため。

今回の発動させた第8位階魔法の研究結果をもとに、帝国から金を引き出し、そしてさらなる高みに至る。

その道中、誰がどうなろうと知ったことではない。

エルドは杖を振るった。

男を触手が囲む。もはや逃げ切れない。

「仲間でも連れてくれば良かったのかもしれないのにね。さて、と。中々素体は良さそうだったからアンデッドにしてあげても――」

このとき、エルドは間違いなく勝利を確信していた。

剣士が剣を捨てる。

この状況、あのジェネシスといえど、こんな絶望的な状況で一体何ができるというのか。

笑みを浮かべたまま、最後の命令を下す。

勝利への確信。

己の魔法への絶対的な信頼。

だからこそ、エルドは気がつかなかった。

そもそも、なぜ、この状況下でジェネシスが自分に挑んできたのかという事実に。

「1つ、聞いてもいいか？」

「は？」

「……魔法は法則だよな？　同じ条件であれば、同じ結果を生む……？」

「今更何かと思えば、魔法の授業でもしてほしいわけ？」

ただ、ニヤリとエルドは笑った。

「そうね。当たりよ。魔法とはこの世界の法則を明らかにする技術。アンタたちのように剣を振り回すだけの低脳には、理解し得ない深淵よ」

「そうか、なら良かった」

──は？

予想もし得ない返答に、エルドの動きが止まった。

いや、止まってしまった。

──このとき、エルドは理解していなかった。

仮面の男にあって、エルドにないもの。

それは、勝利に対する執念。自分の命を天秤にかけてでも、勝利するという飽くなき欲求。

おそらく、エンリケであれば気がついただろう。

歴戦の戦士たるレインも、クリスティアーネも気がつけたはずだ。

だが、エルドは気がつけなかった。

今まで絶対的な勝利を収め続け、誰よりも冷静なはずのエルドは気がつかなかった。

「いやいや、良かった。これで唱えられる」

「何……を？」

ふらふら、と立つのもやっとな男を見て、エルドは予想し得なかった。

武器を捨てたはずの仮面の男が、未だに諦めていないことなど。

「──第10位階魔法を」

ゆらりと幽鬼のように立つ仮面の男。

「は？」

最初にその言葉を耳にしたエルドの胸を襲ったのは、驚き──そして怒りだった。

ついに狂ったのか？

だって、ありえない。

──第10位階魔法。それは伝説上の魔法である。

世の魔法使いたちが追い求める、至高の領域。

何百年もの間、人々が探し求めていた魔法の極地。

その辺で知られているような簡単な呪文などではない。第1位階や第2位階のように、もう研究されつくし、一定の法則が確立されているような領域ではないからだ。

例えば、エルドが今回発動させた第8位階死霊魔法――『絶対死界(アブソリュート・デス)』とて、何年もの研究の末にやっとたどり着いた。

そもそも呪文は？　何を唱えれば正解なのか？　それが発動する条件は？

難易度は想像を絶する。

高価な触媒を使用し、それを1週間掛けて、大規模な儀式とする。

月の魔力を媒介にしているので、満月のときにその効果は最大限となる。

そう。そんな緻密な積み重ねをずっと行ってきたのだ。

そうして、才能あるものがすべてを投げ出してようやくたどり着ける魔法。

そんな自分をしてもたどり着けないのが、第10位階魔法である。

それを、こんなぽっと出が⁇

「ずっと考えていたんだよな。お風呂で好感度を上げるのには失敗した……けど、この世界のシステムはどこまで自分が知っているのと同じなんだろう、と」

何を言っている？？？　お風呂⁇⁇

男は場違いなことを言っている。

否定するのは簡単だ。

「でも、魔法は法則だよな？　同じ条件であれば、同じ結果を生む。なら。俺にもきっと、できるはず」

空気が変わった。男を中心に、小さく風が吹いている。

ようやくここに来てエルドは、警戒を始めた。

ぶつぶつとつぶやき、ふらふらと立っているのもやっとな男。

が、何かがおかしい。

なぜ、自分は手負いの剣士にここまで恐怖を感じているのか。


――まさか、本当に第10位階魔法が使える？


その想像が浮かばなかった理由は簡単だ。

基本的に、魔法使いは前線で戦闘をしない。

魔法使いは、時間を魔法を磨くことに費やすものであって、肉体を鍛えるアホはいない。

どこの世界に、アンデッドを己の肉体でなぎ倒し、その上で、エルドすらもたどり着けない魔法を使用できる戦士がいるというのか。

「デス・クラーケン……!!!」

もうダメだ、この男はどこかおかしい。

他のことはどうでもいいから、今だけは――今だけはこいつを始末しなくては。

エルドがそう叫んだのと同時に、異変が起きた。

エルドの足下にある魔法陣が、鈍く光り始めたのだ。

いや、その表現は正確ではない。

「魔法陣が上書きされている……!?」

深紅の魔法陣が塗り替えられ、蒼白い光を放ち始めるのをエルドは呆然と見ていた。

元々あった記号が次々に姿を変え、置き換えられている。

聖堂を、青白い光が包み込む。深紅の魔法陣が呑まれていく。

幻想的とも言える光景。

が、理解できない。こんなのは知らない。

エルドが男を止めようとした、次の瞬間。

魔法陣が止まった。

そのまま爆発するかのように、より光が強くなる。

嘘だ。やめろ、まずい。

もはや、エルドの中から怒りなどはとうに失せていた。

あるのは、恐怖。そして、焦り。

唐突に第10位階魔法を行使する人間が現れる⁉︎?

質の悪い冗談だ。

伝説上の魔法。各国は荒れるだろう。間違いなく、世界の均衡が壊れる。

そんな存在が、いていいはずが――

「や、やめろぉぉぉぉぉぉぉぉぉぉぉぉぉぉぉぉぉぉお！！！！！！！！！！！！！！！！！！！！」

絶叫。

デス・クラーケンが全力で魔法陣ごと、男を叩き潰そうとして――

……正直言って、ギリギリの賭けだった。

エルドを、アンデッドごと普通に倒せればそれでよし。

もし仮に倒せなかった場合、どうするか。

そこで思い浮かんだのが、ジーク君が『ラスアカ』で、王都に侵入したエルドを倒した方法である。

ジーク君と仲間たちは、アンデッドパラダイスになりつつあった王都で、地下に広がる秘密の巻物的なアイテムを必死に集める。

そこに書かれていたのが、第10位階魔法の呪文である。

とうとうエルドに追い詰められたジーク君一行は、誰も成功させたことのない第10位階魔法を発動させる。

……これは後でわかることだが、実は【空間】の属性はすべての属性の元になった属性であり、なんと【空間】の属性を持つ主人公やラスボスは、第10位階魔法を発動させることができるのだ。

というかにも主人公を優遇するようなトンデモ設定が存在していたのである。

ここで、ふと俺は思った。

あれ、ウルトスも同じじゃないか？　と。

原作では、【空間】の属性を持っていることなんか誰も知らなかったが、たしかにウルトスも設定的には主人公、ラスボスと同じく、【空間】の属性を持っている。

かすかな希望。

『ギリギリの賭け』と言ったのは、こういうことだ。

そもそも、この世界のシステムは、ラスアカとは違っているかもしれない。

そんな状況で、ゲーム内の裏設定にすべてを懸けるだなんて狂っている。

が、どうやら俺は賭けに勝ったようだ。

俺はエルドに聞いた。

『魔法は法則。同じ条件であれば、同じ結果を生むんだよな』と。

魔法のプロが、それに同意した。だからこそ、俺は命を懸けた。

どうせ、エルドの策略のせいでムダに疑われてしまっている。

このまま行けば、モブ生活はおじゃん確定。

なら、命を賭すしかない。

「や、やめろぉぉぉぉぉぉぉぉぉぉぉぉぉぉぉぉぉぉぉぉぉぉぉぉお！！！！！！！！！！！！」

エルドの絶叫。

デス・クラーケンの、まるで巨人の一撃のような巨大な触手。

それが、唸(うな)りを上げて迫ってくる。

もう、避(よ)けきれないだろう。そんな余裕もない。

が、すでに準備は完了している。

たしかに、不安がないわけではなかった。

第10位階魔法は主人公が使うものだろ、とか。

この後のこととか。たしか設定的には圧倒的な力だったな、とか。ちょっと詠唱が恥ずかしい上に厨二病っぽかったな、とか。

まさか『ジャッジメント計画』がこうなってしまうとは、とか。

不安材料は山ほどある。

うん。まあ、でも仕方ない。

俺は、ジェネシス。

そう。だって、俺は。

「——この18禁ゲー世界を、原作知識を使って生き残る男」

だから。これで、終わりだ。

——眼前に迫り来る死。

その前で、成功を確信した俺は穏やかな気分でつぶやいた。

「第10位階魔法、発動」

男が口にしたその名を聞いたエルドは反射的に目をつむっていた。

本当にそんなものがあるとしたら……とんでもないことになる。

エルドは、来るはずの衝撃を待ち受けるが——来ない。

静寂のまま。違和感とともに恐る恐る目を開ける。

すると、

「は？」

エルドの眼前には漆黒が広がっていた。

（一体、何が——）

視力が奪われた？

いや、違う。よくよく目を凝らすと、自分の肉体は確かにある。

そして、不意に声が聞こえた。

「良かった、成功して」

「ッ！　ジェネシス!!」

別の方向を見るとジェネシスはまだ立っていて、その手が少しばかり輝いている。

「成功？　これで？　第10位階魔法が聞いてあきれるわ。辺りを暗くする魔法？　まあ、はったりとしてはそれなりに面白かったけど――」

「はったりなんかじゃないですよ。この魔法は威力が高いとか、そういうのではないので」

「はぁ？」

なぜか安堵している男。

その反応はまるで、己の魔法が成功したような雰囲気で……。

エルドは目の前の愚かな男に言い聞かせるように空を見上げた。

「いい？　ここら一帯は私の魔法の支配下に……」

が、次の瞬間。

空を見上げたエルドは、言葉を失っていた。

おかしい。今日は満月だ。

エルドの魔法は月の魔力を使用する。だからこそ、満月の日を選んだ。

なのに。それなのに。

「……新……月？」

はるか上空にあるはずの月の光がまったくない。

このとき、エルドは理解した。

辺りが暗くなったのは、月の光が届かなくなったからだ、と。

「そう、これが第10位階魔法。月の聖なる魔力を用いてあらゆるアンデッドを浄化する、対アンデッド用の最高位魔法」

「ちょっと待って、アンタ……それ……!!!」

わなわな、とエルドが震える。

遅れて気がついた。

仮面の男が光っているのではない。

男の手には、光る球体。それが光を放っているのだ。

「ああこれ？」

何でもないことかのように、男がヘラヘラ答えた。

「濃縮された月の魔力です」

「は？」

「月を一時的に新月状態にして、その月の魔力を魔法として使用するんですよ……ってゲームテキストに書いてありました」

耳が、理解を拒否する。

理解不能。それに尽きる。こいつ、本格的に何を言っているのだ？　という感覚。
月、夜空にあるあの月を？？？？？？
一時的に新月状態にする？？？？？？？
「ぶっつけ本番だったけど、いやあ何とかなるもんですね」
狂っている。
聞いているだけで、頭がおかしくなりそうな話の規模。空前絶後の大魔法。
完全に、この男イカれている。
自分が上手く誘い込んだ？？？
いや、そうじゃない。刹那、エルドは悟った。
自ら死地に踏み込んだ獲物は、まごうことなく自分の方だったということに。
男の手のひらが、一層光を放つ。
「じゃあ、これで終わりですかね」
そして。
『汝の身に祝福を、我が手にありしは、至高の領域』
深紅の魔力と対をなすかのような、青白の魔力が、螺旋を描きながら収束していく。
『灰は灰に、不死者には浄化を』
まばゆい光の奔流が、天へと昇ってゆく。
それと同時に放たれる、法外なまでの、魔力の爆発。

エルドの眼前で、光が爆(は)ぜた。

『今、周(あまね)くすべては我が身のもとに――聖刻の審判(セイクリッド・ジャッジメント)』

気がつけば、エルドは倒れていた。

聖堂はすっかり崩れ落ちており、ほとんど外観が残っていない。

「……まったくほんと、馬鹿げているわね」

はるか上空を見上げれば、月は元の光を取り戻しつつあった。

もう魔力はすっからかんだ。

そして同時に、周囲にはアンデッドの気配もない。

恐らく、男の魔法がすべてを消し去ったのだろう。

男が近づいてくる。

だが、不思議とエルドは爽やかな気分だった。間違いなく、魔法の深淵(しんえん)に触れた。

……まあ、高名な魔法詠唱者(スペルキャスター)などではなく、急に乱入してきた仮面の男だということが唯一不愉快だったが、それも悪くない。

「……好きにしなさい」

男がエルドの前に立つ。

ふと、この男は何をしに来たのだろうか。という疑問がエルドを襲った。

……まあでもいい。考えても仕方ないことだ。

「あんた、相当な才能ね。まあ、高みを見れたわ」

そう、ここで死んだとしても魔法使いとしては本望だ。

もはやエルドの胸にジェネシスへの怒りなどはなかった。

あるのは、圧倒的な魔法を持った男・ジェネシスへの称賛。きっとこの男も、必死に努力を重ねてきたのだろう。

そのとき。男の仮面も限界を迎えていたのだろう。

仮面が落ちる。

(最後に目に焼き付けるとするわ、ジェネシス。最高の魔法使いの顔を――)

「ん？」

……おかしい。

目をつむって、もう一度、そっと目を開ける。

おそらくそこには最高の魔法使いが……

いるはずなのだが。仮面の下の素顔は、思っていたよりも遥(はる)かに若い。

……というか、その顔にエルドはものすごく見覚えがあった。

「……王国の……ランドール家のガキ？？？」

ニヤニヤ笑う少年は、ランドール家のウルトス。

エルドがつい先日、罠(わな)にハメたはずのガキだ。

「いやー、好きにしていいとはありがたい。こっちも貴女のおかげで、だいぶ苦労したので」

ニコニコ笑う少年。

が、その笑みを向けられたエルドは、とてつもない速度で嫌な予感がしていた。

「ありがとうございます。誰かさんに変な疑惑をかけられたせいで、非常に困っていましてね。ちゃんと付き合ってもらいますよ」

「な、何する気？」

「リエラ、手はず通りに」

こちらの質問には答えない。

男がなぜかメイドを呼ぶと、どこからか外見の良いメイド……が、すぐに現れた。

「じゃあ。この杖も貸してもらいますね」

……もはや先ほどまでの爽やかな敗北感など光の速さで消えていた。

「さて、今宵のフィナーレといきましょう」


――気がつくと、男の目は深紅に染まっていた。


そして薄々、エルドは理解し始めていた。

「好きになさい」という単語を言ってしまったのは、我ながら、とんでもないミスだったのではないか、と。

「アンタ……一体……!!」

13章　罪は（他人に）被せるに限る

「先ほどの光の中心は――こっちだ！」

先行するクリスティアーネが言う。

ジークたちはウルトスを探しに、城へと侵入していた。

クリスティアーネの後ろにはジーク、レインと続く。

街がアンデッドに呑まれようとする中、突如現れた強大な光。

巨大な光の奔流はエラステアの街すべてを呑み込み、そして気がつけば、あらゆるアンデッドは浄化されていた。

「ここでもアンデッドは全滅……おそらく魔法の一種だろうが……あんな規模の魔法、見たことも聞いたこともない……!!」

放心したようにつぶやくクリスティアーネの表情がすべてを物語っていた。

それなりに魔法に触れたことのある、クリスティアーネ、レインをもってしてもまったく理解できない状況。

ただ一方で、ジークは安堵していた。やっとこの事態は落ち着いたのだ、と。

空を見れば、先ほどまで城を中心に覆っていた不気味なドーム状の魔力もすでに消えている。

「すみません。わざわざついてきてもらって」

　ジークは先を行くクリスティアーネに声をかけた。

　そんな状況下で、ウルトスを探しに行くと言って聞かないジークについてきてくれたのが、クリスティアーネだったのだ。

「いや、いい。彼を置いてきてしまったのは私の責任だしな……」

　後ろから父レインの声も入ってくる。

「まあ大丈夫だ。きっとウルトス君なら無事だ。あの場にはグレゴリオ殿もいてくれるし、後は彼を探すだけさ」

「そう、だね。お父さん」

　初めて会ったグレゴリオと名乗る男は、

「ここは私に任せてください。きっと……友を救うのですよ!」と先ほど会ったばかりにもかかわらず、熱い涙を見せていた。

　そう、大丈夫だ。きっとウルトスなら――

　そして、ジークがやってきたのは聖堂だった。

　美しかったであろう聖堂は半壊し、今にも崩れかけようとしている。

「……おかしい。この破壊跡……城の中心部の大聖堂がなんでこんなことに……」

　クリスティアーネとレインが周囲を警戒する中、一足先に聖堂の中へと入ったジークはある人影を見つけていた。

「よかった……」

いた。ボロボロになって、ところどころ穴が開いた聖堂に佇んでいたのは、ジークもよく知った人物。

間違いない。背格好もウルトスだった。

……見慣れないのは、一点。ウルトスの左手には、見慣れない不気味な杖。

違和感を覚えながらも、走り寄って急いで話しかける。

「ウルトス、帰ろう」

後ろ姿のウルトスに言う。

が、

「クハハッ」

返ってきたのは乾いた笑い声だった。聞いたことのない声。

そして、ジークは違和感の正体に気がついた。

――ウルトスの周囲からかすかに漂う、血の臭い。

「ウル……トス？」

「クハハッハハハハハハ!!!!」

聖堂に響き渡る嘲笑。

「ジーク、避けろ!!!」

レインの声に反射的に一歩身を引く。先ほどまで、ジークがいた位置を杖が通過していた。

「なんだ、当たらなかったのか」

「……え？」

それはつまり、ウルトスがジークに攻撃してきたということ。

「何……を？」

信じられずに問いかける。

「この小僧を救いに来たか。だが、一足遅かったな」

こちらをあざ笑うかのような口調で、ウルトスが振り返る。

「なん……で？」

ジークの呼吸が荒くなる。そんなわけがない。

間に合ったはずだ。きっと何事もなく。

しかし、ウルトスの眼は真っ赤に染まっていた――

いえ～い!!!!　ジーク君、元気！！！？？？

「クハハッハハハハハハ!!!!」

なるべくドスのきいた声で叫ぶ。

「何が……！」

「ウルトス君……？」

ジーク君の後ろからレイン、そしてクリスティアーネも来た。

3人は様子が変わった俺に戸惑いを隠せない。

彼らの目には、不気味な深紅色の瞳をして、今までにない表情をした〝ウルトス〟が映っているはずである。


というわけで、これが俺の作戦だ。

エルドはなんとか止められたとしよう。

ただ、その場合でも、ウルトス・ランドール個人に掛けられた疑惑が残っている。

ジェネシスの仲間なのではないか、という面倒な疑惑が。

もちろん俺は、グレゴリオの作戦のように、表社会を捨て去る気なんて1ミリたりともない。

だからこそ、この一手。

敵の手により操られてしまった無垢な少年——ウルトス。

なんと、疑惑を掛けられたウルトス・ランドールはジェネシスとは何の関わりもない一般モブで、実はすべては裏でエルドが糸を引いていたのである。

な、なんだって————⁇

……完璧だ。

もうこうなったら、さらなる被害者ポジションを求めるしかない。

まさか誰も騎士団に囚われ、挙げ句の果てに敵に操られてしまった純粋無垢な貴族の少年を疑ったりはしないだろう。

しかも都合がいいことに、俺には最高の補助魔法——【変装(ディスガイズ)】がある。

眼が深紅の色に変わり、そして俺の鍛え上げられた演技により、普段とはまったく違う様子になっている。

そして、アクセントにエルドから取り上げた杖を持つのも忘れない。

誰がどう見たって、操られてしまった被害者にしか見えない。

そう、俺は被害者。最強の死霊魔法使い(ネクロマンサー)に操られてしまった哀れなピエロである。

「まずは武器を捨ててもらうとするか」

「ウルトス……！　何を言って……!!」

「聞こえなかったか？　武器を捨てろと言っている。この小僧の肉体がどうなってもいいのか？」

そう言いながら、俺はその辺から拝借したナイフを俺の首に当てる。

「……ッ！」

クリスティアーネ、レイン、ジークが武器を放る。

「フッ、いいだろう。しかし、無様なことだ。王国の戦士よ。英雄だのなんだのと称賛されようが、貴様らはたった一人の小僧も守れないのだからな」

「ウルトス君、何を言って……！」

「ウルトス……!!」

……え、嘘（うそ）。まだ気付かないの⁉⁉

深紅の眼に、不気味な杖。そして明らかに様子のおかしい俺。

どう考えても、俺はウルトスではない。

立派な洗脳・闇堕（お）ちパターンじゃないか。

もうちょい演技をオーバーにやるべきだったか？？？

「待て二人とも！　……様子がおかしい。おそらく、やつはあの少年ではない」

今まで押し黙っていたクリスティアーネが、何かを察したように顔をゆがめた。

ナイスアシストだ。

「中央騎士団のクリスティアーネ、か。察しがいいな。貴様の言う通り、この小僧はすでに我が術中にある。この、帝国の死霊魔法使い（ネクロマンサー）――エルドのな」

「何⁉　エルド……聞いたことがある」

クリスティアーネが、今にも射殺さんばかりの勢いでにらみつける。おおこわ。

「帝国の死霊魔法使い（ネクロマンサー）……今回のアンデッド騒ぎ、貴様が裏で糸を引いていたとはな……‼」

「ああ、そうさ。私がエルドだ」

嘘だけど。本物はすでに捕らえている。

そして、

「なっ⁉　そのエルドが、ウルトスを⁉」

「あっははははは！」

ジーク君に対し、ここで甲高い笑い声を一丁。

こういうのがある方が信ぴょう性が出るというものである。たぶん。

「ご挨拶が遅れたな。まあ、心配することはない。すぐに3人とも死ぬのだ……貴様らをアンデッドにするのもよかろう」

「貴様……！　ウルトス君の肉体を……乗っ取っただと!?」

レインが鬼のような形相でこちらを見てくる。

誘導成功。俺はひっそりとほくそ笑んだ。

「ああ、この小僧の肉体を乗っ取るのには、苦労したよ」

ニヤリと舌舐めずりした後、ナイフをペロリと舐める。

「なっ!!」

3人の絶句した表情。いいねえ、まさか常人がナイフを舐めるわけがない。

これは完全に敵に操られてしまったかわいそうなモブAである。

……いやそういえば、バルドも舐めていたな。まあ……人の趣味はそれぞれだ。

「この小僧を1人にさせ、無防備となったところで我が支配下に置く。まんまと貴様らは、手のひらの上で踊らされていたのだ!!!」

「まさか、ジェネシスの仲間というのも……」

魂が抜けたようなジーク君の声。

「ああ、すべて私の策略に過ぎん」

「エルドとか言ったな……？　貴様、あの少年に何をした？」

「クリスティアーネさん、どういうこと……？」

さんざん俺に疑惑を向けていたクリスティアーネも怒り心頭。

完全に殺気をこちらに向けている。

「その血の臭い……貴様、拷問したのか？」

あ――、なるほど。

俺が全身血だらけなのは、さっきまでエルドと戦っていたからである。

が、何も知らないクリスティアーネから見たら、エルドが俺を拷問した上で、操っていると思っているらしい。

まあ、たしかにそう見えなくもないか。

この間、約数秒。俺は決断した。みんなは、俺＝エルドだと思い込んでいる。

ならばここは、限界まで乗ってしまった方が良いだろう、と。

「そうさ」

舌舐めずりをし、手を広げる。

「この小僧を拷問したときは本当に楽しかったねえ。『ジーク君、レインさん、そしてクリスティアーネさん。みんなに手を出さないで』と泣き叫んでいたよ」

「この……外道があぁぁぁぁぁッ!!」

「クハハッハハハハハハ！！！！！！　その外道の前に貴様らは何も救えずに終わるのだ!!!　どんな気分だ？　何が英雄!!!　貴様らは何も救えやしない！」

何という鬼畜。死霊魔法使い(ネクロマンサー)エルドさん、最低である。

話に乗っかってしまった結果、なんかエルドの外道具合が天元突破しているような気もするが……。ま、いいか。どうせ悪役だし。

「くそおっ!!　こんなことが……!!」

「ウルトス……!!!　お願い、戻ってきて!!!」

絶望的な状況。

こうして、『ジャッジメント計画』の最終決戦――もとい、俺の言い訳作りが始まったのである。

◇

そして。聖堂から少し離れた地点にて。

謎に面だけはいいメイドに連行され、気がつけばエルドは簀巻(すま)きにされていた。

口には猿ぐつわが嚙(か)まされており、言葉も発せない。

エルドは無造作に置かれた場所から、見ているしかなかった。

……己の名前が悪用される、決定的瞬間を。

「クハハッハハハハハハ！！！！！！　その外道の前に貴様らは何も救えずに終わるの

だ!!!　どんな気分だ？　何が英雄!!!　貴様らは何も救えやしない！」

……おかしい。

まず、あのガキがなぜか身内であるはずの王国側の人間数人と戦っている。

まあ、それは良しとしよう。が、しかし、である。

「クソッ！　絶対に許さんぞ!!!　エルド!!!」

レインという男が吠える。なぜか、エルドの名を叫びながら。

「エルドとやら。職業がら色々な人間を見てきたが……ようやく今日、最下位が決まったよ。

貴様は、見下げ果てたクズだ」

クリスティアーネとかいう騎士が、なぜか、エルドの名前を吐き捨てながら言う。

「クハハッハハハハハハハ!!!!　そのクズに貴様らは負けるのだ。小僧の命も救えずになあ!!

己の無力さを呪え!!!」

そして、楽しそうにウルトス本人がそんなセリフを口にする。

（あんの、クソガキィィィィィィィィィィ!!!!!!!!!!!!!!）

ここに来て、エルドは理解した。

おそらく、ウルトスはすべてを自分に押しつけようとしている、と。

というか第一に、まず、あのガキ――ウルトスは、操られているわけでも何でもない。

そりゃそうだ。というか、エルドに操られているとか言っているが、エルドがここで簀巻きにされている時点でもうめちゃくちゃである。

しかも、

（ご、拷問……？）

……いや、拷問なんて一個もやっていない。

あれは単なる正々堂々とした勝負だった。

というか、そんなこと言い出したら文句を言いたいのはこっちである。

己の最高魔法は、急に姿を現したクソガキの魔法に打ち破られ、今や囚われの身。

そして己の魔力の源泉たる杖（しかも最高級品）は、なぜかクソガキに没収され、目の前で粗雑な扱いを受けている。

「……ちっ！　やっと謎が解けた。謎の男もつまり帝国側だったということか!!」

レインが吠える。

「たしかにランドール公爵家の息子を意のままに操れるのは大いなるメリットだ。だから、リッチに襲わせたウルトス君を生かしておいたんだな！」

（は？　謎の男？？？）

そんなの聞いたこともない。誰だそいつは。

（というか、最初のリッチもあいつかい!!）

「エルド!!　ウルトス君を、あの心優しい少年を返せ!!!」

違う、どう見てもお前たちの眼は節穴だ。そのクソガキが諸悪の根源なのである。

そして、クリスティアーネとレインの会話が聞こえてきた。

「おそらく、あの赤い眼が特徴だ。そして、あの不気味な杖。おそらく、あれによってウルトス君は操られてしまっているんだろう」

「なるほど、死霊魔法……アンデッドしか使わないと思っていたが、まさか他人を操ることができるとはな」

（……ぜ、全然違う）

　大人2人が一見冷静そうに判断を下すが、全然違う。

　おそらく、あのガキは勝手に目の色を変えているだけだ。

　エルドは絶望した。あの2人の魔法知識のなさに。

（だから、あんなクソガキに騙されるんだよ!!　勉強しろ!!　アホ!!　間抜け!!　死霊魔法はアンデッドが対象!!!　生者は関係ないんだよ!!!）

　なぜかエルドの名前で悪事が次々に重ねられ、何なら拷問好きとかいう変な性癖まで付けられている。

（お、終わっている……さ、最悪のガキだ……）

　そして、

「よお、そっちはどうだ？」

「あ、エンリケさん！」

　思わずエルドが声のした方を見る。

すると姿を現したのは、ボサボサ頭の男。一見すれば、弱い。
が、エルドの眼は男の強さを見抜いていた。
肉体のバランス、そして獰猛なまでの殺気。間違いなく、戦士としては超一流だろう。
さらに、その名前には聞き覚えがあった。
(こいつ……！【鬼人】か……!!)
「いやいや、一仕事終えた後というのは、良い気分ですなあ」
「あ、グレゴリオさんも」
(は？)
エルドが呆気にとられていると、2人目の男が顔を出した。
(……グレ……ゴリオ？)
現れたのは、暗い噂の絶えない王国の政治家。
帝国内でも要注意人物扱いされていた男・グレゴリオ。
のんきに頭上で会話を始める3人。
が、エルドはパニックだった。
美形のメイド。追放されたという元Sランクの冒険者。闇ギルドの元締め。
(こいつら、一体どういう……？)
明らかにマトモな人選ではない。そして、この凶悪なメンバーを従えるあの小僧。
何百年解明されていない魔法を放つ仮面の男。もはや人間かどうかも疑わしい。

「しっかし敵の親玉を倒した後、操られたふりか。坊ちゃんもよくやるぜ。気に食わないやつを、全員ボコボコにした方が早いと思うがな」

「ま、主はまだ貴族の地位にいた方が良いと判断されたのでしょう。我々は従うだけです」

「実はですね。ウルトス様は最初からこの状況を予見されていました」

「あん、どういうことだよ？」

「――始まりのときだ。創造の前の破壊が始まる。あらゆるものがゼロになり、すべては無に返る。そう、邪悪なる陰謀さえも破壊して」

するするとメイドが唱和する。

「そしてついに――大聖堂の奥。英雄は己が宿命と対峙し、再び立ち上がるだろう」

「大聖堂はたしかにここだが……なんだそりゃ」

「ウルトス様は一番最初にこう仰っていました。そして、自分には未来が見える、とも。きっとすべて最初から予見されていたのでしょう」

メイドの発言に、エルドは息を呑んだ。

（未来視……だと？）

ありえない。現代の魔法技術では、そんなの不可能だ。だが、相手は第10位階を行使できる怪物。ありえるのか？

もはや本格的に人間離れしている。魔人か何かだと言ってくれた方がまだマシである。

「しかし、そんなことがノーリスクでできるとは思いませんね」

グレゴリオが言う。エルドも同意見だった。

（一体、どんな犠牲を払えばそこまでの能力を――）

そこまで言ったところで、メイドが力なく首を振った。

「ウルトス様は……胃がもたれたり……夜、寝付きが悪くなるそうです……ぐすん」

（……は？）

「へえ、そりゃ難儀だな」

「あぁ、たしかに。それは辛いですもんね」

「そうですよね。私もウルトス様に『あ～ん』などで貢献できればいいのですが……」

アハハハ、と。そう言って盛り上がるバカども。

（そんなの、デメリットになってないだろうがああああああああああ!!!!）

このとき、魔法使いであるエルドは思った。

もうこいつら、いやだ、と。

◇

「エルド!!　ウルトスを返して!!!」

「フハハハハハ!!!!　そうだな、もう少しヒントをやっても良いぞ」

反応する３人。

「小僧にかけた魔法は強力無比。ほら、こんなことをしてもいいのだ」

　そう言って、俺はナイフを首筋に当てた。そのままスッとナイフを引く。

「な!!」

　赤い線が首元に出現。失敗しなくて良かった……。

「この魔法は非常に強力でなあ。解除方法は、たった一つ。この杖を壊すことだ。まあ、もっとも完全に壊せないと、この小僧の心は永遠に失われるがな」

「そんな……!!」

「武器を持っていない貴様らでは無理だ。せいぜいおのが無力を恨め」

　う〜む、どこに出しても恥ずかしくない立派な悪役である。ちなみにそんな魔法はない。

「くっ！」

　悔しそうに唇を噛む大人2人。

「フハハハハ。魔法でも使ってみるか？　だが、もう身体の中にある魔力量も少ないだろう」

　絶妙にジーク君から視線を外し、大人2人に注意を奪われているようにする。

「もはや、アンデッドと戦って、〝魔力も尽きた貴様ら〟になすすべはない！」

　だから、気がついてくれ。ジーク君。

　大人2人はもう身体の中にある魔力量も少ない。

　そして、そもそもジーク君は身体の中の魔力がない。

　そう。だったら、身体の外にある魔力は？

「武器を奪われた英雄に何ができる？　魔力もない子供に何ができる!!!」

勝利を確信した高笑い。今がチャンスだ。

ジーク君!! 気付け!!! 友情の印にあげただろ!?

「いや、エルド……!! お前は1つ間違っている」

「なにィ?」

「ボクには、魔力がある!! 大切な人からもらった、魔力が!!!」

よっしゃぁぁぁ!! 気付いたぁぁぁぁぁぁぁ!!!

俺が馬鹿みたいな高笑いをしていたまさに、そのとき。

ジーク君の身体が光る。その光の元は……『指輪』。

そう。俺が渡した、一回限りの外付けの魔力。

「ジーク!?」

レインもクリスティアーネも唖然(あぜん)とした、その刹那。

風の魔法で強化されたジーク君が、目にも見えない速度で剣を拾う。

そのまま剣を構え、突っ込んでくる。

慌ててこちらも杖で受ける。

「く、クソ。な、なんだこの力は! 知らんぞ!! 貴様は魔力を使えないはずで――」

拮抗(きっこう)する両者。だが、徐々にこちら側が押されていく。

「誓ったんだ!!! 今度はボクが、助けるって!!!」

「き、貴様ァァ!! こんな力が!! ば、馬鹿なぁぁぁぁァァァァァァ!!!」

悲鳴を上げる。悪役ご用達(ようたし)の、一度は言ってみたいセリフナンバーワンの悲鳴を。

「ウルトスを!!! 返せ!!!」

そして、真っ二つに折れる杖。

「……ばか……な………」

やっぱりラストはこうだよなあ。同時に、俺も崩れ落ちる。

気がつかれないように、【変装(ディスガイズ)】の魔法も解除しておく。

これにて、ミッションコンプリート。

『絶対死界(アブソリュート・デス)』は止められ、無事、俺の疑惑は晴れましたとさ。

「ウルトス!!!!!　しっかりして!!!!!」

ジーク君に抱きかかえられる俺。そして、友情も元通りである。

……なんか頬(ほお)に柔らかな感触があった気がするが……。

やっぱジーク君。筋トレしない???

ま、いいか。終わりよければすべてよし。

――こうして、俺はこの街に来て2度目の気絶をする羽目になった。

エピローグ　完全なる計画

結局、一夜にして事件は終わった。

ゲーム知識をフル活用した俺の第10位階魔法によりアンデッドも浄化され、街もすっかり元通りになった。

まあ、エラステアのシンボルたる『大聖堂』が完全に崩壊しているのを見て、街の人たちは絶句していたが、街を救ったんだし許してほしい。

当然、責任を問われた帝国だったが、エルドが独断で始めたことだと主張して、早速尻尾切りを始めているとか。


そして、そんな中。俺はまたまたホテルの一室で、寝かしつけられていた。

我ながらここ一週間、ベッドの上にいる率が高い気がするが、仕方ない。

と、そのとき。扉を叩(たた)く音が聞こえた。

「ウルトス・ランドール殿……すまない……!!」

入ってきたのは、クリスティアーネ。彼女は部屋に入ってくるなり、頭を深々と下げ出した。

「私のミスだ。敵の噂に騙され、まさか無実の少年を捕らえてしまうなんて……！」

どうやら、この様子だと俺への疑惑は完全に払拭されたらしい。

「いやいやそうですか。疑惑が晴れたならよかったです」

「だが、まだだ」

「へ？」

が、クリスティアーネは顔を真っ赤にして、何かを我慢するかのような表情をしている。

「私の贖罪がまだだ！」

そう言うなり、クリスティアーネが息を荒らげながら何かを取り出した。

ほとんど鎧としての意味をなさないような、軽装の鎧。

まあ、つまり、いわゆる『ビキニアーマー』である。

「貴殿は女性にこの格好をさせるのが好きだと聞いた。エラステア中を探して、買ってきたぞ……!! さあ、私を、煮るなり焼くなり好きにするんだ」

「ええ……」

クリスティアーネは真っ赤な顔で「くっ……こんな屈辱を……!!」とか「もう、嫁に行くことは諦めている……!!」などと言いながら、服を脱ごうとしている。

そして、俺は思い出してしまった。

この人、真面目で真っ直ぐなのだが、本人も自覚していないところでドMなのである。

「そんなのいいですから！　そもそも、誰か来たらどうするんですか、また変な噂が――」

「……ウルトス……いま、大丈夫かな？」

「あ」

扉を開けておずおずと入ってきたのは、ジーク君。

客観的に見てみる。ベッドの上で、クリスティアーネともみ合う俺。

そして、俺の手にはちょうどビキニアーマー。

……常識的に考えれば、真面目な女騎士が、ビキニアーマーを買ってきて脱ぎ出すわけがない。

「ウルトス……起きないからって、こっちがずっと心配してたのに随分と楽しそうだね」

ワナワナとジーク君が震え出す。殺気か⁉

「い、いやこれはちょっとした……誤解で」


「そっか、そ、それならまあいいけど」

結果、ジークにすべてを説明した俺はやっと許されていた。

「クリスティアーネさんも、あまりウルトスに変なことしないでくださいね」

「う……すまない」

恐ろしい迫力。さすが未来の主人公。あのクリスティアーネが黙らされている。

……やっぱ怖いなジーク君。

あの剣幕(けんまく)。もしかしたら、ジーク君はクリスティアーネ推しなのかもしれない。

「……だいたい、そういう服装が好きならボクに最初に相談してくれても……」

何やらもにょもにょ言っているジーク君を横目に、俺はクリスティアーネに尋ねた。

「そういえば、クリスティアーネさんは何をしに来たんですか？　まさか……本当に着替えに来たとかじゃないですよね？」

「もちろんだ。レインが来てから正式に話そうと思ったんだが……ウルトス・ランドール殿。騎士団に入る気はないか？」

「はい？」

その後、すぐにレインも部屋に来て、クリスティアーネの話に戻る。

「僕が騎士団に……ってどういうことですか？」

騎士団と言えば、王国の若者の間では花形の職業。

『ラスアカ』の作中でも様々な人気キャラが所属していたりする。

上位陣はまさしくレインのようにSランククラスの実力者が集う。そのため本来、一定の年齢になって、厳しい試験に合格しないと入れない……のだが。

「知っての通り、我ら騎士団は人材不足だ。君の頭脳。そして何より、君が指輪にあらかじめ魔力を流し込んでいたおかげで、今回の事件は解決できたと言っても過言ではない。年齢としては特例だが、君も騎士団に入らないか？」

「あぁ」と、クリスティアーネもうなずく。

「騎士といっても何も戦いだけじゃない、これからの時代、君のような人材が必要だ」

「これって本当にすごいことだよ!!　ウルトス!!」

ジーク君も興奮を隠しきれないようで、はしゃいでいる。

が、俺は青ざめていた。

おかしい。嫌われるクズを脱却し、モブとして地味に生きようとしているのに、なぜか、表舞台に立たされそうになっている。

主人公ジークの昔からの友達で、しかも騎士団に所属している貴族？？？

どう考えても、目立ちすぎだ。

「い、いや……僕は公爵家の――」

仕事がある。そう言いかけて、思い直す。

いや、そもそも、この状況を作り出してしまったのも、あの父上の余計な一言のせいだ。

公爵家の息子として、これから社交界に顔出ししまくってもいいが、今回みたいなことにまた巻き込まれない、とも限らないのである。

……どちらにせよ、ろくなことがない。

俺は原作開始まで、のんびり誰にも干渉されずに生きていきたいのに……。

「あ」

そう思った矢先、俺は、あることを思い付いた。

あまり表舞台に立たず、原作開始までじっとしていられる場所。

あった。１つだけ、心当たりがあった。

「いえ、そのお話はありがたいのですが、お断りさせてください」

「な、なぜ⁉」

驚く3人。大出世なのに断られると予想していなかったのだろう。

俺は内心面倒くさがっているのを悟られないように、神妙な口調で答えた。

「敵に操られてしまったのも、僕が弱いせいです。力不足だから、みんなを傷つけてしまった。大切な人たちを巻き込んでしまった」

だから。俺は言った。

「――少しの間、他人と会わないようにします」

◇

そして、俺はすでに場所の目星を付けていた。

下手に原作キャラと関わり合いにならず、数年間、のんびりできる場所。それは――

「完璧だ」

俺は自然豊かな領地で、一息ついた。

ここならば、きっと傷ついた俺の心を癒やしてくれるはず。

が、後ろからそんなのどかな雰囲気に似合わない、殺気立った声が聞こえてきた。

「アンタ……ろくに返事もよこさないくせに、急にうちの領地に顔を出すなんて……？　たしかに、こっちに来いって言ったのは私だけど……中々喧嘩売ってくれているわね」

「そう殺気立つなよ。将来の美人が台無しだぞ」

「なるほど、元凶のくせに自覚がないのね」

エラステアを発って、一週間後。

イーリスがピキピキ額に青筋を浮かべている中、俺はイーリスの領地。すなわち、ヴェーベルン男爵領へと移動していた。

そう。手紙で「やれ、こっちに来い」だのと言っていたイーリスのもとに。

「というか、何しに来たの？　なんかエラステアの方でとんでもないことに巻き込まれていたとは聞いたけど……」

「いや、心に傷を負った俺は、これからここに滞在するつもりなんだ。数年間」

「は？」

「ちなみに両親の許可は取ってある」

「はあああああああ？？？」

後ろでリエラがささっと我が父上——ランドール公爵の印が入った文書を出す。

そもそもイーリスはメインヒロインの1人で、ここにはイーリス以外に主要人物はいない。

だからこその、ここ男爵領。

社交界？　表舞台？　モブにとっては知ったことじゃない。ハッハッハ。ここは華麗にフラグをスルーさせていただこう。

つまり、ここはモブとして息を潜めるのには絶好のスポットというわけである。

「アンタねえ。そもそも全部話が急なのよ。公爵家では報告の仕方も教えてくれなかったのかしらぁ⁉」

青筋を浮かべたイーリスをなだめて、とりあえず室内に入った。

「ウルトス様。数年間、社交や領地のことはお任せするとご両親には伝えましたが、他の者にはどう伝えますか？」

「あ〜、エンリケとグレゴリオか」

エンリケと、グレゴリオ。それにエルドも生きているらしいが。でも正直、関わり切れない。

あいつら、何でか知らないが、めちゃくちゃやる気があるんだよな……。

会わずにエラステアを去ってしまったが、ここらで俺も別れを告げるべきだろう。

だって俺は、どう見ても力不足だ。

今回の戦いだって、薄氷の上。なんとかゲーム知識でやってこれたに過ぎない。

「そうだな。じゃあ、伝えておいてくれ——力不足だ、と」

「はい、しかと伝えておきます」

リエラが笑顔を浮かべる。俺はゆっくりと紅茶を口にした。

「……ふう。これでやっと落ち着けるな」

これこそが俺のモブへの道。

将来が約束されたイーリスの領地で、このまま学院入学までぬくぬくする。

ジーク君は別れるときに覚悟を決めた表情で、「絶対に学院で会おうね」と言ってくれたし、間違いなくやる気を取り戻したはずだ。

何なら、エラステアの一件で、『ラスアカ』の作中よりも父親との仲もよさそうに見えた。

なぜか俺の見舞いに来るたびにレインがジーク君を見て、ニヤニヤしていたし。

このまま息を潜め、学院に入学。入学後はモブとして地味に生きていく。

「あ〜、そういえばあのネックレス、渡したままだっけ」

ふと思い出した。

カルラ先生の不幸を呼ぶネックレス。アレを渡すと、ヒロインの方が依存したり、ひどいときには闇堕(お)ちしたり、と色々厄介なことになってしまうのだが。

ま、いいや。どうせジーク君の中では俺は友人の中の一人……くらいの温度感だし、たぶん使い捨ての指輪も、今ごろゴミ箱行きだろう。

そして何なら、カルラ先生に連絡するのも忘れていた。

先生の中では、エラステアの事件に巻き込まれた結果、心を病んで田舎(いなか)に引きこもったくらいに思われているかもしれない。

「う〜ん……ま、先生も俺のことなんて、気にしてないし学院で会ったときに話せばいいか」

完璧な計画。その確信を得た俺は、笑みを浮かべながらつぶやいた。

これぞ――、

「クズレス・オブリージュ、成功ってね」

◇

エラステア、ホテルの一室。

グレゴリオとエンリケはリエラからの手紙を受け取っていた。

「力不足か。けっ、まあ坊ちゃんにそう言われたら立つ瀬がねえな」

「たしかにねえ。主が我々に何も言わず旅立ったのも鍛え直せ、というメッセージだとは」

――もちろん、ウルトスの言う「力不足」というのは、他でもないウルトスのことだったが、それを曲解したリエラによって、ウルトスの部下として実力不足だというとんでもないメッセージが2人のもとに届いていた。

「で、どうするかい？　エンリケ」

「決まってんだろ？　たしかに、坊ちゃんは第10位階魔法を使用した。誰もたどり着いたことない領域にな。ただ、俺は黙ってこのまま引き下がるつもりはねえ」

エンリケは言い切った。

「もっと、強くなる。それしかねえ」

「ふむ。ま、私も同じ気持ちだ。主が望まれるよう、組織をより強大にしなくては。良い奴隷――じゃなくて新たな仲間も手に入れたことだしな」

「今、奴隷って言わなかったかしら？」

そう言いながら、額に青筋を浮かべているのは、エルド。

「この屈辱……なんで帝国で上位にいた魔法使いたる私がこんな無能なやつらの配下に……私に杖さえあれば、アンデッドの餌食に……!!」

そう。あれよあれよという間に、エルドはなぜか、ジェネシスの側にいることになっていたのである。

「まさか、そんな風に思われているとは。こちらは君を帝国に突き出してもいいんだけどねえ」

「くっ……あのガキといい、このクズども!!」

グレゴリオがニヤリと笑う。

帝国は躍起になって、主謀したエルドを捜索している。そして、高価な杖を失ったエルドは牙をもがれたも同然。

「主は数年間、身を潜めた後、王都の学院に入学するそうです」

「なるほど、そこまでに、力を付けておけってことだな」

「ええ。私も早速動き出すとしましょう。横にいる下僕――ではなく、魔法使い殿とともにね」

「あんた、完全に私のこと舐めてない???」

騒がしい言い合いを後ろに、エンリケは立ち上がって扉の方へと向かう。

(坊ちゃん、アンタに追いついてみせるぜ)

決意を秘めながら。

◇

「はあ……はあ」

薄暗い森の中。ジークは魔力を生み出すための修業をしていた。

それは、ウルトスに聞いた方法。

聞いたときは、なんて方法だと笑っていたが、ジークはそれを試していた。

魔力を持っていないのに、魔力を引き出そうとするせいで身体が拒否反応を起こす。

「くっ……！」

全身を走る激痛。たしかに辛く苦しい。

ただ、ジークにとっては耐えられないほどではない。

「辛かったのは、ウルトスの方だから」

そう。ウルトスは寂しそうな表情で、どこかへと去ってしまった。

騎士団に入ることも、貴族として出世することもすべてを捨てて。

——全部、自分のせいで巻き込んでしまった。

ウルトスはそう言っていた。

だから、ジークは決めたのだ。今度は、自分がウルトスを守れる人間になろう、と。

自分に足りないものは、すでにわかっている。それは、魔力。

マジックアイテムに頼ろうと、魔法を使おうと、身体強化をしようと全部魔力がなくては話にもならない。

学院に入学して再会すると、そうウルトスと約束した。

もちろん、学院に入学するのだって魔力が必要だ。

「……もっと」

全身の節々が痛むが、そんなのは大した痛みじゃない。きっと——

「ウルトスの方が、ずっと辛いはずだから」

全身を苛（さいな）む痛みの中、それ以上に覚悟を決めたジークは笑みを浮かべた。

「ウルトス。今度は、私が守るから」

その指には、銀のリングが光っていた。

モブになるための完璧な計画。

——が、俺は忘れていた。そもそも、完璧な計画なんぞは存在しない、と。

俺とあのクズどもの縁はまったく切れてなどいないことを。

そしてジーク君と友情を築いた……などではなく、ジーク君の俺への思いはとんでもないことになっていることを。

原作よりも早く登場させてしまった、あの第10位階魔法の影響も。

そして何より、クズレス・オブリージュはまだまだ始まったばかりだということも。

すべて、後の祭り。

俺が、自分の大いなる勘違いに気がつくのは、数年後、俺が物語の舞台となる学院に入学してからであった——

あとがき

「ラノベ業界はそれはそれは恐ろしい場所で、1巻を出せたとしても中々続きを出すことが難しい魔境である」と幼少のころより聞いていたので、まさか『クズレス・オブリージュ』に続巻が出るとは思いませんでした。

むしろ、どちらかというと作者は「2巻なんて出るわけないよな」と高をくくっており適当に1巻の続きを書いていました。

が、まさかの続巻の知らせ。慢心ゆえか全然進んでいなかったということもあり、ｗｅｂ更新と同時に2巻の原稿を書くことになりました。

年々増えていく残業。見切り発車で書いていたせいで整合性を取るのも一苦労な展開。時間がなさすぎて、深夜の電車内でブツブツ言いながらメモ帳に小説を書いていたのも今では懐かしい思い出です。

……いや、なんか全部自分の計画性のなさが問題な気がしてきたな……。

――まあ、改めまして。

『クズレス』のようなわけのわからない作品に機会を下さったスニーカー文庫編集部の皆様、

文字数が多いくせに、誤脱の多い原稿を指摘してくださった校閲さん、自分の脳内の妄想描写をカッコイイデザインにしていただいたkodamazon先生、作者のまったくうまくいかないスケジュールを一緒になって助けていただいた編集のSさん。

そして、この作品を読んで面白いと言ってくださった一風変わ……、センス溢れる素晴らしいweb読者の皆様。

どうもありがとうございます。

皆様のおかげでここまで来れたので、ぜひ、これからも見捨てずに応援よろしくお願いします！！！

クズレス・オブリージュ２
18禁ゲー世界のクズ悪役に転生してしまった俺は、原作知識の力でどうしてもモブ人生をつかみ取りたい

著　アバタロー

角川スニーカー文庫　24149
2024年５月１日　初版発行

発行者　山下直久
発　行　株式会社KADOKAWA
〒102-8177 東京都千代田区富士見2-13-3
電話　0570-002-301（ナビダイヤル）

印刷所　株式会社暁印刷
製本所　本間製本株式会社

Printed in Japan　ISBN 978-4-04-114772-6　C0193

★ご意見、ご感想をお送りください★
〒102-8177 東京都千代田区富士見 2-13-3
株式会社KADOKAWA　角川スニーカー文庫編集部気付
「アバタロー」先生「kodamazon」先生

角川文庫発刊に際して

角川源義

第二次世界大戦の敗北は、軍事力の敗北であった以上に、私たちの若い文化力の敗退であった。私たちの文化が戦争に対して如何に無力であり、単なるあだ花に過ぎなかったかを、私たちは身を以て体験し痛感した。西洋近代文化の摂取にとって、明治以後八十年の歳月は決して短かすぎたとは言えない。にもかかわらず、近代文化の伝統を確立し、自由な批判と柔軟な良識に富む文化層として自らを形成することに私たちは失敗して来た。そしてこれは、各層への文化の普及滲透を任務とする出版人の責任でもあった。

一九四五年以来、私たちは再び振出しに戻り、第一歩から踏み出すことを余儀なくされた。これは大きな不幸ではあるが、反面、これまでの混沌・未熟・歪曲の中にあった我が国の文化に秩序と確たる基礎を齎らすためには絶好の機会でもある。角川書店は、このような祖国の文化的危機にあたり、微力をも顧みず再建の礎石たるべき抱負と決意とをもって出発したが、ここに創立以来の念願を果すべく角川文庫を発刊する。これまで刊行されたあらゆる全集叢書文庫類の長所と短所とを検討し、古今東西の不朽の典籍を、良心的編集のもとに、廉価に、そして書架にふさわしい美本として、多くのひとびとに提供しようとする。しかし私たちは徒らに百科全書的な知識のジレッタントを作ることを目的とせず、あくまで祖国の文化に秩序と再建への道を示し、この文庫を角川書店の栄ある事業として、今後永久に継続発展せしめ、学芸と教養との殿堂として大成せんことを期したい。多くの読書子の愛情ある忠言と支持とによって、この希望と抱負とを完遂せしめられんことを願う。

一九四九年五月三日

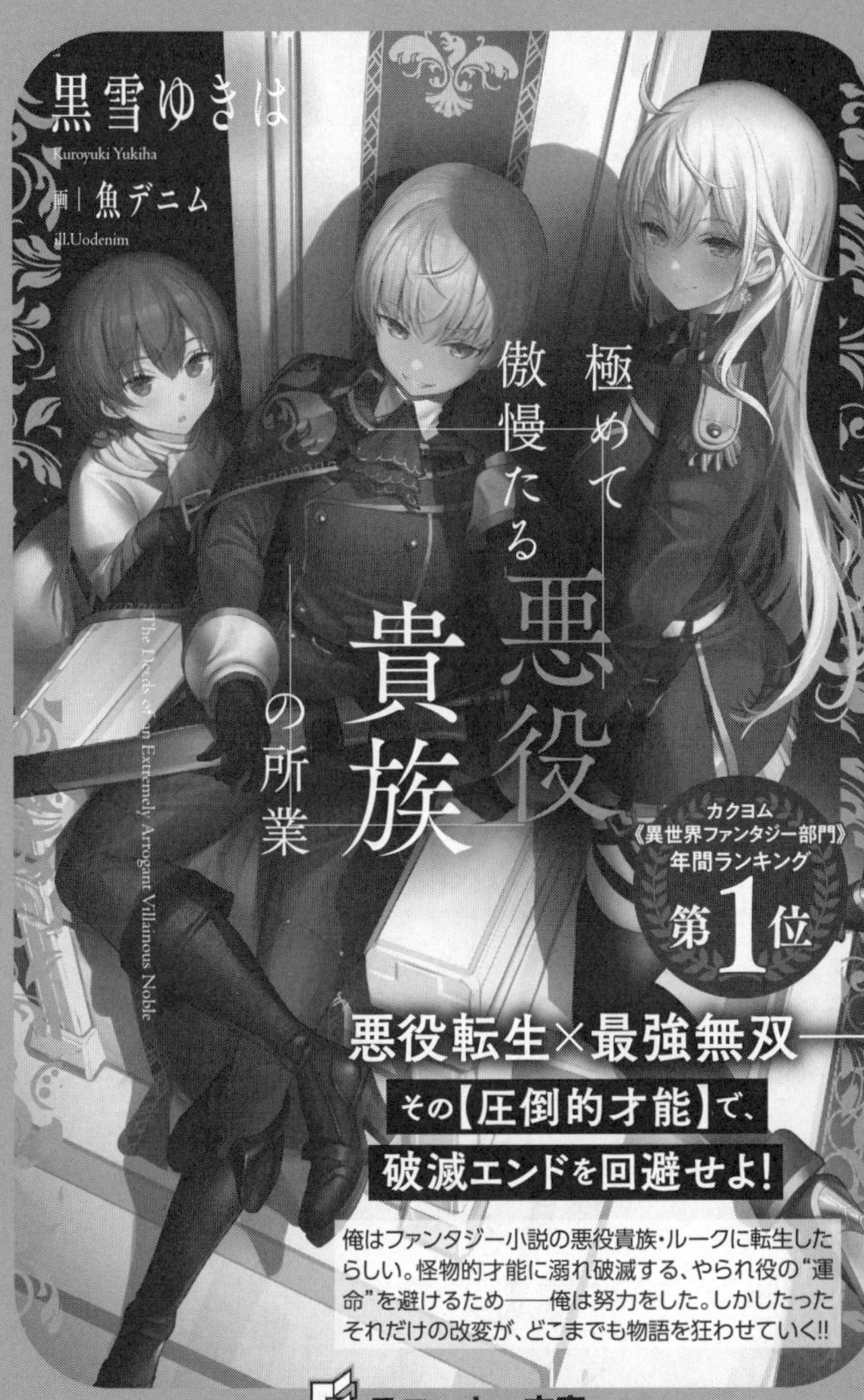
黒雪ゆきは
Kuroyuki Yukiha
画｜魚デニム
ill.Uodenim
極めて傲慢たる悪役貴族の所業
The Deeds of an Extremely Arrogant Villainous Noble
カクヨム
《異世界ファンタジー部門》
年間ランキング
第1位
悪役転生×最強無双――
その【圧倒的才能】で、
破滅エンドを回避せよ！
俺はファンタジー小説の悪役貴族・ルークに転生したらしい。怪物的才能に溺れ破滅する、やられ役の"運命"を避けるため――俺は努力をした。しかしたったそれだけの改変が、どこまでも物語を狂わせていく!!
スニーカー文庫